Ernst Wünsch: Finstern

Ernst Wünsch
Finstern
Roman

© 2012 Kitab-Verlag Klagenfurt - Wien
www.kitab-verlag.com
ISBN: 978-3-902585-98-1
Satz u. Cover: Michael Soos

Ernst Wünsch

Finstern

Roman

„einmal ist die freude so gross
dass sie die zeit beim genick packt
in einen sack steckt
und in den fluss wirft.

der fluss, den die quelle erzeugt und das meer
bestätigt
ist nicht die zeit
sondern ein grösseres."

Aus dem Gedicht „EINMAL IST DIE FREUDE"
von Ernst Jandl

1.

„Nächster Halt, next stop, Wien-Hütteldorf. Dieser Zug endet hier. Auf Wiedersehen", sagte die Stimme der als Fernsehansagerin bekannt gewordenen, nunmehr die Haltestellen österreichischer Bundesbahnzüge ankündigenden Chris Lohner professionell freundlich & mit leicht erotischem Schmelz vom Tonband des Schnellbahnzuges 4024 101-0 „Simmering" der Linie S 45, kaum dass 4024 101-0 „Simmering" aus der Station Penzing abgefahren war. Es war ein wolkenverhangener schwüler Morgen Ende Juni, ein Tag nach Vollmond. Das Wetter wechselte. In den Frühnachrichten im Radio waren „örtlich Gewitter" angekündigt worden. Leo fiel ein, dass er den Schirm nicht eingepackt hatte. Er war nicht nur deshalb leicht irritiert. Wenn ein Zug wie oder wo auch immer endet, kann das vielerlei bedeuten. Schließt man beispielsweise zwei einander gegenüberliegende geöffnete Fenster, wird es zu ziehen aufhören, endet der Zug, überlegte er. Die Garnitur des S-Bahnzuges 4024 101-0 „Simmering" verfügte über einen Triebwagen der Type „Talent", an den 3 Waggons gekoppelt waren, der letzte Waggon somit das Ende des Zuges. Angenommen, dieser Triebwagen gibt auf Grund eines Maschinenschadens nun den Geist auf, bleibt sozusagen auf der Strecke liegen, kann nicht mehr weiterfahren, dann endet dieser Zug ebenso wie der letzte Zug an einer Zigarette, bevor man sie abdämpft bzw. ganz zu rauchen aufhört, endet wie ein Schachspiel, sobald mit einem finalen Zug der gegnerische König matt gesetzt worden ist. Vielleicht will Frau Lohner ihre Feststellung aber auch militärisch verstanden wissen, wenn etwa der Mannschaftsstand einer Kompanie um eine ihrer untergeordneten Einheiten, den sogenannten Zug, reduziert wird. Und bloß nicht den Tod vergessen! Endet schließlich die Atmung eines Sterbenden mit einem letzten Zug. Das Ende des Zuges quasi das Ende des Lebens. Zug heißen weiters ein Kanton in der Schweiz & dessen Kantonshauptstadt. Zug endet hier demnach nichts anderes als die Anzeige der Orts- oder Kantonsgrenze, sowie zwei deutsche Bundesgesetze & zwar die Zuständigkeitsgesetze, abgekürzt Zug, eines zur Unterstützung Bedürftiger, das andere für die Treibhausgasemissionsberechtigungen.

Warum wird nicht einfach „Hütteldorf! Endstation! Alles aussteigen!" ausgerufen, wie früher, als noch leibhaftige Schaffner in den Zügen mitgefahren waren, fragte sich Leo & stellte sich Frau Lohner in einem taillierten Schaffnerinnenlivree vor, in blickdichten Nylonstrümpfen, an ihren rotgold kolorierten Pagenschopf ein kesses Käppi geheftet, wie sie im Endbahnhof Hütteldorf eilig ihren Sprecherinnenplatz neben dem Lokführer verlassen, sich zum Coffeeshop genannten Bahnhofsimbiss drängeln & sich um einen Pappbecher Kaffee anstellen würde, um sich für die Rückfahrt nach Wien-Handelskai zu stärken.

Während der S-Bahnzug verlangsamte, erwog Leo, wie Umsatz fördernd es für die ÖBB wäre, noch renommiertere Sprecher oder Sprecherinnen als Frau Lohner die Stationen ausrufen zu lassen, für die regionalen Züge irgendwelche lokale Schauspielergrößen, für die Intercity-Verbindungen nationale Ikonen aus Burgtheater, Volks- & Josefstädter Theater bzw. namhafte Kabarettisten oder Sportheroen, am besten Tischtennis- & Landhockeyspieler oder Schispringer & Schirennläufer, für die überregionalen Verbindungen dementsprechend internationale Stars, warum nicht den ehemaligen Gouverneur von Kalifornien, Arnold Schwarzenegger? Oder Maximilian Schell? Fragte er sich. Auch Kardinal Schönborn käme durchaus dafür in Frage. Leo bedauerte im gleichen Atemzug, dass Kapazunder wie Oskar Werner, Hans Moser, Attila Hörbiger, Susi Nicoletti, Helmut Qualtinger &, wenn schon denn schon, Kardinal König, bereits tot waren. Der S-Bahnzug namens „Simmering" kam kurz vor dem Prellbock auf Gleis 11 quietschend zum Stillstand, als sich Leo gerade vorstellte, wie Qualtinger „Endstation, Herrschaften! Alles aussteigen!" ausgerufen hätte. Da drängte sich plötzlich ein altes, nicht besonders scharfes Schwarzweißfoto in sein Bewusstsein, das er des öfteren in Zeitungen, Magazinen, im Internet & in Geschichtsbüchern gesehen hatte, Eisenbahnschienen, sich zum Bildhintergrund perspektivisch verjüngend, der Bildhintergrund ein länglicher Gebäudekomplex aus Backstein, in seiner Mitte ein Turm, darunter ein Torbogen, so dimensioniert, dass eine Lokomotive mit Viehwaggons hindurchfahren konnte, am Bildrand hohe Gitterzäune mit einer Stacheldrahtkrone. Der Turm über dem Torbogen ein

Wachturm. Es war das Bild 175-04413 des deutschen Bundesarchivs mit der Ansicht der Einfahrt in das KZ Auschwitz-Birkenau, von der 1944 im Lagerinneren errichteten neuen Selektionsrampe aus fotografiert, aufgenommen 1945, unmittelbar nach der Befreiung der Insassen. Wie aus weiter, weiter Ferne, aber doch sehr deutlich, hörte Leo das Echo von Chris Lohners Stimme: „Zug endet hier". Er erschauderte.

Chris Lohner hätte für ihre Proviantbeschaffung exakt 10 Minuten Zeit. Das würde sich für ihre Verproviantierung nie im Leben ausgehen, dachte Leo & freute sich, dass er seit langem wieder zu derartig unverfrorener Einfalt & überbordender Fantasie fähig war. Er führte das auf seine Vorfreude auf das Kommende zurück, das sechsmonatige Literaturstipendium als „Marktschreiber" in der Klause Aachbrück, um das er sich seit genau zehn Jahren regelmäßig beworben hatte, zwei Mal pro Jahr, weil es ja halbjährlich vergeben wurde, also 19 Ablehnungen insgesamt, bis es beim 20. Mal endlich geklappt hatte. 20 eingereichte Texte, anfangs fünffach, in Durchschlägen oder Fotokopien, erst seit ein paar Jahren auf Datenträger, nachdem sich das für das Seminar zuständige, der Landesdiözese untergeordnete Kulturreferat der Premonstratenser-Propstei Hochfinstern in der Marktgemeinde Mitteraach auf EDV umgestellt hatte. Seit Neuestem per Email. Das für die Finanzierung des Stipendiums mitverantwortliche Landeskulturamt war nachgezogen, wenn auch zögerlich & mit technischen Anfangsschwierigkeiten. Tatsache ist, diese fragwürdige, provinzielle, klerikalprofane Mesalliance war gegenwärtig im Besitz von

Leo Kmetkos innerhalb eines Jahrzehnts geschaffenen Gesamtwerks, könnte man sagen. Schließlich hatte jede seiner Einreichungen den Vorgaben entsprechend zwischen 20 bis 30 Seiten umfasst, insgesamt 20 komplette Erzählungen, also bei durchschnittlich 25 Seiten pro Story bemerkenswerte 500 Seiten, gemäß Insiderjargon, wonach alles, was mindestens 100 Seiten lang ist, als Roman bezeichnet werden kann, deren fünf. Ein Lebenswerk in Amtsschubladen. Abgelegt, vergilbt, verstaubt, patiniert. Ein Platz raubender Papierstapel. Vielleicht hatten sie sich deshalb seiner erbarmt, dachte Leo, damit er endlich aufhörte mit seinen Einreichungen. Laut Statuten konnte man das Stipendium nur ein Mal in seinem Leben zugesprochen bekommen. Und auch das nur, wenn man noch nicht 60 war. Leo hatte gerade noch die Kurve gekratzt, wie man sagt, die Kurve in seine dritte Auszeit in seinem nunmehr 59jährigen Leben. Die Klause Aachbrück, direkt an der Anlegestelle der Aachfähre gelegen, hatte im Übrigen bis zum Jahr 1940 *Finstern* geheißen & war seit jeher Bestandteil der Gemeinde Hochfinstern, des heutigen Marktes Mitteraach, gewesen, wobei *Finstern* das Endresultat einer Jahrhunderte andauernden volkstümlichen Verstümmelung des lateinischen Terminus *finis terrae* gewesen war, *Ende der Welt,* zugleich nordöstliche Grenze des Römischen Reiches. Der Titel von Leos eingereichter Erzählung lautete „Solo für Orpheus" & handelte von einem sportlichen jungen Mann, Theo Mach, gut aussehend, erfolgreicher Investmentberater & Frauenheld, ein sogenannter Yuppie mit Ellbogenqualität, der auch das Gehen über Leichen beherrschte, in Pflicht & Kür, ohne es als unmoralisch zu empfinden. Im Rahmen einer medizinischen Routineuntersuchung, die unumgänglich war, wenn man den Pilotenschein machen wollte, wurde er allerdings mit der niederschmetternden Diagnose *Multiple Sklerose* konfrontiert. Seine heile Yuppie-Welt brach zusammen, ging unter wie Pompei in der Vesuvlava anno 79 nach Christus. Theo fackelte nicht lange & machte sich mit seinem Porsche Carrera Cabrio 911 auf die Suche nach dem Tod. Am Mitteraacher Kreuz, wo es links ins Dorf hinauf & rechts in die Aachauen nach Aachbrück hinunter geht, wurde er fündig, womit Leo dem in der Ausschreibung geforderten Ortsbezug entsprochen hatte. An dieser Weggabelung stand ein uralter Kastanienbaum, den der junge Mann mit gut & gerne 100 Stundenkilometern rammte, wie sich Leo eingebildet hatte, obwohl im ganzen Gebiet rund um Ober-, Mitter- & Unteraach überhaupt keine Kastanien wuchsen. Der Versuch missglückte. Totalschaden beim Porsche. Die alte Kastanie hatte am wenigsten abbekommen. Theo Mach im letzten Augenblick vom Notarzt reanimiert. Am Ende jenes schier endlosen Korridors zwischen vorläufigem Herzstillstand & endgültigem Exitus war er dann bei Charon vorstellig geworden, dem Fährmann am Ufer des Acheron, wie sich von Aach leicht ableiten lässt *(Ortsbezug!)*, um ihn um eine Überfuhr ans andere Ufer zu bitten. Er stand dort in einer langen Schlange aschfahler Zombies mit leeren Augen, die alle „*schattengleich auf das boarding ins Schattenreich warteten*"[1*]. Und zwar so lange, bis Charon Fuhre um Fuhre am anderen Ufer ausgesetzt hatte & leer wieder zurückkam, bzw. die notärztliche Reanimation Wirkung zeigte. Als unser tragischer Held

---

[1*] *Originalzitat aus „Solo für Orpheus", Erzählung von Leo Kmetko, 2010*

endlich an die Reihe kam, wurde er von Charon abgewiesen & von dessen kläffendem Straßenkötermischling, der auf den Namen Zerberos hörte, bzw. eben nicht hörte, aufs Ärgste bedroht & eingeschüchtert. Seine Zeit sei noch nicht gekommen, rief ihm Charon beim nächsten Ablegen zu. Theo Mach musste zurück ins Leben, konkret auf die Intensivstation, von wo aus sich eine wahrhaft niederschmetternde Krankheitsgeschichte entwickelte, von einem Schub zum anderen, mit unzähligen Rehabilitations-, Klinik- & Kuraufenthalten, sehr elegisch gehaltene Tagebuchaufzeichnungen über die immer wieder scheiternden Versuche, mit seiner nunmehr unheilen Welt klar zu kommen & mit sich ins Reine. Theo war jetzt kein strahlender Yuppie mehr, sondern ein unheilbarer Fall, dem es nicht mehr um die publikumswirksame Gestaltung seines Aufstiegs ging, sondern um das Annehmen & Ertragen seines unaufhaltsamen Niedergangs. Eine ziemlich unversöhnliche Geschichte. Irgendwie beklemmend…

Im Augenblick freute sich Leo auf das eigene Erleben des Schauplatzes, das Recherchieren am *Ende der Welt,* das persönliche Kennenlernen des sagenumwobenen Fährmanns samt dessen räudigem Bastard, von dessen Existenz Leo dermaßen felsenfest überzeugt war, dass er für ihn sogar ein Säckchen mit Hundeleckerlis eingepackt hatte. Kein Höflichkeitsgeschenk, eher eine Sicherheitsmaßnahme.

Leo schulterte seinen Seesack mit Aufschrift & Wimpel der „Compañia Trasmediterranea", den er seit seiner zweiten Auszeit nicht mehr benützt hatte & begab sich zum Ausstieg. Die Waggontüren öffneten sich automatisch, sobald Leo den aufleuchtenden Knopf gedrückt hatte. Er stieg aus & schritt zügig Richtung Bahnsteig 1, wo der Intercity OEC 640 „Paracelsus" in Kürze einfahren würde, wie Frau Lohner über Lautsprecher professionell freundlich (mit diesem gewissen Schmelz in der Stimme) kundtat. Leo hatte sich den Seesack so ungeschickt aufgeladen, dass ihn die Kante seines Laptops durch das Sackleinen in die Schulter einschnitt. Er setzte den Sack ab.

Seine erste Auszeit hatte Leo im Jänner 1968 genommen. Da war er am Dreikönigstag mit knapp 17 von daheim ausgerissen & mit dem Zug, damals noch mit Schaffnerbegleitung, über Passau nach Regensburg gereist & von da, trotz stürmisch nassen Schneegestöbers, weiter per Anhalter über Nürnberg, Würzburg & Frankfurt bis Köln, wo er sich aus sentimentalen Gründen etwas länger aufgehalten hatte. Schließlich war er, zumindest bis dahin, ein begeisterter Leser Heinrich Bölls gewesen & hatte die Stadt auf der Suche nach dessen Markierungen durchstreift. Erfolglos durchstreift, wie er sich auf dem Weg von Bahnsteig 11 zu Bahnsteig 1 eingestand, den Seesack diesmal mit der weichen Seite nach unten geschultert.

Ausgerüstet war er damals mit einer Kunstlederreisetasche gewesen, die er sich mit einem Tragegurt um die Schulter hängen konnte. Sie war mit ein wenig Wäsche, noch weniger Oberbekleidung zum Wechseln, einem sogenannten Kulturbeutel, in dem sich Zahnpasta, Zahnbürste, Shampoon, Deo & ein paar dieser Gratisminiseifen & das Handwaschmittel „Rei in der Tube" befunden hatten (Rasierzeug & Präservative hatte er damals noch nicht benötigt), einem Handtuch, einem winzigen japanischen Transistorradio, einer Mappe mit seinem Briefpapier, das er zu den letzten Weihnachten geschenkt bekommen hatte, Straßenkarten von Deutschland & den Niederlanden, einem Wörterbuch Deutsch-Niederländisch & einer Menge Bücher prall gefüllt gewesen. Neben Camus´ „Der Fremde" & Sartres „Ekel", ohne die man zu dieser Zeit eigentlich nie aus dem Haus ging, wenn man Existentialist war, hatte er sich noch mit einem fetten Erzählband seines Vorbildes Böll abgeschleppt, mit Kafkas Romanen in 2 Bänden, dazu Erich Edwin Dwingers „Armee hinter Stacheldraht", erster Band dessen sogenannter „Deutschlandtrilogie", die Leo zu Hause in einem der obersten Regale der Bücherwand im sogenannten Herrenzimmer gleich hinter Honoré de Balzacs „Nana" gefunden hatte, versteckt wie Hitlers „Mein Kampf" im Bücherschrank des Nachbarn, in diesem Fall allerdings von „Angelique und der König"[2*] getarnt.

Da es damals noch keine Internetsuchmaschinen gegeben hatte & die Lexika noch nicht entnazifiziert worden waren, hatte Leo zu diesem Zeitpunkt nicht wissen können, dass Dwinger NSDAP-Mitglied gewesen war & es in seiner literar-militärischen NS-Karriere immerhin bis zum Obersturmbannführer SS gebracht hatte. Weitere Reiselektüre waren eine Broschüre mit Novalis-Gedichten & Hemingways Nick Adams-Stories gewesen. Alles zusammen eine ziemliche Bürde.

[2*] *erotischer Trivialroman des Ehepaares Anne & Serge Golon, herausgegeben 1956*

In Köln war nichts mehr so gewesen wie in Bölls Erzählungen, das historische Stadtbild zerstört, die Weltkriegswunden vom Wiederaufbau übertüncht wie von einem zu dick aufgetragenen Make up & Heinrich Böll selbst über alle Berge. Die Studentenunruhen hatten zwar zu kulminieren begonnen, aber doch eher in Berlin. Rudi Dutschke war erst 3 Monate später bei einem Attentat schwer verletzt worden, die aktionistische „Ferkelei" auf der Wiener Alma Mater war gar erst im Juni passiert, die Demonstrationen gegen den US-Imperialismus & den Vietnamkrieg beinahe schon Alltag, die Demonstranten alle erheblich älter als er, Leo. Nichts von alledem war also Auslöser für seinen Ausbruchsversuch gewesen, hatte bestenfalls als Ausrede gedient. In Wien war die studentische Auflehnung kaum spürbar gewesen, man hätte also etwas versäumt, wenn man da geblieben wäre, redete sich Leo ein, 1968, nebenbei auch das Jahr, in dem in Österreich die Todesstrafe abgeschafft worden war, Schüler der 7. Klasse des humanistischen Gymnasiums „Schotten", einer Klosterschule.

Rudi Dutschke, außerparlamentarische Opposition, Cohn Bendit, Rote Armee-Fraktion, *das* war damals die Parallelaktion gewesen, sagte sich Leo vor, während er in Hütteldorf den endlos langen Bahnsteig 1 entlang ging. In Wirklichkeit hatte er, sobald er sich als Schriftsteller eine Scheinidentifikation geschaffen hatte, eine Zufluchtsstätte, einen Unterschlupf, unter den Vorwürfen gelitten, nicht im Krieg gewesen zu sein, nicht an der Front, nicht im Lazarett & nicht im Kriegsgefangenenlager. Nie hatte es geheißen „sei froh, dass du nicht im KZ warst" oder „danke Gott, dass deine Eltern nicht vergast wurden". Er hatte „die Gnade der späten Geburt" alsbald als hinderlich empfunden. Worüber hätte er denn schreiben sollen in dieser chauvinistischen Wohlstandsdemokratie? Über den Krieg als Vater aller Dinge? Über das globale Desaster Weltkrieg, Nationalsozialismus, Antisemitismus & Genozid, über das sich Beteiligte wie Opfer ausschwiegen, teils aus psychischen Gründen, teils aus Angst vor dem Auffliegen einer Mitschuld, sicherlich aber aus Angst vor der Wahrheit? Über eine Vergangenheit, die er nie erlebt hatte? Über eine Wahrheit, die sich niemand eingestand? Kein Nazi, kein Jude hatte sich jemals bemüßigt gefühlt, ihm, Leo, mitzuteilen, was er, der Nazi, der Jude, der Sozialist, der Roma, der Sinti, der Zeuge Jehovas oder der Schwule, damals erlebt, getan oder erlitten hatte. Leo war nur aufgefallen, dass sich alle damals irgendwie gedemütigt gefühlt, sich geschämt & mit allen Mitteln verdrängt hatten, was wirklich geschehen war & sicherheitshalber gar nichts gesagt hatten. Der Lehrkörper im Gymnasium, ausschließlich männlich, halb weltlich, halb dem Benediktinerorden zugehörig, war hiefür beispielgebend gewesen. Die, die über ihre Weltkriegserlebnisse geredet hatten, waren entweder von Anfang an möglicherweise Antifaschisten gewesen oder während bzw. infolge ihrer Erfahrungen welche geworden, während die, die darüber kein Wort verloren hatten, wahrscheinlich Nazis bzw. mindestens Mitläufer gewesen waren. Zu den Antifaschisten hatte vermutlich der Geografieprofessor gehört, der im Übrigen wie ein Doppelgänger des rumänischen Diktators Ceaucescu ausgesehen hatte, & mit Abstrichen der Deutschlehrer, rein optisch ein arisch-blonder

Prototyp, der um Weihnachten herum lieber Landsergeschichten zum Besten gegeben hatte als Goethes Urfaust zu erläutern oder Karl Heinrich Waggerl vorzulesen. Leo erinnerte sich besonders an eine dieser Episoden, wonach er, der Deutschlehrer, an der russischen Front im Raum Kursk eines regnerischen Wintermorgens auf Patrouille einem ebenso patrouillierenden Rotarmisten begegnet wäre, beide einander mit dem Gewehr bedrohend, beide zitternd vor Angst, dass der andere abdrücken würde, keiner von ihnen in der Lage, den ersten Schritt zu tun & die Waffe zu senken, dann endlich, kurz bevor der Regen ihre Droh- oder Schutzposition aufgeweicht hatte, die Knarre immer noch im Anschlag, hätte der Russe ängstlich fragend „Machorka?" gesagt & sie hätten gemeinsam eine Art Zigarette geraucht, ein mit grauenvollem Tabak gefülltes Stanitzel aus russischem Zeitungspapier, das der Rotarmist aus seinem Tornister hervorgezaubert hätte. Des Deutschlehrers zweite Standardgeschichte war die Schilderung des ungleichen Kampfes Mann gegen Panzer gewesen. „Der Iwan" hätte die deutsche Front mit einer Panzerdivision durchbrochen, ein ungeordneter Rückzug wäre die Folge gewesen. Nur einer aus des Professors Zug *(sic!)*, ein blutjunger Infanterist ländlicher Abstammung, hätte in einer Bodenvertiefung ausgeharrt, bis einer der Sowjetpanzer über ihn hinweg gerollt wäre, hätte diesem im entscheidenden Moment einen Haftsprengstoff von unten, gleichsam wie einen Zeck, sozusagen auf den Unterleib appliziert, der 20m weiter explodiert wäre. Der junge Mann wäre dem Schlamassel unversehrt entkommen & beim nächsten Appell im Feldlager mit einem Tapferkeitsorden ausgezeichnet worden. Leos

Deutschlehrer hatte diese Erzählung alljährlich mit der Behauptung, Feigheit sei ein Zeichen der Intelligenz, „mutig sind nur die Blöden", wie er gesagt hatte, abgeschlossen. Auch der Musikprofessor, Pater Aloysius, ein rundlicher kleiner Mönch, der aussah, wie man sich einen fröhlichen Pfaffen vorstellt, mit haarumkränzter Glatze, listigen Äuglein & einem Kugelbauch, über dem sich die Kutte gewölbt hatte, in seinem Hauptberuf Pfarrer, hatte in gewisser Weise zu den Opfern gehört. Um Vollmond herum, wenn Föhn geblasen hatte oder ein Wetterwechsel zu Gange gewesen war, hatte ein Granatsplitter, den er sich vor Stalingrad eingefangen hatte, in seinem Gehirn zu wandern angefangen. Pater Aloysius war dann unberechenbar geworden, hatte zu Zornausbrüchen & Schreianfällen geneigt. Die meisten hatten sich über ihn lustig gemacht, nicht jedoch Leo. Der Vierte der potentiellen Antifaschisten war der Kunsterzieher gewesen, der allerdings aus Altersgründen nie zur Wehrmacht einberufen worden war. Er war Veteran aus dem 1. Weltkrieg im Rang eines Rittmeisters gewesen & immer noch kaisertreu, hatte schlimme Erfahrungen in transbaikalischen Kriegsgefangenenlagern bei Tschita & in Trotzkoje gemacht, einer Oblast im nordöstlichsten Teil der Sowjetunion, & das damalige, bis tief in die 1920er-Jahre reichende, erniedrigende Lagerleben unausgesetzt in Relation zum Wohlstandsleben der 60er-Jahre in Wien gesetzt. Für alle aus Leos Klasse war Professor Saltin eine Witzfigur gewesen, nicht für Leo. Zumal Leos Vater nur wenig jünger als der Professor gewesen war, allerdings weder 1. noch 2. Weltkrieg als Soldat miterlebt hatte. Leo wusste immer noch nicht, wie sein Vater diese Zeit verbracht hatte.

Leos Mutter hatte sich darüber ausgeschwiegen. Es war jedoch anzunehmen, dass der alte Kmetko im Geheimen Pazifist gewesen war, dabei aber als ausgebildeter Architekt zumindest im III. Reich eine wichtige Rolle beim Planen & Entwerfen von Kasernen, Bunkern & diversen Wehranlagen gespielt hatte, sodass er immerhin nicht hatte einrücken müssen. Leo gruselte sich bei der Vorstellung, sein Vater wäre bei Planung & Errichtung von Konzentrationslagern beteiligt gewesen.

Am Bemerkenswertesten war für Leo jedoch die Figur Pater Severins gewesen, in dessen Direktorat Leos 8jährige Gymnasialzeit gefallen war. Pater Severin hatte die Burschen in Naturgeschichte, Philosophie & Psychologie unterrichtet, sich selten an den Lehrplan gehalten & war dementsprechend von den Schülern nicht ernst genommen worden. Leo war wider Willen Pater Severins Schützling geworden, weil dieser, aus Leo bis heute nicht erklärbaren Gründen, große Stücke auf ihn gehalten hatte. Leo hatte dieser Umstand überhaupt nicht behagt. Trotzdem hatte ihn Pater Direktors Schilderung eines Verhörs bei der Gestapo in deren Wiener Hauptquartier im Hotel Metropol am Schwedenplatz, gegenwärtig ein Parkplatz für Touristenbusse, daneben eine Tankstelle, stark beeindruckt. Von Denunzianten angezeigte Bürger waren verhaftet, in den Keller des Metropol verbracht & in enge Zellen, in denen man weder ausgestreckt liegen noch aufrecht stehen hatte können, gesteckt worden. Das grelle Licht in diesen Gelassen war auch nachts nicht abgedreht worden. Pater Severin war bei den anschließenden Verhören standhaft geblieben & hatte das Beichtgeheimnis gewahrt, um dessen Bruch es der Gestapo gegangen war. Leos

Mitschüler, zur Mehrheit gelangweilte bis verhaltensgestörte Schnösel, denen nach Matura, Jus-, Medizin- oder Welthandelsstudium die väterlichen Kanzleien, Praxen, Sparkassen- & Fabrikscomptoirs soweit offen gestanden waren, dass sie unmöglich daran vorbei gekonnt hatten, hatten Pater Severins Erlebnisbericht uninteressant gefunden. Es war ja auch keine bluttriefende Landserstory gewesen. Leo war zwar fasziniert gewesen, hatte aber nach wie vor darunter gelitten, dieses Martyrium nur aus zweiter Hand & nicht selbst erlebt zu haben. Sein einziges persönliches Erlebnis, das mit dem 2. Weltkrieg zu tun gehabt hatte, war die Verladung des letzten russischen Panzers gewesen. Leo war damals 4 Jahre alt gewesen, als Mutter mit ihm & seiner um 3 Jahre älteren Schwester über die Neulinggasse zum Schwarzenbergplatz spaziert war. Auf der Verkehrsinsel vor dem monumentalen neuen Hochstrahlbrunnen, der sich vor dem Mahnmal eines überdimensionalen Rotarmisten, der sich seltsamerweise auf einen mittelalterlichen Schild stützt, in attraktiven Kaskaden ergossen hatte, da war dieser letzte Russenpanzer gestanden, war in diesen Augenblicken auf einen Tieflader verfrachtet & unter einer Art Siegesraunen der versammelten Zuseher weggeführt worden. Nicht zu vergessen die sechs gigantischen Wiener Flaktürme, errichtet 1942, zwei davon in unmittelbarer Nähe seiner Kindheit, im Arenbergpark, sozusagen Inventar des Kinderspielplatzes dort & Klein-Leo so vertraut wie ein Kinderzimmermöbel, Stahlbetonkuben ungeheuren Ausmaßes, die Schutz geboten & Wehrhaftigkeit vermittelt haben sollen, drinnen Schutz vor den Bombenangriffen, auf dem Dach Flakstellungen. Stahlbetonkuben, bei deren

Errichtung womöglich Vater Kmetko statische Beihilfe geleistet hatte. Leo hatte es niemals erfahren. Auch nicht von seinem einzigen leiblichen Onkel, Onkel Fritz, der ein gigantisches Muttermal auf der Stirn gehabt hatte, gleich oberhalb des linken Auges. Leo, der von diesem Muttermal fasziniert gewesen war, hatte dem Onkel mitunter beim Stopfen seiner Doppelfilterhülsen mit billigem Tabak geholfen bzw. ihm einfach nur Gesellschaft geleistet. Onkel Fritz hatte im Krieg am Frankreichfeldzug teilgenommen, wo er besonders unter der unbarmherzigen Hitze & den Moskitoschwärmen gelitten hätte, wie er Leo einmal beim Zigarettenstopfen erzählt hatte. Dabei hätte er auch dieses Muttermal abbekommen, das nichts anderes als Möwensscheiße, aber leider nicht abwaschbar, gewesen wäre. Er, der Onkel, wäre zwar ein gläubiger Christenmensch, hätte jedoch hinsichtlich der Dreieinigkeit Gott Vater, Gott Sohn & Gott Heiliger Geist eine vom Dogma abweichende Meinung, zumal nach der fäkalen Möwenattacke. Der Heilige Geist wäre demnach keine Taube, sondern eine Möwe, der er, der Onkel, seine Erleuchtung zu verdanken hätte. Leo hatte ihm zumindest halbherzig Glauben geschenkt. Selbst heute noch denkt er, wenn er eine Möwe erblickt, ein bisschen ehrfürchtig an den Heiligen Geist & seinen Onkel. Onkel Fritz war dann, ohne Heimaturlaub, von der West- an die Ostfront abkommandiert worden, wo er beim ersten Einsatz schwer verwundet & gefangen genommen worden war. Ein mehrfacher Lungendurchschuss hätte ihm wenigstens den „Luxus eines Lazaretts" beschert, wie er Leo damals beim Zigarettenstopfen in den Ferien anfangs der 60er erzählt hatte. Die Lunge von Leos Onkel hatte damals drainagiert werden müssen & verkleinert, wie er gesagt hatte. Und zwar in einem Feldlazarett der Roten Armee. Im Bett nebenan sei ein schwerstverletzter, an beiden Beinen & den Unterarmen amputierter Kamerad stundenlang unter unerträglichen Schmerzen & entsprechendem Schmerzgeheul gelegen, niemand wäre zu Hilfe gekommen, dann plötzlich Stille, nur mehr das Tropfen des Blutes auf den Lazarettboden, tick tick tick, hatte der Onkel beschrieben, tick tick tick, bis es noch stiller geworden wäre, hatte der Onkel Fritz seinem Neffen erzählt, während er seinen aufklappbaren Schuber mit Tabak füllt, ihn zugeklappt & damit die Doppelfilterhülsen gestopft hatte, dann die überstehenden Tabakfäden wegzupfen & das Zigarettenende zudrehen, wie man es wohl mit einer Machorka gemacht hatte. Onkel Fritz war Anfang der 70er-Jahre an Lungenkrebs gestorben & nicht mehr dazu gekommen, sein gerade fertig gestelltes Schrebergartenhaus im Kleingartenverein „Blumenfreunde" am Rande des Lainzer Tiergartens zu bewohnen. Die Resektion seiner Lungenflügel nach der massiven Schussverletzung & das an der Ostfront begonnene Kettenrauchen seien laut Ärztemeinung Hauptursache seines Krebses gewesen. Einmal in den Sommerferien im Salzkammergut hatte die Familie einen Ausflug ins nördliche Innviertel unternommen, Onkel Fritz` Wehrmachtskameraden Vinzenz Biermair besuchen, der in einem winzigen Nest namens Ringlholz, zwischen Passau & Schärding gelegen, als Landwirt gelebt hatte. Onkel Fritz & Vinzenz Biermair waren nach jahrelanger russischer Kriegsgefangenschaft gemeinsam heimgekehrt. Da hatte der Biermair den Onkel Fritz zu sich auf den Hof eingeladen, irgendwann einmal, wenn „Gras über die Sache gewachsen" sei, hatte

Onkel Fritz während der Fahrt nach Ringlholz gemurmelt. Der Biermair-Hof hatte armselig ausgesehen, verglichen mit dem Anwesen, auf dem die Familie Kmetko im Salzkammergut auf Sommerfrische gewesen war. Keine Landwirtschaftsmaschinen, nicht einmal ein Traktor waren vorhanden gewesen, war Leo aufgefallen. Beim Biermair-Vinzenz war die Heuernte noch mit einem Ochsengespann eingefahren worden. Es hatte eine deftige Brettljause gegeben, geredet war nicht viel worden. Die beiden Weltkriegsveteranen hatten sich wohl umarmt, waren dabei aber von ihren Erinnerungen überwältigt worden & die ganze Zeit über sehr nach innen gekehrt gewesen, wie Leo das empfunden hatte. Bei der Heimfahrt hatte Onkel Fritz Tränen in den Augen gehabt, Leo an sich gedrückt & gesagt, das sei eben eine Zeit gewesen, in der alles kaputt gegangen sei. Es war also nicht so gewesen, dass schon „Gras über die Sache gewachsen" war, wie Onkel Fritz bei der Hinfahrt gemurmelt hatte.

In der Volksschule war der dickliche Ronny Rosen Leos Klassenkamerad gewesen. Leo hatte sich immer ein bisschen gewundert, weil Ronny samstags nie zur Schule gekommen war, ebenso seine hübsche ältere Schwester Daphne. Als es einmal zu einem Streit zwischen Leo & Ronny gekommen war (es war um einen Radiergummi gegangen, der weder Ronny noch Leo gehört hatte, wie sich Leo am Bahnhof Wien-Hütteldorf erinnerte), da hatte Ronny „blödes Christenschwein" zu ihm gesagt. Leo hatte damit nichts anfangen können. Auch nicht, wenn Mutter über Politiker, die in der Zeitung abgebildet waren, gesagt hatte: „Schau dir diese Nase an! Wenn das kein Jude ist?!"

In Wiens Außenbezirken, am Stadtrand, waren krankenhausähnliche Gebäude mit der Aufschrift „Kriegsinvalidenheim" oder „Kriegsblindenheim" gestanden & auf dem Flur des Wohnhauses, in dem die Kmetkos gelebt hatten, waren drei Buchstaben an die Stiegen-hauswand gemalt gewesen, „LSR", das Kürzel für „Luftschutzraum". Auf der Fassade draußen hatten sich in Augenhöhe, ebenfalls handgemalt, Richtungspfeile mit der Beschriftung „Stephansdom" in die eine & „Prater" in die andere Richtung befunden. „Für unsere Besatzer", hatte ihm Mutter erklärt, „damit sie sich zurecht finden in Wien". Die Fassade war seither zweimal renoviert worden. Eine Zeit lang war an derselben Stelle „Legalize it" zu lesen gewesen, gegenwärtig stand hier: „Kauf nicht, klau!", erinnerte sich Leo, während er am Bahnsteig 1 des Bahnhofs Hütteldorf vor der Tafel mit den Abfahrtszeiten so tat, als würde er sie lesen.

Im Grunde genommen war das Verhalten der österreichischen Bevölkerung Mitte der 60er-Jahre, insbesondere das ihrer Repräsentanten & Autoritäten, auch was Legislative & Exekutive betraf, die Verhinderung einer vernünftigen Nachkriegsliteratur gewesen, hatte Leo empfunden & letztlich auch darunter gelitten, dass er mit seinen gerade mal 17 Jahren nicht so recht verstanden hatte, worum es Rudi Dutschke & den linken Studenten, vornehmlich in Berlin & Paris, bei ihrer Revolte eigentlich gegangen war. Allein der antiimperialistische Pazifismus, der sich in den unzähligen Anti-Vietnamkriegs-Demos entladen hatte, war ihm halbwegs plausibel vorgekommen. Auch hatten viele Demonstranten, wie auch er, eine sogenannte „Beatles-Frisur" getragen. Barry Mc Guire´s Protestsong „Eve of destruction" war so etwas wie eine Hymne gegen den Kalten Krieg & Protagonisten wie Donovan, Pete Seeger, Bob Dylan & Joan Baez waren die Kultsänger der ganzen Protestbewegung gewesen. In Holland war gerade die Ära der sogenannten „Provos" ausgelaufen, aus denen die Gammler- & Hippiebewegung entstanden war. Leos Lieblingsband war die englische Gruppe „Pretty Things" gewesen, deren fetzige Rhythm-and-Blues-Nummer „Mama keep Your big mouth shut" für ihn irgendwie programmatisch gewesen sein dürfte.

Wäre es nun mit dieser Revolution wirklich ernst geworden, hatte er sich damals ausgemalt, hätte er sie natürlich auf keinen Fall verpassen dürfen. Dafür wäre es aber wichtig gewesen, mit sich selbst klar zu kommen. Bloß wie, wenn die Pubertät so akut in einem wütete, dass man nicht mehr wusste, wohin mit seinen Hormonen, wie die Pickel wegbekommen, war man Männlein oder Weiblein, links oder rechts (bloß nicht Mitte), wollte man etwas erschaffen oder alles vernichten. Besonders schlimm, wenn man in solchen Dingen keine Erfahrung hatte & sich deshalb völlig falsche Vorstellungen machte. Keinerlei Durchblick für einen Schwärmer wie Leo, für den Mädchenaufreißen alles andere als eine Sportdisziplin gewesen war. Er hatte sich immer nur nach Mädchen gesehnt, die einem Traumbild ähnlich gesehen hatten. Er hatte sie *(fürchte ich)* zumindest damals, nicht als eigenständige Lebewesen wahrgenommen. Es war naturgemäß so gekommen, dass diejenigen, die er gewollt hatte, ihn nicht gewollt hatten, & diejenigen, die ihn gewollt hatten, in Wahrheit gar nicht seinem Geschmack entsprochen hatten. Von einem Sexualleben in dieser Zeit war dementsprechend kaum die Rede gewesen. Natürlich war er von seinen ersten Ejakulationen beeindruckt gewesen, nächtliche Geheimerlebnisse, bei denen es sich um vulkanische Eruptionen gehandelt hatte, die er gar nicht beeinflussen hatte können. Danach war es darum gegangen, diese Eruptivgewalt sozial umzusetzen. Aber erst einmal eine finden. Und zwar eine, die ihn genauso begehrte wie er sie. Und wie hätte es dann mit ihnen beiden weitergehen sollen? Was bedeutete Sex eigentlich? Hatte er sich gefragt. Männlicher Orgasmus, Ejakulation, dieser Moment, in dem das Hirn aussetzte?[3*]. Die paar Sekunden, die man sich einem Reflex, einem Krampf, einer Befreiung hingab? Ejakulation gleich Niesen, Gähnen oder Kotzen? Leo, der nicht nur gerne Belletristik gelesen hatte, sondern auch populärmedizinische Sachbücher, wobei er sich speziell für psychiatrische & neurologische Krankheitsbilder interessiert hatte, war eines Nachmittags auf der Landstraßer Hauptstraße einem Epileptiker begegnet, der gerade einen Anfall erlitt. Schaum war zwischen seinen mahlenden Zähnen ausgetreten, er hatte zu taumeln begonnen, tierisch gegrunzt & geächzt, war in den Rinnsal gestürzt, zuckend auf die Straße gerollt & wäre möglicherweise von einem vorbei fahrenden Auto angefahren worden, wenn Leo sich nicht auf ihn gestürzt, ihn fest umklammert & mit ihm aus der Gefahrenzone gerobbt wäre, genauso wie

---

[3*] *Wie ich einer Glosse der österreichischen Tageszeitung KURIER entnehme, pflegt sich der Philosoph Peter Sloterdijk vor den Fernsehapparat zu setzen, wenn er sein Gehirn stilllegen möchte. Bloß hatte die Familie Kmetko damals noch keinen Fernseher besessen*

es im „Gesundheitsbuch" seiner Mutter empfohlen worden war. Die Reaktion der zahlreichen Passanten war signifikant gewesen. „Schwul & besoffen! Und das am helllichten Tag!". Geholfen hatte Leo & dem im Nachhinein überaus dankbar gewesenen Epileptiker niemand. Soweit Leos Erfahrung mit konvulsivischen Krämpfen dazumals. Fürs Erste also lieber weg von den nassen, gemeinsam erlebbaren Orgasmen & hin zu Sympathie, Herzensöffnung & Gleichklang, die Angebetete in *seine Welt* geleiten, wo sie dann gar nicht anders gekonnt hätte, als sich ihrerseits in ihn zu verlieben. Keine Chance. Die Folge – das nagende Gefühl von Versäumen & Versagen. Leos Reaktion darauf – Resignation. Eine Schreibblockade die Folge der Folge. Leo war zu diesem Zeitpunkt seit nunmehr einem Jahr selbst ernannter Schriftsteller gewesen, hatte es in dieser Zeit aber erst zu einem Gedicht & einer Kurzgeschichte gebracht. Die Kurzgeschichte hatte „Der Matrose" geheißen & war in der CD-Press, einem gediegenen Wiener Monatsmagazin für Diplomaten, veröffentlicht worden, dessen Chefredakteur ein Freund des Freundes der Familie eines Mitschülers von Leo gewesen war & gehofft hatte, mit Leos Veröffentlichung eine literarische Entdeckung gemacht zu haben.

In seiner Herberge im südlichen Altstadtviertel Kölns zwischen Heumarkt & Rheinufer, dem lieblos renovierten „Stern des Westens" in der Sternengasse, hatte Leo seine zweite Kurzgeschichte geschrieben, mit Kugelschreiber auf sein neues Briefpapier, auf dem rechts oben sein Name in grünen Lettern aufgedruckt war. Der Kugelschreiber war ein sogenannter Vierfarbenkuli gewesen & Leo hatte wegen des grünen Namenszuges natürlich auch zum Schreiben die Farbe Grün gewählt. Die Geschichte hatte den Titel „Herr und Hut" getragen & handelte von einem saturierten Wohlstandsbürger, der seine Glatze unter einem Homburg versteckte. Allerdings nur so lang, bis ihm dieser vom Wind davon geweht wurde. Der dicke Herr hieß Niedermüller & rannte seinem Hut solange hinterher, bis er, Niedermüller, zusammenbrach & einem Herzinfarkt erlag. Der Homburg war nun endlich ein „freier Hut". Aber nicht lange. Ein vorbeirasender Opel-Admiral fuhr ihn platt. Das einzig Autobiografische an der Geschichte war das ekelhaft nasskalte Wetter gewesen, das Leo 1:1 zur Literatur erhoben hatte. Auch seine Abneigung wohlbeleibten Erfolgsmenschen gegenüber, vor allem aber Hüten, mit denen ihn seine Mutter von Kindestagen an malträtiert hatte, hatte in die Geschichte mit hinein gespielt. Nur einer der Gründe für sein Ausreißen aus dem mütterlichen Milieu.

Leo war Halbwaise, sein Vater verstorben, als er, Leo, 5 Jahre alt gewesen war; der Vater hatte im Übrigen einen hohen Scheitel gehabt & war Hutträger gewesen. Bis heute grübelt Leo über die in Frage kommende Symbolik des Huttragens, ohne dabei zu einer befriedigenden Erkenntnis gekommen zu sein.

Leo hatte die Geschichte mit der Hand so leserlich wie nur möglich geschrieben. Die Schrift war trotzdem zittrig gewesen, denn der „Stern des Westens" hatte an den Heizkosten gespart. Leos Kleidung sowie das einzige Paar Schuhe, das er mitgenommen hatte, waren vom nasskalten Wetter feucht & klamm gewesen. Leo hatte gefroren. Als er mit der Reinschrift fertig gewesen war, hatte er im Kölner Telefonbuch nach Adressen namhafter Zeitungen mit Wochenendfeuilletons geforscht & war auf die Anschrift eines Korrespondenten der Hamburger „Welt" gestoßen, dem er sein Werk verkaufen wollte, wie er sich das so vorgestellt hatte. Die immer noch nicht trocken gewordenen Schuhe, ein Paar Clarks, das Sämischleder von weißlichen Feuchtigkeitsschlieren überzogen, waren auf dem Weg zum „Welt"-Korrespondenten noch nässer geworden. Der „Welt"-Korrespondent hatte in einer hässlichen Neubausiedlung auf der anderen Rheinseite gewohnt, sich als Wirtschaftsjournalist herausgestellt & war von Leos Überraschungsbesuch eher unangenehm berührt gewesen. Er hatte ganz eindeutig mit einem minderjährigen österreichischen Ausreißer nichts zu tun haben wollen & auch nicht die geringste Lust gehabt, ihm zu helfen. Dabei hatte Leo gehofft, der Mann würde ihn bei sich zu Hause „Herr und Hut" in die Schreibmaschine klopfen lassen, die Story am Wochenende in der „Welt" abdrucken, ihm einen Vorschuss zahlen, zu essen & zu trinken geben & ihm womöglich gratis Unterkunft gewähren. Der Wirtschaftsjournalist hatte ihm stattdessen nur die Karte mit der Hamburger Redaktionsanschrift in die rotfleckig gefrorene Hand gedrückt & Leo hatte bitter enttäuscht den nun noch abstoßender wirkenden Wohnblock in Köln-Deutz wieder verlassen. *Dass sich in Deutz mindestens ein Nebenlager des KZs Buchenwald befunden hatte, hatte Leo erst Jahrzehnte später erfahren.* Beim Überqueren des Rheins hatte er sich im böigen Jännerregen eine Erkältung eingefangen, die er seine ganze erste Auszeit lang nicht mehr weg bekommen hatte. „Herr und Hut" hatte er trotzdem abgeschickt. Da er als Absender die Adresse der Altstadtpension angegeben hatte (er hatte offensichtlich nicht die Absicht gehabt, jemals wieder nach Hause zurückzukehren), hatte er auch nie erfahren, was die Hamburger Feuilletonredakteure zu seinem Elaborat zu sagen gehabt hatten. Denn Leo Kmetko hatte Köln 3 Tage später verlassen, auch weil ihn das dort herrschende allgemeine Karnevalstreiben verstört hatte, & war bei anhaltend nasskaltem Winterwetter weiter bis an die holländische Grenze gleich hinter Aachen getrampt.

„Noch wenig Zeiten,
so bin ich los
und liege trunken
der Liebe im Schoß…",

hatte er sich Novalis´ Verse zum Motto gemacht. Denn das ursprüngliche Ziel seiner Expedition war nichts anderes gewesen als die Wohnadresse seiner holländischen Brieffreundin Tiny Smits, die er am 17. September 1965 anlässlich des ersten Rolling Stones-Konzertes in der Wiener Stadthalle kennengelernt hatte. Tiny war damals mit einem Bus voller holländischer Stones-Fans angereist, hatte den Sitzplatz neben Leo zugewiesen bekommen, war unentwegt herumgehopst & hatte ihn unerbittlich zum Mitshaken genötigt. Zu beider Bedauern hatten die Stones damals ihren aktuellen Hit „Let´s spend the night together" nicht im Programm gehabt. Schließlich hatte es sich ja um die zweifelsohne zensurierte 17-Uhr-Backfisch-Vorstellung gehandelt. Die Abend-Performance soll dann weniger jugendfrei gewesen sein. Unmittelbar nach dem Konzert war Tiny wieder im Gruppenverband abgereist. Die 1 ½ Stunden hatten jedoch zum Adressenaustausch gereicht, woraufhin sich ein reger Briefwechsel ergeben hatte, besonders seitens Leos, der Tiny dazu auserkoren hatte, *seiner Welt* teilhaftig zu werden…

Sein Reisegepäck hatte Leo um Bölls Erzählband, Dwinger & Franz Kafka verringert. Die schielende Herbergswirtin im „Stern des Westens" hatte ihm dafür halbherzig gedankt, die Bücher ins Regal hinter der Rezeption, gleich neben dem Schlüsselkästchen, gestellt & Leo auf seine Rechnung einen Nachlass von 3 Mark gewährt. Die Kunstledertasche hatte sich nunmehr leichter stadtauswärts Richtung Autobahnauffahrt schleppen lassen. Er hatte Glück gehabt & war von einem taiwanesischen Gastronomen aufgelesen worden, der sich ihm als Hu vorgestellt hatte, „Mijn Naam is Hu. Ik smokkelen Gevogeltes uit Aken. Is het goedkopel dan in Heellen. En uw?", hatte er kichernd & unter akkurater Vermeidung des Konsonanten „r" gemauschelt („Ich heiße Hu & schmuggle Geflügel aus Aachen, weil es dort billiger ist als in Heerlen", wie Leo später mithilfe seines Dictionairs herausgefunden hatte). Hu hatte in der südostholländischen Kleinstadt Heerlen im Bereich der Dreiländerecke BRD-Belgien-Holland, 1931 immerhin Thomas Bernhards Geburtsort, ein Chinarestaurant betrieben, „Hét blauwe Draak", & einen unbesetzten Grenzübergang bei Simpelveld benützt, sodass nicht nur Hu, sondern auch Leo einer eventuell peinlichen Kontrolle durch deutsche & niederländische

Zöllner entgangen war, denen, wie Leo befürchtet hatte, bereits die detaillierte Personsbeschreibung eines abgängigen 17jährigen österreichischen Schülers vorgelegen war. Zurecht befürchtet hatte. Interpol hatte tatsächlich schon nach ihm gefahndet…

Im Übrigen war Heerlen nicht nur Thomas Bernhards Geburtsort, sondern eben auch der Wohnsitz Tiny Smits´ gewesen, Haushaltsschülerin & Rolling Stones-Fan, der Leo seit 2 ½ Jahren regelmäßig, etwa 2x im Monat, Briefe geschrieben hatte, die letzten waren eindeutig Liebesbriefe gewesen. Vielleicht, hatte er gedacht, ist sie ja eine, in der ich mich spiegeln kann, & sie sich in mir. Tiny hatte daraufhin ihre Korrespondenz auffallend reduziert. Leo war dieser Umstand leider nicht aufgefallen. Seine Hoffnung, bei Tiny vorübergehend Unterkunft zu finden, war deshalb unbeirrbar geblieben…

Im nicht besonders lieblichen Heerlen war Leo von Herrn Hu im „Blauen Drachen" auf das „Menü 1" eingeladen worden, auf Loempia, Kimtchi & Kropoek. Es war für Leo das erste Mal gewesen, dass er in einem Chinarestaurant eingekehrt war. Dazu hatte es die österreichische Importlimonade „Almdudler" gegeben, in der Getränkekarte als „Alpendrink uit Oostenrijk" beschrieben. Vom Nachbartisch aus war Leo von einem Gast angesprochen worden, der weder gespeist, noch Kräuterlimo getrunken hatte, sondern Heineken mit „Wu tsia peh", laut Getränkekarte ein 58%iger fernöstlicher Digestif aus vergorenen chinesischen Wurzeln. Der Mann hatte Johan van de Vlught geheißen, wie „Flücht" gesprochen, & gerade bei Hu seine Zeche bezahlen wollen. Er war etwa in Mama Kmetkos Alter gewesen & so betrunken, dass er seine Geldbörse nicht allein hatte öffnen können. Leo hatte ihm dabei geholfen, worauf noch eine Lokalrunde für ihn herausgeschaut hatte (Leo & Johan waren die einzigen Gäste im „Blauen Drachen" gewesen). Der Wurzelschnaps *(der übrigens salopp „Wutschappi" ausgesprochen wird)* hatte Leos Speiseröhre nur leicht verätzt (das Sambal Oelek, das er zuvor auf Hu´s Empfehlung hin löffelweise über die Frühlingsrollen geschaufelt hatte, war noch viel schärfer gewesen, vom Kimtschisalat ganz zu schweigen). Obendrein hatte ihn Johan nach Begleichen der ziemlich hohen Zeche gebeten, ihn heim zu geleiten, weil er selbstständig nicht mehr aufrecht hatte gehen können. Leo hatte ihm den Gefallen getan & war zum Dank eingeladen worden, bei Johan auf der Couch zu übernachten. Er könne bleiben, solang er wolle, hatte Johan gelallt, während ihm Leo beim Entkleiden geholfen hatte, hatte sich ins Bett fallen lassen (ein überraschend sauberes, ordentlich aufgebettetes Doppelbett, wie Leo aufgefallen war) & war von einer Sekunde zur anderen in ohnmachtsähnlichen Tiefschlaf gefallen. Leo hatte es sich auf der Wohnzimmercouch halbwegs wohnlich gemacht & war über der Lektüre von Hemingways Nick Adam-Story „Das letzte gute Land" gerade am Einnicken gewesen, als die Wohnungstür geöffnet worden, eine Frau mittleren Alters eingetreten war & bei seinem Anblick sorgenvoll ihre Stirnfalten gekräuselt hatte. Johan hatte in seinem Rausch völlig vergessen gehabt, Leo mitzuteilen, dass er verheiratet war & zwar mit einer Krankenschwester, die im Krankenhaus Spätdienst gehabt hatte…

Der Intercity OEC 640 rollte auf Gleis 1 ein & kam so zum Stillstand, dass Leo nur einen Schritt von der vorderen Waggontür des ersten Waggons entfernt war. Quer über dem Türfenster ein Aufkleber mit dem Schriftzug „TÜRSTÖRUNG". „Verkürzter Aufenthalt", verkündete diesmal eine männliche, nicht besonders ausgebildete Lautsprecherstimme, immerhin *live*. Leo musste mit dem Seesack auf der Schulter den Waggon entlang bis zum zweiten Einstieg hetzen. „TÜRSTÖRUNG" auch hier. Der zweite Waggon war ein Güterwagen, erst der dritte verfügte über einen funktionierenden Einstieg & war dementsprechend gut mit Passagieren ausgelastet, weshalb Leo sich kurz entschlossen mit seinem Seesack durch die Waggonschleuse zum Güterwagen zwängte, diesen der Länge nach Richtung Triebwagen durchquerte & sich & seinem Seesack einen gemütlichen Platz im völlig menschenleeren ersten Waggon suchte. Der Intercity OEC 640 ruckte an & verließ Hütteldorf, verließ Wien, verließ einen Lebensabschnitt, den Leo Kmetko als „Vakuum zwischen zweiter & dritter Auszeit" definierte. Immerhin jener Zeitraum, in dem er Marie kennen gelernt & geheiratet, mit ihr zwei Kinder gezeugt & großgezogen hatte, beide seit geraumer Zeit, wie man sagt, erwachsen & selbstständig.

Leo ärgerte sich ein wenig darüber, sich von der Erinnerung an seine erste Auszeit abgelenkt haben zu lassen von der bevorstehenden dritten. Wahrscheinlich, weil er sie selbst 42 Jahre später noch immer nicht auf die Reihe bekommen hatte, wie er sich eingestand, & nahm sich vor, bis St. Pölten, spätestens aber Amstetten, darüber ins Reine zu kommen. Als eindeutig akuter & dementsprechend vordergründiger erwies sich die Frage, wie, warum & wozu er seine nunmehr dritte Auszeit genommen hatte...

„Du bist ein... Du bist ein...", hatte seine Frau Marie erregt nach Worten gerungen. „Du erinnerst mich an unsere Waschmaschine, wenn sie schleudern soll, aber hängen bleibt & seltsame Geräusche von sich gibt!", hatte Marie ihn beim Bügeln angefaucht.

Marie war eine engagierte Volksschullehrerin, die für ihren Beruf auch ihre Freizeit opferte. Leo war deshalb für den Haushalt zuständig, d.h. mit Ausnahme des Bügelns, Fensterputzens & Abstaubens. Immerhin war sie mit seinen Kochkünsten einigermaßen zufrieden. Gab es in der Schule Probleme mit Kindern oder Divergenzen mit Kollegen & Kolleginnen, mit der Direktion oder mit den InspektorInnen, besprach sie diese für gewöhnlich mit Leo, dessen hauptsächliche Funktion dabei das Zuhören war. Seine eigenen Probleme machte er mit sich alleine aus. Man wird dabei leicht zum Chaoten.

„Sie schleudert nur deswegen nicht, weil du sie überladen hast", hatte Leo erwidert.

„Du bist eine Krankheit, jawohl eine Krankheit!", war sie theatralisch mit ihrer Tirade fortgefahren. Leo war sich vorgekommen wie in einem Thomas Bernhard-Stück.

„Mir wird übel, wenn ich dich nur ansehe", hatte sie ausgestoßen. „Wie soll ich dich lieben, wenn mich derart vor deiner Lethargie ekelt... vor deiner Antriebslosigkeit... deiner Gleichgültigkeit... Und am meisten kotzt mich deine Resignation an! Das kann so nicht weitergehen!", hatte er sich widerstandslos angehört & war sich wie der Wellensittich vorgekommen, den er als Teenager einmal bekommen hatte, um Verantwortung einem Lebewesen gegenüber zu lernen. Er, Leo, hatte dem Vogel ständig Lethargie, Antriebslosigkeit & Gleichgültigkeit vorgeworfen. Er, der Vogel, war nie zutraulich geworden, hatte sich nur schwer einfangen lassen, wenn er, Leo, ihn, den Vogel, einmal aus dem Käfig herausgelassen hatte, um ihn fliegen zu sehen, hatte nie nachgesprochen, was Leo ihm vorgeplappert hatte, war einfach nur unglücklich gewesen in seinem Käfig, unglücklich mit Leo & verzweifelt in seiner Einsamkeit. Ohne dass Leo das damals verstanden hatte. Verantwortung zu übernehmen, hatte er ja erst mit 17 versucht, da war sein Wellensittich schon 1½ Jahre tot gewesen, mit 17, als er versucht hatte, von daheim auszureißen, *zur Geliebten zu flüchten*, Verantwortung fürs Risiko, somit auch Verantwortung fürs Scheitern. Immerhin. Das Scheitern ein Teilerfolg. Gemäß Samuel Beckett geht es ja gewissermaßen um eine Ästhetik des Scheiterns. So gesehen ein eventuell partiell gelungener Test. Objektiv analysiert, war es natürlich ein Flop gewesen. Warum war er denn damals ausgerissen? Fragte sich Leo. Weil er sich vom Leben ausgeschlossen gefühlt hatte? Ein Gefühl, das sich bis zum gegenwärtigen Zeitpunkt nicht geändert hatte. Leo fühlte sich immer noch wie ein Implantat, das von einer Art kosmischen Organismus´ abgestoßen wird. Lag diese Unvereinbarkeit nun am Implantat oder an diesem Organismus? Fragte er sich. An ihm oder an der Welt, am Leben, das *ein Leben der anderen* war? „Organ sucht Organismus" lautete das Resultat seiner immer noch nicht abgeschlossenen Selbstanalyse, war der Status quo seiner unausgesetzten erfolglosen Sinnsuche, die die Suche nach einem Organismus war, der womöglich gar nicht existierte. Der Slogan hätte auch „Familienmitglied sucht Familie" lauten können, & wenn ihn jemand nach seinem Familienstand gefragt hätte, wäre Leos Antwort „Halbwaise" gewesen. Halbwaise bleibt man sein Leben lang, sinnierte Leo, auch wenn letztlich beide Elternteile verstorben sind. War also doch das Fehlen der Vaterfigur mitentscheidend für seinen Ausbruch gewesen, seine Flucht, das Fehlen eines Vaters, der vermutlich viel strenger mit ihm gewesen wäre als die nach dessen Tod allein erziehende Mutter? Leo hatte nur wenige Erinnerungen an seinen Vater. Er erinnerte sich an ihn in Lederhosen, als sie einmal am Grünen See in Tragöss Urlaub gemacht hatten. Er erinnerte sich, dass Vater ihn regelmäßig am Wochenende nach dem Mittagessen in sein sogenanntes Herrenzimmer zum gemeinsamen Mittagsschlaf mitgenommen hatte, wobei Leo, der auch heute noch untertags fast nie schläft, Bett & Herrenzimmer schleunigst wieder verlassen hatte, kaum dass Vater eingeschlafen war & unglaublich laut zu schnarchen begonnen hatte. Er erinnerte sich, dass Vater beim gemeinsamen Mittagessen am Wochenende bei Tisch ein strenges Regiment geführt hatte, etwa wenn den beiden jüngeren Schwestern von Leos Mutter, Leos Tanten, ein Missgeschick passiert war, wenn die eine beispielsweise beim Weintrinken den Glasrand gegen ihre Zähne gestoßen oder die andere den Wein zu schnell getrunken hatte. „Man trinkt Wein nicht gegen den Durst!", hatte Leo Vaters Ermahnung in Erinnerung. Er erinnerte sich, wie Vater seiner, Leos, Schwester, die bei Tisch gerne gelümmelt war, ein Holzscheit unters Kinn geschoben hatte, & erinnerte sich daran, als er, Leo, einmal mit einem Stück Semmel zu früh vom Tisch aufgestanden war & dabei auf den Teppich gebröselt hatte. Vaters laute Schelte hatten ihm damals die Tränen in die Augen getrieben. Dann Vaters Tod. Eine feierliche Stimmung im Wohnzimmer, Tanten & Onkeln waren anwesend gewesen & Leute, die Leo überhaupt nicht gekannt hatte. Die Tür zum Sterbezimmer war mitunter leise geöffnet worden, Leute waren hineingegangen & herausgekommen. Es war getuschelt worden. Dann hatte man die Kinder weggeschickt, zu den Nachbarn, die auch Kinder gehabt hatten *(zu jenen Nachbarn, in deren Regal „Mein Kampf" hinter „Angelique" versteckt gewesen war)*. Ab da war Leo Halbwaise gewesen. Halbwaise & vaterlos. Was hätte Vater bei seiner, Leos, Erziehung anders machen können? Anders als die Mutter? Es hätte mit Sicherheit mehr Konflikte gegeben als mit der Mutter. Aber Vater hätte ihm womöglich vorgelebt, wie man mit dem Versagen umgeht, mit Ratlosigkeit & Verzweiflung, mit Ausweglosigkeit & mit der Unerträglichkeit von Zwängen, hatte sich Leo im Nachhinein eingeredet. Während Mutter ihm immer nur eingeredet hatte, wie man besser *nicht* leben sollte. Vater hätte ihm möglicherweise das Versagen, das Unterliegen, er hätte ihn das Scheitern beherrschen, es sozusagen meistern lehren können. Leo hätte von ihm lernen können, das Leben zu ertragen, ohne es mögen zu müssen, so wie es war. Zu der Einsicht „Ich mag das Leben, bin aber nicht gerne Mensch" hatte er sich erst mit etwa 50 durchgerungen. Von Mutter war nur diese immerwährende radikale Aufopferung zu erlernen gewesen, ihr Scheuklappenkatholizismus, diese unausgesetzte Angepasstheit. Leo war sich vorgekommen wie eine Sardine in der Konservendose & hatte alsbald nur das eine im Sinn gehabt: Querliegen…[4*]

Leos Mutter war es nie um sie selbst gegangen, sondern stets um die Umstände, die ihr Opfer abverlangt hatten, die Familie, die Firma, den Schrebergarten, die Kinder, insbesondere um ihn, den einzigen männlichen Spross. Eines Tages, da war er 14 gewesen, oder Anfang 15, da war in dem kleinen Zeitungskiosk vor dem Schottenkonvikt ein Brand ausgebrochen. Der Zeitungsverkäufer hatte in Panik die brennenden Zeitschriften & Magazine aus dem Kioskfenster auf die Straße hinaus geworfen, darunter auch Sexheftchen & Pornomagazine. Die adoleszierenden Gymnasiasten mit ihren Schulranzen gerade auf dem Heimweg. Keiner hatte sich um den laut um Hilfe schreienden Kioskbesitzer gekümmert. Alle waren nur auf das Einsammeln der noch glosenden Pornohefte aus gewesen. Auch Leo hatte zwei am Rand verkohlte Bildchen abbekommen & sie in seinem Portmonee[5*] klein gefaltet aufbewahrt. Irgendwann danach hatte seine Mutter dort Nachschau gehalten, die Bildchen entfernt, aber kein einziges Wort

---

[4*] Erst Jahrzehnte später, ein Jahr vor seiner 3. Auszeit in Finstern, hatte er dieses inzwischen längst gestillte Bedürfnis endlich in Form eines Gedichtes verbalisieren können, das ihm während eines Griechenlandurlaubs mit Marie am Strand der Ägäis im Schatten einer Tamariske eingefallen war:

„Ich bin die Sardine, die querliegt
und werde nie reich sein,
weil mir am Querliegen mehr liegt
als am Gleichsein."

[5*] *„Pornmonee"?*

darüber verloren. Selbst dann nicht, als Leo sie konkret darauf angesprochen hatte. Dazu die tägliche Qual, von ihr unentwegt Hüte, Mützen & Kappen aufgesetzt zu bekommen. Um es warm am Kopf zu haben? Oder hatte es gegolten, einen Lebensstil zu dokumentieren, Wohlstand, Konservativismus & Anständigkeit, einen Lebensstil, für den Pornografie peinlich war? Möglicherweise war es ihr einfach nur wichtig gewesen zu zeigen, dass man „behütet" war.

Der Intercity OEC 640 schlängelte sich bedächtig über die westlichen Ausläufer des Wienerwaldmassivs. Der Föhnhimmel über den blaustichigen Hügelkuppen verfinsterte sich zusehends. Leo dachte an Johans Gattin, die, wie ihm einfiel, Marijke geheißen hatte, Marijke van de Vlught. Chris Lohners Tonbandstimme informierte die Passagiere mehrsprachig über die Möglichkeit eines mobilen Bord-services im „Paracelsus", das, wie sie im Stile einer Stewardess verkündete, Snacks & Erfrischungen anbieten würde, wie sie in Deutsch, Englisch & Französisch verkündete, nicht so wie 1968, als ein Marketender sein blechernes Wägelchen scheppernd durch die engen Waggonflure gerollt, die Abteiltüren aufgerissen & „Kaffee! Tee! Bier! Limo! Mannerschnitten! Heiße Würstel!" gebrüllt hatte.

Marijke van de Vlught war von Leos Anwesenheit auf der heimischen Couch im Wohnsilo eingangs der Heerlener Klompstraat nicht sonderlich überrascht gewesen, hatte auf den im Gegensatz zu ihr doch eher überrumpelten Leo beruhigend eingeredet, „Kalm, alsjeblieft, niet prikkelen. Ik ben Marijke. En wat is je naam?". „Ik ben Leo", hatte der etwas derangierte Leo radebrechend geantwortet & nicht gewusst, was tun. Marijke hatte Mantel & Schuhe abgelegt & war in die Küche gegangen, Kaffee zubereiten. Leo hatte derweil Zeit zum Munterwerden gehabt, sich Hose & Pulli angezogen & sein Haar oberflächlich zurecht gemacht, seine „Beatles-Frisur", wegen der man ihn in der Schule eher Prinz Eisenherz genannt hatte als Paul, Ringo, George oder John. Er hatte dann in der engen Neubauküche mit Marijke Kaffee getrunken, mit ihr Zigaretten geraucht & sich angehört, was ihr am Herzen gelegen war. Die Zigaretten waren stark & filterlos gewesen & hatten einen spanischen Namen gehabt. Leo starrte sein Spiegelbild im Waggonfenster an. Draußen zog Neulengbach an ihm vorbei, ohne dass er es wahrnahm. Ihm fiel nicht ein, wie die Zigaretten geheißen hatten.

Johan war 1941 im von Nazi-Deutschland besetzten Holland rekrutiert worden & der SS beigetreten, hatte geholfen, Juden zu deportieren, unter Zwang, wie Marijke betont hatte, „Befehlsnotstand", hatte sie gesagt, auf Deutsch gesagt, & war nach Kriegsende deshalb als Landesverräter verurteilt & quasi an den Pranger gestellt worden. Er hatte seine Bürgerrechte verloren & keinen Reisepass mehr bekommen. Hatte Marijke, die todmüde war von ihrer Spätschicht im Spital, ihm in flämisch-deutschem Mix erzählt. *„On de Pranger geplaatst"*. Das Schlimmste aber, hatte sie gesagt, wären die Demütigungen durch den Mob gewesen. Kennen gelernt hätte sie Johan im Krankenhaus, nachdem man ihn zusammengeschlagen, misshandelt & schwer verwundet hatte. Frauen & Mädchen, die damals mit den Besatzern kollaboriert hatten, hätte man noch übleres

Leid zugefügt, hatte Marijke erzählt. Besonders die, die mit den Besatzern Liebschaften eingegangen waren, hätte man nackt Spießruten laufen lassen, ihnen Säure über die Brüste geschüttet & in die Vagina geflößt & sie verrecken lassen bei lebendigem Leib, „In het levende Lichnaam", wie Marijke gesagt hatte. Leo, der damals noch nicht einmal so genau gewusst hatte, was umgekehrt KZ-Häftlingen von SS-Soldaten so alles angetan worden war, war geschockt gewesen...

Judengettos, Holocaust, Gaskammern, Ausrottung unwerten Lebens, arische Herrenrasse, Völkermord – alles Schlagworte, denen die zensierenden Beschwichtigungen der letzten Generation die Tiefe genommen hatten, abstrakte Begriffe, die in ihrer Monstrosität irgendwie an den äußersten Rand des Verstehbaren verdrängt worden waren.

Als Leo mit 14 seine erste Zigarette geraucht hatte, nach der Schule, eine „Nil", die es preisgünstig im Zehnerpack gegeben hatte, hatte ihm ein Schüler der oberen Klasse Feuer gegeben. Leo hatte die Streichholzflamme ungeschickt & viel zu schwach angesaugt, das Feuer hatte nicht so recht überspringen wollen, & der Schüler der oberen Klasse hatte gemeint, Leo hätte jetzt „einen Juden" auf seiner „Nil". Leo hatte keine Ahnung gehabt, was „einen Juden haben" mit einer schlecht angerauchten Zigarette zu tun gehabt haben sollte. „Der Jude gehört vollständig verbrannt", hatte der Schüler der oberen Klasse gesagt. Wiener Alltagsfaschismus. Gedankenlos, demütigend, kaltherzig. Die Wiege einer neuen Kriegsverbrechergeneration? So hatten sich die Schotten-Schnösel in dieser Nie-wieder-Krieg-Phase verhalten. Das hatten sie daraus gelernt...

Marijke hätte Johan gesund gepflegt, sich nach seiner Entrechtung um ihn gekümmert & ihn schließlich standesamtlich geheiratet, war sie mit monotoner Stimme fortgefahren. Was im Übrigen eine Art Sippenhaftung zur Folge gehabt hätte, also auch sie gebrandmarkt, „mitgehangen mitgevangen", hatte sie gesagt. Johan wäre in Depression gefallen, zum Alkoholiker geworden & vom Alkohol einfach nicht mehr losgekommen, auch 23 Jahre nach seiner Entrechtung nicht. Weil einem Landesverräter auch Sozialleistungen wie Entziehungskur & Resozialisierung nicht gewährt worden wären, hatte Marijke geklagt. Er hätte sogar Lokalverbot in den meisten Kneipen gehabt. Hu´s „blauer Drache" war wohl seine letzte Chance gewesen. Er, Leo, möge ihr nicht böse sein, wenn sie ihn ersuche, die Wohnung morgen früh wieder zu verlassen, hatte sie gesagt, ihn geradezu angefleht, aber es wäre das Beste für sie alle. Leo, der Marijkes Erklärungen aufgesogen hatte wie eine Offenbarung, ein Orakel, eine gleichsam lebensrettende geistige Labung, hatte auf der Stelle eine Art literarischer Witterung aufgenommen, Marijke kurz angebunden sein Mitgefühl, Verständnis & seinen Dank auszudrücken versucht & sie spontan um die Wegbeschreibung zur Bongaerslaan gebeten, wo damals Tiny Smits gewohnt hatte. Selbstverständlich im elterlichen Reihenhaus, wie er sich eigentlich hätte denken können, & im Nu war es wieder vorbei gewesen mit seiner literarischen Witterung, hatte wieder die Libido von ihm Besitz genommen, respektive sein Trieb, Tiny endlich *seine Welt* zu zeigen...

Der OEC 640 fuhr in den Hauptbahnhof St.Pölten ein & Leo war mit seiner ersten Auszeit immer noch nicht ins Reine gekommen. Er gewährte sich noch eine halbe Stunde. Am Besten mithilfe eines Schlückchens Bordbistro-Espressos, plante Leo. Bedauerlicherweise erfolglos, denn das mobile Bord-Service machte akkurat am Ende des 3. Waggons, also genau vor der Schleuse zum Güterwagen, wieder kehrt. Nicht einmal der Schaffner ließ sich blicken. Leo & der Seesack in ihrem Abteil gleichsam in Quarantäne. Grund genug, das allgemeine Rauchverbot der ÖBB zu brechen, beschloss Leo & endlich fiel ihm auch der Name der filterlosen, seinerzeit in Holland sehr populär gewesenen Zigarettenmarke wieder ein. *Caballero*, wie er sich erinnerte, amüsiert erinnerte, sich erinnerte wie eben ein alter Mann sich erinnert, dessen Langzeitgedächtnis das Kurzzeitgedächtnis besiegt, die Freude daran nichts anderes als das Verdrängen eines altersbedingten Handicaps. Er zündete sich die Zigarette, die weder eine „Caballero" noch eine „Nil" war, äußerst ungeschickt an, hatte einen sogenannten „Juden" vorne an der Zigarette, hatte ab sofort keinen Spaß mehr am Rauchen, trat die kaum angerauchte Zigarette brutal am Abteilboden aus & überließ wieder einmal mutlos der Resignation das Feld.

Tiny war noch viel überraschter gewesen als der „Welt"-Korrespondent in Köln, als Leo an der Tür des Reihenhäuschens der Smits´ geklingelt hatte. Holländische Reihenhäuschen sind in der Regel sozusagen schmuck & sauber, sehen aus wie Fertigteilhäuser in einem Fertigteilhäusermusterdorf, verfügen über ein Vorgärtchen, das aussieht wie aus einem Gartengestaltungskatalog, kein welkes Blättchen, kein überlanger Grashalm, kein Maulwurfshaufen, kein herum liegendes Werkzeug, Baumaterial oder gar Schneematsch, irgendwie wie staubgesaugt & nachkoloriert, & eine Veranda mit Erker, darin eine Art Auslagenfenster mit seitlich gerafften Vorhängen, wie eine Guckkastenbühne, dahinter das Wohnzimmer mit möglichst großzügiger Einrichtung & immer aufgeräumt, damit man von außen sehen kann, wie ordentlich diese Familie ist, wie sittsam & politisch korrekt, dass sie nichts, aber auch nicht das Geringste vor der Öffentlichkeit zu verbergen habe. Leos Mutter hatte irgendwann einmal Urlaub im holländischen Amersfoort gemacht, einer adretten mittelgroßen Stadt in der Provinz Utrecht, deren schmucken & sauberen Reihenhäuschen man nicht angesehen hatte, dass es hier dereinst ein NS-Konzentrationslager gegeben hatte, das „Boskamp-Lager". Wichtiger war ihr gewesen, dass Johannes Heesters in Amersfoort zur Welt gekommen war. Der ebenfalls hier gebürtige Piet Mondrian war ihr egal gewesen. Leos Mutter war entzückt & hingerissen gewesen von den Amersfoorter Schau-Häuschen am Stadtrand. Dass die quasi öffentlichen Wohnzimmer mit ihrem stets frischen Blumenschmuck, den stets frisch gewaschenen Gardinen, den fleckenlosen Stofftapeten, den hübsch gerahmten Stillleben mit Obstschüsselmotiven & den Fernseh- & Radioapparaten mit geklöppelter Abdeckung eigentlich nie wirklich bewohnt wurden, war ihr nicht aufgefallen. Was sich in den von außen nicht einsehbaren Küchen & in den Schlafzimmern, Dachböden oder Kellern abspielte, dazu hatte ihr eindeutig die Fantasie gefehlt. Leo im Augenblick selbst ebenfalls. Angesichts des Smits´schen Musterhäuschens hätte er jetzt durchaus erneut Gelegenheit gehabt, seinen literarischen Spürsinn walten zu lassen, aber nein. Da war wieder dieses brennende Bedürfnis gewesen, dieses Sehnen und Hoffen auf Sympathie, Herzenstiefe & Gleichklang. Fast schon ein Suchtverhalten. Gleich darauf der Schock, als Tiny extrem abweisend gewirkt, keinerlei Interesse am Kennenlernen seiner, Leos, Welt bekundet & ihn behandelt hatte wie einen Vagabunden, dem „Welt"-Korrespondenten nicht unähnlich, & mit dem minderjährigen österreichischen Abgängigen, nach dem, wie Leo auch noch stolz verkündet hatte, Interpol fahndete, nichts zu schaffen haben wollte. Tiny hatte ihn wohl um Verständnis für ihr abweisendes Verhalten ersucht (schließlich hatte er sie gerade beim Büffeln für eine entscheidende Prüfung in der Haushaltsschule gestört), aber lieben würde sie ihn auch nicht dermaßen, wie er sich das wohl ausgedacht hätte. Mehr als ein Spaziergang, ein halbherziger (abgewehrter) Zungenkuss & ein Übernachtungstipp in einem für die Provinz Limburg & besonders für Heerlen angeblich typischen Landgasthof hatten dabei nicht herausgeschaut. Leo, an sich gewohnt, sich in die Falschen zu verlieben, war doch etwas enttäuscht gewesen. Um mit Novalis fortzufahren:

„Und jede Pein
wird einst
ein Stachel der Wollust sein."

Ich vermute, dass weniger Tinys Zurückweisung als

vielmehr ihre Unkenntnis der österreichischen Literatur ihn betroffen gemacht hatte. Aber mit Thomas Bernhard, der damals immerhin schon „Ungenach", „Amras" & die „Verstörung" veröffentlicht hatte, können die Heerlener auch heutzutage noch wenig anfangen.

Das Wirtshaus hatte „De vrolijke Drinker" geheißen, im Obergeschoss billige Zimmer vermietet & ebenerdig in einem riesigen Saal mit Schank Gäste bewirtet. Der Umstand, dass gerade Karnevalszeit war & die Heerlener in diesem Genre sogar noch närrischer als die Kölner jenseits der Grenze gewesen waren, hatte Leo doch einigermaßen überrascht. Waren ihm die entsprechenden Veranstaltungen mit Jeckenumzügen & Alaaf-Gebrüll in Köln schon auf die Nerven gegangen, waren sie hier im Heerlener „fröhlichen Trinker" zur absoluten Unerträglichkeit kulminiert, zudem ja auch das Niederländische nicht gerade dazu angetan ist, als Kommunikationsmittel besonders ernst genommen zu werden. Angepasste Kleinstadtbürger hatten allabendlich den Saal des „fröhlichen Trinkers" gefüllt, in seltsame Anzüge gehüllt, Fantasieorden an der Brust & bunte Schärpen, Narrenkappen auf dem Kopf, Büttenreden schwingend, in mörderischen Reimen & verheerender Rhythmik. Die Küche war heillos überfordert gewesen, sodass Leo nicht einmal mehr „Strammen Max" zu essen bekommen hatte & sich von fetttriefenden Fritten mit kanariegelber Mayonnaise aus einer Imbissbude in Bahnhofsnähe ernähren hatte müssen. Das Jeckentreiben war letztendlich Ursache seiner abrupten Abreise zurück nach Aachen gewesen, wo ihm wenigstens die Sprache vertrauter sein würde, wie er gehofft hatte, erneut vergeblich gehofft hatte, denn das in Aachen & der Aachener Umgebung gesprochene Nordmittelfränkisch, „Ripuarisch" genannt *(ohne dass es etwas mit „arisch" zu tun gehabt hätte)*, hatte sich kaum seriöser angehört als der Limburgische Flamsdialekt. Trotzdem hatte er sich eingebildet, hier sowohl Wohn- & Arbeitsplatz leichter zu finden als in Heerlen. Außerdem hatte ein Schlussstrich unter das Kapitel Tiny Smits gezogen gehört. Leo war auch tatsächlich, kaum hatte er Aachener Boden betreten, ripuarisch formuliert, mit Tiny „fädich jewoode".

Der Intercity OEC 640 näherte sich St. Valentin, Leos Umsteigebahnhof, St. Valentin, Sitz eines internationalen Traktorenkonzerns, früher einmal, 1939 bis 1945, Standort des „Nibelungenwerkes", wo Wehrmachtspanzer produziert worden waren. 10.000 KZ-Häftlinge aus Mauthausen hatten hier Zwangsarbeit verrichtet. Das wissen viele St. Valentiner heute noch nicht, zumal die infolge „der späten Geburt" begnadeten. Auch Leo hatte es erst viel später erfahren, sicher nicht in der humanistischen Klosterschule, in die er mit 10 gesteckt worden war, erst als „Gras über die Sache gewachsen" war, wie man sagt, & sich niemand mehr geniert hatte für sein Mitwissen, für seine Beteiligung, & die etwas kritischeren Historiker & Politiker, vor allem aber die überlebt habenden Betroffenen sich zu wehren angefangen hatten gegen das Zuwachsen der alles überwuchernden Grasnarbe.

Leo hatte das KZ Mauthausen zweimal besucht. Zu Fuß war er die Serpentinen hinauf gepilgert. Besonders betroffen hatte ihn der ehemalige Fußballplatz gemacht, der außerhalb des Lagers auf einer künstlichen Terrasse errichtet worden war & den Wachmannschaften & der SS zur Kurzweil gedient hatte, wenn ihnen ihre Arbeit zu anstrengend geworden war. Wahrscheinlich hatten die damals in irgendsoeiner Kreisligameisterschaft mitgespielt, statt FC wahrscheinlich SS Mauthausen, dachte er. Hatten sie im Match einen Gegenspieler gefoult, waren sie vom Schiedsrichter verwarnt oder vom Spiel ausgeschlossen worden. Hatten sie ein paar Stunden zuvor einen KZ-Häftling erschossen oder erschlagen, waren sie von ihrem Vorgesetzten wohl belobigt worden. Das Spielfeld war mit Gras & Buschwerk zugewachsen, zugewachsen wie Erinnerung & Verantwortung, aber man konnte sich vorstellen, wo die Tore gestanden & die Cornerfahnen gesteckt waren. „KaZet", ein Kürzel, dessen Bedeutung sich Leo erst damals, 1968, in Heerlen aufzudrängen begonnen hatte. Wohin hatte Johan van de Vlught wohl seine Opfer deportieren lassen? Nach Amersfoort? Ins Emsland? Nach Neusustrum oder Ravensbrück, wenn nicht gar nach Esterwegen, ins Börgermoor? Hatte Johan all das gewusst oder nur stur einem Befehl gehorcht, hatte gemacht, was Mächtigere von ihm verlangt hatten? Oder hatte er Spaß dabei gehabt?

Chris Lohner kündigte als nächsten Halt St. Valentin an. Leo machte sich zum Aussteigen bereit, sammelte die Zigarettenreste vom Boden auf, entsorgte sie im Papierkorb, verrieb die Tabaksbrösel auf dem Boden mit der Schuhsohle & schulterte den Seesack, diesmal gleich mit der Weichseite nach unten. Im Güterwagen saß ein Bundesbahner hinter einem Schreibbord & rauchte eine Zigarette, die er unterm Bord versteckte, als er Leo vorbeigehen sah. Die beiden grüßten sich höflich. Der Intercity OEC 640 hielt. Leo war der einzige Passagier, der ausstieg. Auch auf die Abfahrt des Busses nach Mitteraach, der laut Fahrplan in 10 Minuten abfahren würde, wartete Leo mutterseelenallein. Der Bus war gelbrot lackiert & glänzte im diffusen Vormittagslicht vor Sauberkeit. Der Fahrer, in einen grauen Arbeitsmantel gehüllt wie ein Amtsarchivar, polierte gerade die Rückspiegel & warf Leo, der sich ihm mit geschultertem Seesack schlendernd näherte, einen abschätzigen Blick zu. „Gleich fangt´s ins Regnen an", brummte er über die Schulter, bevor Leo noch grüßen konnte.

„Dann ist die ganze Arbeit umasunst g´wesen". Leo bat den Chauffeur im Amtsarchivarkostüm höflich um eine Fahrkarte nach Aachbrück & zückte seine Geldbörse. „Aachbrück wird nimmer angefahren", erwiderte der Mann brummig & ohne seine Reinigungstätigkeit zu unterbrechen. „Schon lang nicht mehr. Is´ ja nimmer rentabel", sagte er. „Aussteigen in Mitteraach und von da weiter zu Fuß. Weil Taxi gibt's auch scho´ lang kein´s mehr". Leo rief sich die geografische Lage der Klause Aachbrück vulgo Finstern ins Gedächtnis. Acht Kilometer Fußmarsch mit Seesack bei zu erwartendem Regenwetter. Regenschirm daheim vergessen, Sportschuhe nicht imprägniert, Seesack detto. Wie reagierte wohl der Laptop auf Nässe? Fragte sich Leo, zahlte das Ticket bis Mitteraach, „Mitteraach Hauptplatz oder Aachbrücker Kreuz?", fragte der Fahrer, „Kostet beides gleich, ´s Aachbrücker Kreuz liegt näher", murmelte er & händigte Leo den Fahrschein aus. Leo durfte sein Gepäck im Bus verstauen & vertrieb sich die Wartezeit bis zur Abfahrt mit dem Arrangement eines satten Schlussakkordes, mit dem er seine erste Auszeit ein für alle Mal zu finalisieren gedachte. Der Schlussakkord wurde schier endlos...

Die alte Kaiserstadt Aachen war Anfang 1968 zwar Schlussetappe seiner Fluchtexpedition gewesen, Leo hatte für dieses Finale aber fast genauso lang gebraucht wie für die ganze Reise. Erst hatte er die halbe Nacht lang vergebens nach einer preisgünstigen Unterkunft gesucht, weil ihm akut das Geld auszugehen gedroht hatte, & war dann von einem Clochard aufgelesen worden, einem „Berber", wie dieser sich selbst bezeichnet hatte, einem Stadtstreicher, der Mitleid mit ihm empfunden & ihn in seine Unterkunft im Hinterhof eines baufälligen Altstadthauses in der Stromgasse mitgenommen hatte, eine gerademal 1m 60 hohe winzige Kammer, keine 10m² groß, kein Fenster, keine Heizung, von einer Waschnische ganz abzusehen, Wandbrunnen & Gangklo „am Flur", wie Alex, der Berber, ihn informiert hatte, eine nackte Glühbirne hatte flackernd die Sozialidylle erhellt, Alex´ Habe in Gestalt amorpher Schmutzwäsche- & Kistenstapel über den morschen Boden verstreut, es war kalt gewesen & der Mief hatte Brechreizniveau erreicht, aber es war „ein Dach übern Kopp" gewesen, wie Alex formuliert hatte, bevor sie sich ins Bett begeben hatten, eine rostige, durchgelegene Liegestatt, die durchaus unbequemer gewesen war als sich Leo eine Zellenpritsche vorgestellt hatte. Leo war zwar todmüde gewesen, aber nicht weniger neugierig. Wie hatte es kommen können, dass der gebürtige Berliner Alex, der wie 70 ausgesehen hatte, aber erst 48 gewesen war, diese Laufbahn hatte einschlagen können? Alex, ebenfalls kurz vorm komatösen Wegtreten, im Gegensatz zu Leo jedoch aufgrund von viel zu viel Alkohol, hatte mit schwerer Zunge

Stichworte in die versiffte, stickige, feucht-kalte Luft gelallt, zwischendurch eher in sich hinein, irgendwie verbissen, war Leo, der in voller, ebenfalls feucht miefender Wintermontur in dieser Alptraumgrube namens Bett gelegen war (nur die nassen Clarks hatte er sich ausgezogen), vorgekommen war. Ob er, Leo, denn wüsste, was ein KZ sei, hatte Alex ihn als erstes gefragt &, ohne auf eine Antwort zu warten, gesagt: „Torfstechen im Börgermoor, det macht vielleicht alt, du". Börgermoor? „KZ Esterwegen, Lager III", hatte Alex gebrabbelt, „36 hatten sie´s dicht jemacht, aber dann kamen die >Nacht-und-Nebel-Gefangenen<… Da kamste hin & keener wusste, warste ´n Politischer, ´ne Schwuchtel, ´n Jude, ´n Sozi, ´n Krimineller, ´n Schauspieler oder ´n Berber wie icke… Un´ det lief so bis zur Götterdämmerung…" Darauf war er eingeschlafen & hatte Leo mit geradezu infernalischen Schnarchextempores bis zum Morgengrauen des nächsten Tages erfolgreich am Schlafen gehindert. Zudem war eine Maus über Leos Beatles-Frisur hergefallen, hatte dort aber nichts Verzehrbares gefunden & sich deshalb in Alex´ verfilztem Vollbart gütlich getan. Anderntags war Leo bei Alex´ Wirtin vorstellig geworden, hatte gegen Vorauszahlung einer Wochenmiete, wonach Leo de facto pleite gewesen war, eine Kammer zugewiesen bekommen, die jener von Alex zum Verwechseln ähnlich gewesen war. Wenn man aus dem Bett aufstand, schlug man sich den Kopf an der Decke wund. Dafür war sie auf den ersten Blick grob sauber gewesen & es hatte zu Leos großer Freude weder fremde Schmutzwäschehaufen noch Mäuse gegeben. Er wusste jetzt, wie Mäusekötel riecht. Eine Erfahrung, die ihm keiner mehr nehmen konnte. Frisch gemacht am unsäglichen Wandbrunnen des unsäglichen Flures hatte sich Leo gezielt auf Arbeitssuche gemacht. Drei Vormittage lang war er durch die Aachener Innenstadt gestreunt, durch die Randbezirke & die Vorstadt. Alles zu Fuß. Weit draußen, nahe einem Autobahnzubringer, war er fündig geworden. Es hatte plötzlich wohltuend nach Schokolade zu duften begonnen. Eine Süßwarenfabrik war der Verursacher dieser Verlockung gewesen. Hier hatte Leo es endlich versucht. Natürlich vergebens. Schon beim Pförtner war Schluss gewesen mit Leos naiver Absicht. Er würde für seine Anstellung diverse Papiere benötigen, hatte ihm der Pförtner zu erklären versucht, Aufenthaltsbewilligung, Arbeitsbewilligung, Zeugnisse. „Du kannst da nich´ einfach so reinplatzen und sagen du willst´n Tschob, Junge!", hatte er ihn abgewiesen. Am Rande der Verzweiflung hatte Leo den „Heimweg" eingeschlagen, zu Alex´ „Berberhöhle". Unterwegs, in der Nähe des Doms, ein Ohne-Pause-Kino, wo man sich um eine knappe Mark aufwärmen hatte können bei Wochenschau, Werbung, Sportberichten & Zeichentrickfilmen. Leo war hier zweimal am Tag eingekehrt. Dem Buffetier, einem älterer Herrn, der auch schon bessere Tage gesehen hatte, wie man so sagt, bessere Tage, war Leo längst aufgefallen, & er hatte ihm bisweilen eine Limonade, Salzstangen & Sportgummi-Drops geschenkt, weil ihm die traurige Gestalt dieses nachdenklich wirkenden Burschen mit der Zeit einfach leid getan & seine Neugierde erweckt hatte. Leos Anfrage, ob er nicht bei ihm Popcorn rösten & ihm die Buffetpreisliste kaligrafisch gestalten dürfe, 4 Mark am Tag würden ihm reichen, hatte der Buffetier abgelehnt, ablehnen müssen, da erstens Schwarzarbeit verboten gewesen wäre & zwotens sein Budget für einen Angestellten nicht ausgereicht hätte. Aber, so der freundliche Buffetier, er würde sich etwas ausdenken, um Leo in seiner misslichen Lage zu helfen, hatte er ihm versprochen…

Ohne-Pause-Kinos, das war damals für Leo ein Stück Zuhause gewesen, ein Stück Familie, ein kurz aufblitzendes Glücksgefühl, so wie dieser Schokoladegeruch der Süßwarenfabrik am Rande Aachens. Mit seinem Vater war er regelmäßig an den Wochenenden, nach den so streng reglementierten familiären Mittagessen, nach diesen quälenden gemeinsamen Mittagsschläfchen im Herrenzimmer, ins Ohne-Pause-Kino am Wiener Rochusplatz gegangen. Es hatte damals immerhin noch kein Fernsehen gegeben, & die Wochenschauen im sogenannten „WiF"[6*] hatten so etwas wie einen Bildungs-, Unterhaltungs- & Informationswert gehabt. Leo hatte sich erinnert, dass er im Herbst & vor allem winters immer Mantel, Schal & natürlich die Kopfbedeckung abnehmen hatte müssen, bevor er sich auf einen der Kinoklappsessel hatte setzen dürfen. Vater hatte ihm jedes Mal ein Säckchen Sportgummidrops beim Buffet im Kassenraum gekauft. Die Hälfte davon hatte er immer seiner Schwester mit nach Hause bringen müssen…

Es war dann alles ganz anders gekommen. Zwei uniformierte Polizisten hatten ihn „daheim" in der „Berberhöhle" abgepasst, ihn seine Siebensachen zusammen packen lassen, ihn dabei unausgesetzt aus Argusaugen beobachtet & auf die Gasse hinunter geleitet, einer

---

[6*] Abkürzung für *Welt im Film*

vorne, einer hinten. Dann war er in den Streifenwagen bugsiert worden, wobei einer der Beamten ihm die Hand auf den Kopf gelegt hatte, um ihn beim Einsteigen in den grünweißen VW-Käfer vorm kantigen Türrahmen zu schützen, wie Leo das aus Kriminalfilmen gekannt hatte. Die Wirtin der „Berberhöhle" hatte ihn letztlich verpetzt gehabt. „Deiner Mudder blutet sicher das Herz", hatte sie ihm entschuldigend nachgerufen. „Mein´ Jochen ham se März 45 noch zum Volkssturm eingezogen, da war der grad mal 14", hatte Leo sie wie aus weiter Ferne rufen gehört, „Am nächsten Tag hat ihn ´ne Granate zerfetzt…" Weder sie noch Alex, noch den freundlichen Buffetier hatte Leo jemals wieder gesehen. Genau so einen Streifenwagen hatte Leo als Spielzeugauto besessen, hatte mit ihm Verbrecherjagd gespielt oder Verkehrspolizei. Jetzt war *er* der Verbrecher gewesen, der abgeführt wurde. Tränen waren ihm aus den Augen gespritzt, er hatte sie nicht mehr zurückhalten können. Alles aus, vorbei. Er hatte versagt. Die Beamten hatten ihn getröstet. „Wird schon wieder", hatten sie versucht ihn aufzumuntern.

Gelandet war er schließlich im „Jugendknast", wie seine drei Mithäftlinge ihn gleich darauf instruiert hatten, ein Strichjunge aus Köln, der Maik hieß & seine bügelfreien weißen Aridonyltesthemden gern zusammen mit roten Frotteesocken wusch, nicht um sie zu reinigen, sondern damit sie rosarot wurden, Hotte, ein 18jähriger Opferstockräuber & Schläger aus dem grenznahen Bereich Emmerich-Kleve sowie Robert aus Düsseldorf, der wegen Streunens & Haschischbesitzes einsitzen hatte müssen, im Grunde genommen ein vagabundierender Gammler, der schon weit herum gekommen war in der Welt. Sogar in Wien war er schon gewesen & dort auf der legendären Gammlertreppe vor dem Künstlerhaus, direkt neben dem ebenso legendären Gammlerlokal „Palette" *abgehangen*, wie er gesagt hatte. Dort war auch Leo in letzter Zeit gern gesessen, wenn das Wetter es zugelassen hatte. Mit seinen ausgelatschten Clarks, links eine rote Socke, rechts eine grüne, beide aus dem damals boomenden & entsprechend billigen Frottee, die Jeans sogenannte Trompetenhosen, der Hosenbeinsaum künstlich ausgefranst, das T-Shirt knallig rot oder lila, der Haarschnitt Pilzfrisur.

Robert hatte einen Seifentick gehabt. Unter seinem Kopfkissen auf der untersten Pritsche hatte er eine ansehnliche Sammlung diverser Seifenreste gehortet, an der er zeitweise geschnüffelt hatte wie ein Süchtiger am Klebstoff. Leo war der jüngste dieses Kleeblattes gewesen. Für Robert hatte Leo am meisten Sympathie empfunden & ihm auch eine seiner Miniseifen geschenkt. Bedenken hatte Leo mitunter Hotte gegenüber gehabt, der zu spontanen Wutausbrüchen geneigt hatte, auch Maik, der bisweilen aufdringlich körperliche Nähe zu Leo gesucht hatte, war ihm nicht ganz geheuer gewesen. Aber im Grunde genommen waren Leos Herbergs- & vergeblicher Arbeitssuche zwei Knastwochen voller Harmonie gefolgt. Maik hatte vom Knabenstrich erzählt, Hotte seine Technik beim Knacken von Opferstöcken in Kirchen erläutert & Robert mitunter von seinen Tramperreisen geschwärmt. Leo war von den dreien dazu auserkoren worden, ihnen Geschichten aus seinen Büchern vorzulesen. Sie hatten Camus Sartre vorgezogen, waren aber vor allem auf Novalis total abgefahren. Auch sonst war die Viererzelle gegenüber der „Berberhöhle" von der Wohnlichkeit & was die Hygiene betroffen hatte, ein sozialer Aufstieg gewesen. Leos Kleidung war gratis gereinigt worden, sozusagen amtlich gereinigt, es hatte eine Dusche gegeben & Papier am Klo. Leos Clarks hatten endlich trocknen können. Nur der Knastfraß hatte zu wünschen übrig gelassen. Höhepunkt der Gaumenbeleidigung war ein Brei gewesen, den sie „Himmel & Erde" genannt hatten, eine Mischung aus Kartoffelpüree & Apfelmus, dazu eine glitschige Bockwurst...

„Alles einsteigen!", rief der Busfahrer & ließ den Motor an. Leo beeilte sich aus seinen Erinnerungsschleifen zurück in die Gegenwart. Er war immer noch einziger Fahrgast. Der Bus war ein antikes Stück, von der Chrombeschriftung „Steyr" fehlte das „y". „Ein alter Mercedes SML 14", erklärte der Fahrer, der Leos Neugierde mitbekommen hatte, nachdem er beim 3. Versuch den zweiten Gang einlegen hatte können. „Kriegt auf dieser Linie ihr Gnadenbrot, die Goaß. Wann die Streck´n eing´stellt wird, kommt´s auf´n Friedhof." In diesem Moment läutete Leos Mobiltelefon, das ihm Marie extra zur dritten Auszeit geschenkt hatte, damit sie in Verbindung bleiben konnten, wie sie gemeint hatte. Der Klingelton war außergewöhnlich, die ersten Takte von Gershwins „Rhapsody in Blue", die schmachtende Klarinette. Eines der Lieblingsstücke Leos aus seiner zweiten Auszeit. Leo hatte von diesem Klingelton keine Ahnung gehabt, es hatte eine Überraschung sein sollen. Verzweifelt wühlte er im Seesack, um das Handy zu finden, im Übrigen das erste Handy seines Lebens. Der Fahrer schaltete in den Dritten &

brüllte über seine Schulter in den bis auf Leo leeren Fahrgastraum: „Keine Handys während der Fahrt! Verstanden?". Als Leo das Gerät gefunden hatte, hatte die Klarinette längst zu schmachten aufgehört. Das Display informierte ihn nur darüber, dass er einen Anruf in Abwesenheit erhalten hätte, dann verdunkelte es sich & Leo nahm sich vor, nach dem Aussteigen in Mitteraach mithilfe der Gebrauchsanleitung einen Rückruf zu versuchen. Der tatterige Postbus erklomm derweil Hügel um Hügel & hielt an jedem Haltestellenhäuschen, auch wenn dort niemand stand & auf den Bus wartete, der Herr Amtsarchivarchauffeur war da sehr korrekt. „Fahrplan is´ Fahrplan", rechtfertigte er sein Verhalten. Es begann zu regnen. Dicke Regentropfen fielen auf die riesige, bis grade eben noch blitzsaubere Frontscheibe, wie fette Tränen klatschten sie aufs Glas, wo sie alsbald vom gigantischen Scheibenwischer verschmiert wurden. Die Sicht war „Scheiße", wie der Fahrer anmerkte. Er hielt am Straßenrand an, weit & breit kein rustikales Haltestellenhäuschen, stieg aus, hantierte am Scheibenwischer, massierte dessen Gummiblatt. Am nächsten Haltestellenhäuschen fuhr er ohne anzuhalten mit der Bemerkung „Mir ham Verspätung" vorbei. Eine alte Frau mit Regenschirm & Kopftuch fuchtelte ihnen schimpfend hinterher. Die Landschaft wurde einsamer & einsamer, empfand Leo, die Dörfer, durch die sie mit vorschriftsmäßig reduzierter Geschwindigkeit fuhren, wirkten verwaist, unbewohnt & wenig einladend, die Gasthäuser geschlossen, aufgelassen, ebenso Postämter & Greißlerläden, die Fenster schmutzig & eingeschlagen, die Misthaufen der Gehöfte leer, Traktoren & Erntemaschinen rosteten im Regen vor sich hin.

In der Ferne blitzte es ein paar Mal filmreif, aber der Donner war kaum lauter als das Mercedes-Steyr-Motorenbrummen. „Es ziagt nach Oberaach ummi", kommentierte der Fahrer das Wetter. „Ham *Sie* ein Glück! Weil wann's in Aachbrück a G´witter gibt, des is´ fei net b´sonders lustig!", sagte er & lachte klotzig. „Was ham s´n eigentlich vor in Aachbrück?", fragte er unmittelbar darauf den wenig vorbereiteten Leo Kmetko. „Urlaub? Oder inschpizier´n sie den alten Fährmann, weil er immer Steuern hinterziagn tuat?".

Er sei Literaturstipendiat, erwiderte Leo. „Der neue Marktschreiber", vervollständigte er, nicht ohne Stolz.

„So was von unnötig!", darauf der Fahrer erbost. „Für was die Oaschlöcher alle unser Geld ausgeb´n! So a G´sind´l, a ölendiges!".

„Selber Arschloch", lag Leo auf der Zunge, aber er hielt sich zurück. Sein Arschloch war ihm quasi heilig. Ausscheidungsöffnungen braucht schließlich jeder funktionierende Organismus, überlegte er. Auch „Idiot", „Trottel", „Depp", „Sau" oder „Hund" erschienen ihm unpassend für eine Erwiderung. Leo überlegte sich sehr genau, was er dem Undamm ins Gesicht sagen würde, sobald der Zeitpunkt günstig sein würde. „Und dann noch a Stund zur Aach obelatschen!", setzte das Un-Arschloch seine Schmähung fort, „des is´ typisch für Euch Städter…". Leo sah auf seine Uhr. Noch 40 Minuten Zeit bis Mitteraach. 40 Minuten Gelegenheit, den Finalakkord seiner ersten Auszeit ausklingen zu lassen, während der Bus in waghalsigen Serpentinen den endlosen Anstieg nach Mitteraach, vormals bezeichnenderweise *Hochfinstern,* bewältigte. Der Blick hinunter auf die Niederungen der Aachauen war überwältigend. So hatte das männernährende Argos von Mykene aus ausgesehen, erinnerte sich Leo an seine erste Griechenlandreise mit ÖKISTA, am Rand der Ebene lichter, in deren Herzen dichterer Baumbestand, vor Mykene steinalte Olivenbäume, unterhalb des Aachplateaus silbrig vibrierende Auweiden, wahrscheinlich jünger als die mykenischen Oliven, & weit & breit kein Horizont *(auch keine Kastanienbäume, möchte ich nicht unerwähnt lassen)*... Johan & Marijke, Tiny *(die ihr blondes Haar übrigens immer zu Zöpfen geflochten hatte)*, der Berber Alex, der freundliche Buffetier, die verräterische Berberhöhlenvermieterin, die so gut über Mutterschmerz Bescheid gewusst hatte, das „liederliche Kleeblatt" im Jugendknast - Leos Aachen Ende Februar 1968. Oder war´s schon Anfang März gewesen? Nach 14 Tagen war es mit der Knastherlichkeit jedenfalls vorbei gewesen. Leos Abschiebung in die Heimat war angestanden. Nach herzlichem Abschied von Robert, Maik & Hotte war Leo mit Sack & Pack zum Aachener Hauptbahnhof eskortiert, dort zwei anderen Beamten, diesmal in Zivil, übergeben & nach achtstündiger Bahnfahrt in Salzburg der österreichischen Polizei übergeben worden, die ihn, wieder zu zweit, nach Wien geleitet hatte, wo er am Westbahnhof von seiner Mutter in Empfang genommen & mit dem Taxi nach Hause chauffiert worden war. Die Taxifahrt hatte Leo als besondere Demütigung in Erinnerung behalten. Auch war weder ihm noch seiner Mutter irgendetwas eingefallen, was sie einander hätten sagen können. Tatsache war: Leo hatte Dank Pater Severins Fürsprache das Gymnasium, wenn auch gegen seinen, Leos, Willen, weiter besuchen dürfen, was heißt dürfen, *müssen*, hatte einen sogenannten Jugendpsychologen zur Seite gestellt bekommen & sich in einem fort anhören müssen, was man ihm schon vor seinem Ausreißen dauernd an den Kopf geworfen hatte: Du machst jetzt erst einmal die Matura, studierst was Vernünftiges, wirst Architekt, Deutschprofessor oder Rechtsanwalt, dann sehen wir weiter. Schreiben kannst Du ja nebenher, in deiner Freizeit. Falls du dann überhaupt noch Lust zum Schreiben hast. Leo war noch das tröstliche „Wird schon wieder" aus dem Mund des Aachener Polizisten im Ohr, der ihn in den grünweißen Streifenwagen Marke VW-Käfer geschoben hatte, damals, in der Gasse vor der Berberhöhle. Schlußakkord Ende. Du meine Güte, wie lang war das jetzt her gewesen. „Bedenke das Gestern, nütze das Heute, erwäge das Morgen", stand in verschnörkelten Lettern über dem Portal der Volksschule Mitteraach, an der der alte Steyr-Postbus mit schussähnlichen Vergasergeräuschen vorübertuckerte. Hinter der Volksschule erhob sich kegelförmig die einstige Wehrsiedlung Hochfinstern mit ihrem massiven Kloster & der irgendwie breithüftigen Propsteikirche. In der „Aachland-Chronik", einer mehr als 100 Jahre alten Festschrift anlässlich der Markterhebung Mitteraachs, damals noch „Hochfinstern" genannt, steht geschrieben, das Kloster sei *„dereinst Außenlager des KZs Mauthausen als auch Nebenlager von Großraming gewesen. Zwangsarbeiter waren angehalten worden, die noch in der Römerzeit unter Imperator Valentinian begonnene Errichtung einer imposanten Aachbrücke, die seinerzeit nur bis zu den Brückenpfeilern gediehen war, im* *sogenannten III. Reich endgültig zu verwirklichen..."*

„Mitteraach, Aachbrücker Kreuz!", rief der literaturfeindliche Postbuschauffeur aus & führte ein ebenso geräuschvolles wie aufwendiges Bremsmanöver durch. Leo verließ den Bus mit seinem Seesack. „Vü Spaß beim Dichten!", spottete der Fahrer ihm hinterher, „Und Vorsicht beim Wandern! Weil die Mitteraachener ham seit vorig´s Jahr koa Bergwacht mehr". Leo drehte sich ein letztes Mal zu ihm um, holte tief Luft & sagte freundlich: „Was Sie so daherreden, möchte ich nicht scheißen müssen". Dann wendete er sich um, schulterte den Seesack mit der Aufschrift „Compañia Trasmediterranea" & bog in einen steil bergab führenden Schotterweg ein, der noch Reste einer Asphaltierung aufwies.[7*] Die pneumatische Türe des Busses blieb vor Staunen noch eine ganze Weile offen.

„Aachbrücker Kreuz. 629m Seehöhe. Klause Aachbrück 8km. Vorsicht Schlaglöcher! Wanderweg Markierung gelb. 1 ½ Stunden", stand auf einem rostigen Blechschild eingangs des Abstieges. Dass der Kastanienbaum, den Leo in seiner Einreichgeschichte erwähnt hatte, nicht vorhanden war, fiel Leo gar nicht auf. Der Regen hatte etwas nachgelassen. Es sprühte nur noch leicht. Frohgemut marschierte Leo los. Dem Busfahrer hatte er es aber gegeben! Er zweifelte nicht einen Augenblick daran, dass ihn ein Aachbrücker Anrainer, der Briefträger, der Förster oder einfach einer der Leute, die mit der Aachbrücker Fähre ans andere Aachufer übersetzen wollten, etwa die *Zombies* aus seinem „Solo für Orpheus", mitnehmen würde. Ach ja, Marie anrufen!

[7*] *Hier hätte der bewusste Kastanienbaum stehen sollen.*

Die den Schotterweg säumenden Lärchen & Fichten wurden rasch zum Wald, vermischten sich mit Eschen & Vogelbeerbäumen. Leo fand ein einigermaßen regengeschütztes Plätzchen unter einer alten, ausladenden Eibe, nahm den Seesack ab & fischte sein neues Handy heraus. Die Betriebsanleitung fand er allerdings nicht. Er drückte mehrere Tasten, gab die Nummer ein, vertippte sich, kam aus dem Status nicht mehr heraus & gab schließlich auf. Arme Marie, dachte er, aufrichtig betrübt. Der Abschied war irgendwie prosaisch gewesen, grade dass sie ihn nicht in den Hintern getreten hatte. Durchaus ihrer vorausgegangenen bernhardschen Schimpftirade entsprechend, auf die hinauf ihr Leo den positiven Bescheid der Stipendiatsjury gezeigt hatte. „Halleluja", hatte Marie emotionslos gesagt & war mit dem Bügeln fortgefahren. Der Fernseher war aufgedreht gewesen, eine Hobbykochsendung, erinnerte sich Leo. Einer der Probanden, ein Hamburger, Kieler oder Bremer Amateurkoch, hatte gerade einen Kaiserschmarren anbrennen lassen[8*]… Leo bekam Hunger. Und Durst. Schließlich hatte er seit Hütteldorf nichts mehr zu sich genommen. Die vom Regen ausgewaschene ehemalige Straße wand sich in schier endlosen Serpentinen talwärts, Abkürzungen endeten für Leo in Unterholz & undurchdringlichem Dickicht. Es regnete wieder stärker.

In der „Aachland-Chronik" wird dem Aachland ein spezielles Klima attestiert. Es handle sich hier um ein sogenanntes „Wettereck", insbesondere im „Großbereich der Finsterer Au", der das heutige Aachbrück

---

[8*] *Muss an Peter Sloterdijk denken.*

zugehört. Wie man beispielsweise in Salzburg vom typischen „Schnürlregen", der bisweilen Wochen andauert, spricht, handelt es sich beim typischen „Aachwetter" quasi um das Aachtaler Schnürlregen-Pendant. Das Besondere am „Aachwetter" soll, im Gegensatz zum Salzburger Schnürlregen, der ein anhaltender Dauerregen ist, die spezifische Gewitteranfälligkeit sein & deren Trend zu Unwetterkatastrophen wie Erdrutschen, Vermurungen & geradezu apokalyptischen Überflutungen. In der „Aachland-Chronik" ist davon die Rede, das katastrophale Unwetterklima dieser Region wäre schuld daran gewesen, dass sowohl die alten Römer als auch die Pioniere Hitler-Deutschlands mit dem Errichten der angeblich strategisch wichtigen Aachbrücke gescheitert waren. Da das Gebiet Mitteraach-Aachbrück, statistisch gesehen, auch auf extrem wenig Sonnentage verweisen kann, liegt auf der Hand, dass es hier eigentlich kaum Tourismus gibt & dass Aachbrücks ursprünglicher Name, Finstern, einen Doppelsinn hat, einerseits diese fast permanente Weltuntergangsstimmung, wie man sich von *finis terrae* bzw. eben vom *Ende der Welt* durchaus erwarten kann, zum andern die hier ebenso permanent herrschende Finsternis, wie sie in der Verballhornung *Finstern* enthalten ist.

Leo, der im Lauf seines Lebens auch Zweckpessimist geworden war, ließ sich vom Sauwetter nicht sonderlich beeindrucken & fand rasch den geeigneten Marschrhythmus, & zwar zu Frederic Chopins Trauermarsch in b-moll, diesem schicksalsergebenen *tam-tam-tatam tam-ta-tam tam-ta-tam*. Dazu fiel ihm auch spontan ein Text ein…

> *„Auf nach Aachbrück,*
> *meine Sanduhr wird leer.*
> *Jeder kommt her,*
> *kehret nie mehr zurück."*

An dieser Stelle klinkte er sich aus Chopin aus & komponierte respektlos einen Refrain dazu, einen flehentlichen Klageruf, dessen zweite Zeile wieder in Chopins *tam-tam-tatam* mündete, eine lächerliche unbetonte Silbe davor…

> *„Acherohon, Acheron,*
> *zum Orkus / der Fluss."*

Leo war äußerst zufrieden mit sich & nahm sich vor, als Aachbrücker Marktschreier die Lyrik nicht zu kurz kommen zu lassen. Er kam nicht nur mit dem Marschieren, sondern auch mit dem neuen Trauermarsch gut voran…

> *„Frohsinn im Herzen,*
> *die Sinne so leicht,*
> *nie wieder Schmerzen,*
> *das Ziel ist erreicht."*

Das Ziel war natürlich noch lange nicht erreicht. Finken, Meisen, Rotkehlchen & Dompfaffen schlugen an, als Leo laut singend in getragenem Rhythmus zu Tale schritt, beobachtet auch von verspielten Eichhörnchen, die in den Baumkronen von Wipfel zu Wipfel sprangen, dass sich die Äste bogen, sowie von mehreren Feuersalamandern, die erstaunlich zahlreich Leos Weg säumten. Der Regen hörte auf, die schwarzen Wolken öffneten sich wie der Vorhang einer Guckkastenbühne & gaben ein Stück blauen Himmels frei. Leo wiederholte die beiden Strophen & den Refrain immer & immer wieder. Nach der zweiten Strophe gehörte ein anderer Refrain, beschloss er & fand eine halbwegs befriedigende Lösung. Die erste Zeile wieder klagend wie das vorangegangene *Acherohon Acheron*, die zweite wieder *tam-tam-tatam*, diesmal ohne unbetonte Vorsilbe…

> „*Finis Terrae / nimm die Fähre,*
> *quere / den Fluss.*"

Das Geschimpfe der irritierten Eichhörnchen wurde leiser, aus dem Voralpen-mischwald war ein Auwald geworden. Eine Möwe mischte kreischend einen Meisenschwarm auf. Leo musste an Onkel Fritz denken. Der Heilige Geist als Vorbote der reißenden Aach, dachte er. Wie die Taube mit dem Olivenzweiglein im Schnabel, die Noah über dem gefluteten Ararat das Ende der Sintflut verkündigt hatte. Die Blätter der riesigen Weiden glänzten silbrig im Wind. Von weitem vernahm Leo Motorenlärm. Na also, dachte er, der Briefträger! Spät, aber doch. Leo interpretierte seinen Trauermarsch noch zweimal von Anfang bis Ende, das letzte Mal sogar fehlerfrei in einem Zug, als in den oberen Kehren, wo der Auwald angefangen hatte, den Mischwald zu ersetzen, ein klappriger Kleinlaster auftauchte, ein sogenannter

Pickup, der sich über die Schlaglöcher mühte, mit waghalsigen Lenkmanövern & Zwischenbremsungen den Feuersalamandern auswich (wie Leo hoffte). Der Pickup näherte sich unaufhaltsam, erreichte Leo & hielt mit quietschenden Bremsen. Es war ein alter Ford, der Fahrer noch um einiges älter als sein Pickup. Leo kam sich vor wie in einem amerikanischen Südstaatenfilm, eventuell in den Everglades, oder Louisiana, eine nicht sehr ansehnliche Sumpflandschaft, nass-schwüle Witterung, weit & breit keine Zivilisation, nur diese Rostschüssel von Kleinlaster, chauffiert von einem alten Griesgram, von dem man befürchten musste, dass er bewaffnet war. Trotzdem ein Hoffnungsschimmer. Vielleicht nahm ihn der Alte ja doch noch das letzte Wegstück mit. Leo setzte sein freundlichstes Lächeln auf. Der Motor des Pickups verröchelte, das Fahrzeug machte dabei einen Satz nach vorne. Auf der Ladefläche eine Bananenkiste mit Lebensmitteln. Der alte Mann kurbelte das Fenster herunter. „Welcher Kurs?", fragte er schnarrend. „Klause Aachbrück", antwortete Leo zackig. „Sie meinen das Seemannsheim?", darauf der Alte. „Seemannsheim?" Leo war leicht verunsichert. „Ich will zur Fähre", sagte er.

„Fähre setzt nicht mehr über", murmelte der Alte griesgrämig. „Vergessen sie´s. Die Aach ist seit Jahren verlandet". Der nunmehr vollends irritierte Leo stellte sich dem Griesgram stammelnd als neuer Marktschreiber vor & lachte dabei verlegen. „Marktschreiber?!", knurrte der Griesgram verächtlich. „Der Posten ist schon besetzt", sagte er, „seit gestern. Am besten, sie kehren wieder um. Es sei denn…", er öffnete die Wagentür, stieg aus & ging krummbeinig um den Pickup herum auf Leo zu. Er trug einen blauweiß quergestreiften Sweater mit aufgesticktem Ankeremblem zu einer fleckigen, ehemals weiss gewesenen Arbeitshose, an den Füßen grüne dreckbehaftete Gummistiefel. „Es sei denn *was?*", fragte Leo furchtsam. „Es sei denn, sie sind meine Ablöse", sagte der Griesgram mit belegter Stimme, plötzlich sichtlich bewegt. „Womit hab ich das verdient? Was denken sich die da oben eigentlich immer so aus?". Leo verstand nicht gleich. „Heißt das, *sie* sind der Fährmann?", fragte er. „Seit 1958", erwiderte der Alte, „Meine Versicherungsjahre hätte ich schon beisammen. Aber ich will nicht!", zürnte er. „Was mach ich in der Rente?!". Wenn er, Leo, die „Ablöse" sei, dann höchstens für seinen Vorgänger als Marktschreiber, sagte Leo. „Im ersten Halbjahr hat es heuer gar keinen Stipendiaten gegeben", antwortete der Griesgram, „Lauter seedolle Badegäste & Bangbüxen! Allesamt Arschloch hoch Amerika! Hat sich keiner von denen qualifizieren können." Während er mit seinem seemänischen Kauderwelsch auf Leo einredete, blickte er ihm nicht in die Augen, sondern gut 15cm darüber. Leo gewann den Eindruck, er hätte möglicherweise eine Schuppe auf seinem Haar oder einen sogenannten Haarschippel, der zu Berge stand. Möwenschiss war mit Sicherheit auszuschließen. Vielleicht handelte es sich aber auch bloß um einen Verhörtrick. Leo unterdrückte den Reflex, sich übers Haar zu streichen & sah dem aus unergründlichen Motiven seinen vorhandenen bzw. eben nicht vorhandenen Haarwirbel anstarrenden Griesgram dabei standhaft in die Augen. Wer immer sich bei ihm, dem Fährmann, als Marktschreiber ausgegeben habe, sei ein Betrüger, sagte Leo beharrlich. „Betrüger*in!*", verbesserte ihn der Griesgram. Der „Neue" sei eine Frau, sagte er, „Und wenn da einer ein Betrüger ist, dann *sie,* junger Mann!". Leo, immerhin auf die 60 zugehend, fiel ein, dass er den Bescheid der Stipendiumsjury zusammen mit dem Regenschirm & der Handy-Betriebsanleitung daheim hatte liegen gelassen. Auch gut. Trotzdem habe er von der abendländischen Seefahrt im Grunde genommen nicht die blasseste Ahnung. „Ich bin Schriftsteller & nicht Fährmann!", beteuerte er. „Und *das* da?!", fragte der Alte zynisch, wandte endlich den Blick von Leos Scheitel & schwenkte ihn auf den Seesack, konkret auf dessen Beschriftung. „Glauben sie, ich weiß nicht, was das ist, die *Compañia trasmediterranea*, ha?". Leos Beschwörungen, diesen Seesack seinerzeit nur als Tourist & nicht als Besatzungsmitglied erworben zu haben, wurde kein Glauben geschenkt. Der Alte entriss ihm das vermeintliche Corpus delicti & warf es auf die Ladefläche, dass sich Leo um das Wohl seines Laptops berechtigte Sorgen machte. „Steig ein!", kommandierte der Alte, „Einen Dwiddl wie dich können wir immer gebrauchen. Aber wehe, du machst einen auf Tom Cox´ Traverse!", knurrte er, während er die Beifahrertür aufriss. „Schlickhaken lichten! Leinen los & tutta forza!", brüllte er, schlurfte wieder um die Pickup-Schnauze herum, ließ sich in den Fahrersitz plumpsen & versuchte zu starten. Vergebens. „Sieht nach Brandenburger aus. Du musst anschieben!", befahl der Fährmann dem Stipendiaten, den er für seine Ablöse hielt. Leo, der mit *Brandenburger* das gleichnamige Tor in Berlin assoziierte, die Bewohner eines der neuen ostdeutschen Bundesländer & letztlich Johann Sebastian Bachs Brandenburger Konzerte, tat dem Alten den Gefallen, stieg aus

& schob an. Dank des beträchtlichen Gefälles nahm das Vehikel bald Fahrt auf & Leo schaffte es gerade noch, auf die Ladefläche aufzuspringen. Der Alte legte den 2. Gang ein & nahm den Fuß von der Kupplung. Der Motor sprang an. Sie nahmen Kurs auf Finstern.

Würde es einen Dictionär Seemännisch-Deutsch geben, hätte Leo vor dem Zubettgehen noch schnell nachgeschlagen & dabei erfahren können, dass mit „seedollen Badegästen" seekranke Landratten gemeint waren, „Bangbüxe" Angsthase & „Arschloch hoch Amerika" faulenzen bedeutet, „Dwiddl" Kehrbesen, zugleich auch eine untergeordnete Charge in der Hierarchie einer Schiffsbesatzung, man unter „Tom Cox´ Traverse" das Verhalten eines Matrosen versteht, der sich vor seiner Arbeit drückt, dass „Schlickhaken" eine flapsige Umschreibung von Anker ist & „Brandenburger" in der Seemannssprache als Synonym für ein heiß gelaufenes Maschinenlager verwendet wird.

❋

2.

Leo war ein routinierter Beifahrer. Als jugendlicher Autostopper auf den legendären europäischen Tramerrouten hatte er gelernt, den Fahrer bzw. die Fahrerin, je nach dem, wer ihn aufgelesen hatte, nicht zu kritisieren, wenn er bzw. sie im ersten Gang auf 80 beschleunigte, dass es klang, als wollte der Motor explodieren *(the sound of „Brandenburger")*, wenn er bzw. sie vom ersten direkt in den dritten Gang schaltete, wenn er bzw. sie beim Überholen auf der Autobahn vermied, vorher in den Rückspiegel zu schauen, wenn er bzw. sie die anderen Verkehrsteilnehmer aufs Ungerechtfertigste beschimpfte, erst die anderen Verkehrsteilnehmer im Allgemeinen, dann die Gastarbeiter in ihren überladenen Schrottautos im Speziellen (*„Umweltverpester"*, *„Allgemeingefährdung"* & noch viel Spezifischeres), weiters wenn bei Geschwindigkeitsbeschränkungen doppelt so schnell als erlaubt gerast wurde, vor allem aber, wenn er bzw. sie bei 150 km/h telefonierte, Tonbandkassetten in die HiFi-Anlage schob oder den Radiosender nachjus-tierte, ohne dabei auf die Fahrbahn zu achten, auf Fremdkörper, die auf der Straße herumlagen, nachdem sie einem anderen Verkehrsteilnehmer vom Anhänger geflogen oder vom Dachträger gerutscht waren,

Pfosten, Bretter, Kinderwagen oder ganze Baumstämme, oder auf Schlaglöcher. Wie soeben Adrian Schall, Fährmann der Aachbrücker Klause, Griesgram & *Bangbüxe,* was seine bevorstehende Ausgliederung aus der Arbeitswelt bzw. Abschiebung in ein unbestimmtes Ausgedinge betraf. Leo wurde auf der Ladefläche des Pickups hin & her geschleudert & auf & nieder geworfen. Er verspreizte sich, so gut es ging, zwischen den Bordwänden, hielt sich mit einer Hand am rostigen Gestänge, das hinter der Fahrerkabine angebracht war, fest & versuchte mit der anderen seinen unheilvollen Seesack zu fixieren. Seine Beifahrerqualitäten, wie etwa Witze erzählen, damit der übermüdete Truckerfahrer nicht einschlief, Lutschbonbons entpacken, Zigarettenschachteln & Schnapsflaschen öffnen, weil der Truckerfahrer alle Hände voll zu tun hatte, seinen überladenen Truck mit glatzigen Reifen bei weit überhöhter Geschwindigkeit auf der eisglatten Autobahn oder bei Aquaplaning zu bändigen, diese Qualitäten konnte Leo auf der atemberaubenden Talfahrt in die Aachniederungen hinunter, zumal eben auf diese Folterpritsche verbannt, nicht ausspielen. Nicht zu vergessen seine Perfektion, wenn er mit Marie & den Kindern im japanischen Kleinwagen zu irgendeinem Ferienziel in Westösterreich oder Norditalien unterwegs gewesen war, Marie am Steuer, die Kinder auf dem Rücksitz, ständig quengelnd, am Naschen & mit ihren Gameboys schimpfend, wenn sie beim Spielen zum xten Mal eins ihrer „Leben" verloren & dafür Maries Fahrstil die Schuld gegeben hatten. Leo hatte Marie nicht nur geografisch navigiert, sondern auch Äpfel in mundgerechte Stücke tranchiert, Bananen geschält,

Wurstsemmeln & Mannerschnitten verteilt, Fruchtsäfte ausgeschenkt, dazu Erfrischungstücher, Musikkassetten gewechselt, Abfälle gesammelt, Geschichten vorgelesen, für die Kinder aus den sogenannten Pixi-Büchern, für Marie aus der Klatschkolumne der Tageszeitung, hatte in seiner Funktion als Reiseleiter auf die Besonderheiten der Gegend hingewiesen, insbesondere auf die Baustile der Dorf-kirchen & die spezifischen Gegebenheiten der Natur, hatte unisono mit Marie störende *andere Verkehrsteilnehmer* (sic!), die entweder zu langsam oder zu schnell unterwegs gewesen waren, obszön verunglimpft, vornehmlich die in den PS-stärkeren & sowohl in Anschaffung als auch Betrieb teureren Autos, stundenlang, bis zur Sinnfrage war das so gelaufen, um dann final den Tourismus zu verurteilen, die Autoindustrie zu verdammen, die multinationalen Spritkonzerne zu verfluchen & sogar die Familie als kleinste sozialbiologische Zelle in Frage zu stellen. An dieser Stelle hatte ihn Marie für gewöhnlich gefragt, wann er denn endlich seinen Führerschein machen wolle. Ihr ginge das Ganze nämlich mindestens ebenso auf den Zeiger, wie sie zu sagen pflegte, auf den Zeiger oder auf den Keks oder die Nerven, insbesondere er, Leo, der immer nur redete statt zu handeln. Das war alles zwischen Leos zweiter & dritter Auszeit passiert & ging ihm jetzt durch den Kopf, der sich auf diesem mitleidlosen Schlaglöcherritt gerade wie zentrifugiert anfühlte. Leo hatte kaum Zeit wahrzunehmen, wie der Wald lichter wurde, am Straßenrand Reste einer untergegangenen Zivilisation auftauchten, Ruinen von Haltestellenhäuschen für Busse, die hier einmal verkehrt waren, darauf gerade noch lesbare, längst nicht mehr aktuelle Plakate affichiert, zerfranst & vom Wetter gebleicht, „Bluna", „Adventmarkt", „Nein zu Zwentendorf" & „Rettet die Au!", ehemalige Andenkenläden & Gemischtwarenhandlungen mit herunter gelassenen Rollläden, die rostig & zerbeult waren, Architekturskelette von Aussichtslokalen, die irgendwann in der Bluna-, Adventmarkt-, Nein-zu-Zwentendorf- & Rettet-die-Au-Zeit einmal floriert hatten, Häuserfronten mit leeren Fenster- & Türöffnungen, von denen sich Leo wie aus Totenkopfaugen angestarrt fühlte, die Fassaden abbröckelnd, feuchtes Ziegelmauerwerk, das unter dem abgeplatzten Putz hervorlugte, die Dächer eingebrochen, die Garagentore offen stehend wie staunende Münder, in den von Unkraut meterhoch überwucherten Vorgärten von Sturm & Blitz zersplitterte Obstbäume. Mit den repräsentativen südholländischen Ziergärtchen in keinster Weise vergleichbar…

Leo hatte sich das Finale seiner Anreise ganz anders erhofft. Nicht dass er erwartet hatte, man würde ihm einen roten Teppich ausrollen & ihm huldigen, seinetwegen die Hecken schneiden & den Rasen mähen, Zweckpessimisten schließen so etwas von vornherein aus, aber dermaßen form- & lieblos empfangen bzw. eben nicht empfangen zu werden an seiner künftigen literarischen Wirkungsstätte, von niemandem registriert bzw. wahrgenommen zu werden, damit hatte er eigentlich nicht gerechnet. Wie denn auch, musste er sich eingestehen, hier lebten höchstens Eichhörnchen & allerlei Vögel. Die Menschen, vom Griesgram Adrian abgesehen, waren hier längst ausgestorben.

Sie rumpelten von Kehre zu Kehre bergab, an einer davon ein von Grünzeug zugewachsener kleiner Parkplatz vor einer exponierten Aussichtswarte, die von einer zerfallenen, basteiähnlichen Mauerbrüstung umgeben war, in ihrem Zentrum die Reste eines Münzfernrohres. Wie ein Maschinengewehrnest in irgendwelchen als Antikriegsfilme getarnten Kriegsfilmen, kam Leo vor, & er erinnerte sich an den Prospekt des Fremdenverkehrsvereins Mitteraach, der den Stipendiumsunterlagen beigelegt war. Das Foto mit der Bildunterschrift *„Blick von der Aussichtswarte Aachblick auf die Altarne der Aach im Bereich der Fährstation Finstern mit den von den Römern errichteten Brückenpfeilern"* hatte ganz anders ausgesehen als jetzt gerade, als in Wirklichkeit, unretuschiert. Auf dem Panoramafoto war ein riesiges Biotop mit weit verzweigten toten Flussarmen zu sehen gewesen, dazwischen Auwald & reichlich Gebüsch auf kleinen Inselchen, ein Paradies für Biber, Nutria, Schildkröten, allerlei Amphibien & Libellen, in einer gedachten geodätischen Linie eine Reihe steinerner Stumpen, etwa eineinhalb Meter aus dem Aachwasser ragend, die antiken Brückenpfeiler, auf dem Foto knapp 3mm hoch, altrömisch bzw. 1 ½ Jahrtausende später von den NS-Wehrmachtspionieren nachgebessert, Leo war sich da nicht sicher gewesen, auf jeden Fall aber ideal für FKK, Grillgelage, Sauf-, Dope- & Bumsorgien, dachte Leo, eine nachkolorierte Farbpalette in allen erdenklichen Blau- & Grüntönen, am allerblauesten der Himmel oberhalb dieses einstigen Gartens Eden, am Horizont das breite azurne Band der Aach im Sonnenglast, der das jenseitige Ufer unsichtbar machte. Am linken Bildrand, etwas unscharf gehalten, die breite Staumauer des Kraftwerkes Oberaach, rund 90 km von Finstern aachaufwärts.

In ruckelnder, zerhackter Bilderfolge nahm Leo stattdessen ausgetrocknetes Schwemmland wahr, mit zahllosen Baumleichen, leeren Wasserläufen, dazwischen ein paar Tümpel & an Stelle der netzartigen Äderung der Aach-Altarme eine Art Schotterwüste mit Sandbänken, der Horizont nebelverhangen & undurchsichtig eingetrübt, die steinernen Poller mehr als doppelt so hoch & wie Skelettfinger aus dem Boden ragend. Die einzige Übereinstimmung der Wirklichkeit mit dem Prospektfoto war die Unsichtbarkeit des anderen Ufers. Man konnte vom Diesseits aus das Jenseits, das ca. 300 n. Chr. von den Legionären der *Legio C Gemina Pia Fiedlia*, dem späteren Hausregiment von Vindobona, offiziell noch *terra nova,* später schließlich *trans terram* genannt worden war & seit dem Mittelalter bei den Einheimischen bajuwarisiert *Trams* heißt, nicht wahrnehmen.

Trams ist weder Genetiv noch Plural des Kürzels für Tramway, sondern stammt angeblich vom lateinischen trans terram[9*]*, sozusagen jenseits der bzw. gleichsam aus der Welt. Im III. Reich war das andere Ufer schlicht in* Neuland *umgetauft worden. Im Übrigen ist* Neuland *seit Einstellung des Fährbetriebs tatsächlich gänzlich aus der Welt, eine gottverlassene Einöde am Prallhang der Aach, als die noch ein Fluss gewesen war. Nicht einmal mehr Ratten leben angeblich dort, weil es ja niemanden mehr gibt, der ihnen Abfälle hinterlässt…*

[9*] Das findet man jedenfalls, wenn man *Trams an der Aach* in eine Internet-Suchmaschine eingibt

Einen ähnlichen Ausblick, ebenfalls von der Ladefläche eines Pickups aus betrachtet, hatte Leo während seiner zweiten Auszeit auf der Atlantikinsel La Gomera bewundert. Der Pickup war ein alter SEAT gewesen & hatte Manolo Bobadilla gehört, einem Kleinbauern, der für den Eigenbedarf Zwiebel & Erdäpfel produziert hatte, für die Fred-Olson-Gesellschaft jedoch, die nicht nur das Monopol für den Fährbetrieb zwischen Teneriffa & La Gomera inne gehabt hatte, sondern sich auch das Gros der Bananen- & Tomatenplantagen unter den Nagel gerissen hatte, in kaum größerem Stil die paar Tomaten & Bananen seiner Terrassenkulturen, die nach Größe, Farbe & Form den damals geltenden EWG-Richtlinien zu entsprechen gehabt hatten & nach England exportiert worden waren. Manolo Bobadilla war gerade nach Hermigua unterwegs gewesen, um einem Freund, der übrigens auch Manolo geheißen hatte, Manolo Trujillo, Medikamente gegen Kreislaufstörungen & zu starken Augendruck aus der Apotheke in San Sebastian zu bringen. Da sowohl Manolo Bobadilla als auch Manolo Trujillo nicht nur des Englischen unkundig, sondern überhaupt Analphabeten gewesen waren, war Leo die Aufgabe zugefallen, Manolo Trujillo bei Übergabe der Arzneien den Beipacktext zu übersetzen. Manolo Bobadillas Pickup-Pritsche war zwar leer gewesen, dafür aber faulig-glitschig vom Ladegut des Vortags. Der Beifahrersitz war von einem Beamten der Guardia Civil besetzt gewesen, einem der wenigen Gendarmen, die es damals auf Gomera gegeben hatte. Er hatte, wie sich Leo erinnerte, Paco Bobadilla geheißen, war Manolo Bobadillas Cousin & wohnhaft in Agulo gewesen, dem Nachbarort Hermiguas. Leo hatte sehr gelitten auf der rutschigen & völlig versifften Ladefläche, seine Jeans waren beinahe unbrauchbar geworden von dem fauligen Abrieb der Bananenstrünke auf der Pritsche, aber er hatte durchgehalten, durchhalten müssen. Auf der Passhöhe vor der steilen Abfahrt nach Hermigua, unmittelbar nach der Abzweigung zum Nebelwald „El Cedro", hatte Leo eine Aussicht genossen, die der auf die Aachauen vom „Aachblick" aus vom Charakter her ähnlich gewesen war. Serpentinen über Serpentinen, wackelige Bilderfolgen hochqualitativen Gehalts, aber eben wackelig infolge des miserablen Straßenzustands, tief unten Land, das fruchtbar aussah, dahinter der Atlantik als blau-silbriger Horizontstreifen, eher erahnbar als sichtbar, eine Art Niemandsland zwischen hüben & drüben. Oder sollte man sagen: Todesstreifen? Die Nachbarinsel Teneriffa, insbesondere deren höchster Gipfel, der Vulkankegel des Teide, den man an klaren Tagen von Gomera aus sehen kann, versteckt in einer Mixtur aus Nebel & Sonnenglast. Auch hier vom Jenseits keine Spur, allerhöchstens ein kalter Hauch.

Das Gefälle nahm ab, die Serpentinen wurden weniger, das Gelände ebnete sich ein. Sie passierten einen verwahrlosten Friedhof, auf dessen Mauer irgendwann einmal „HO CHI MINH" gesprayt worden war, in dem Friedhof eine verfallene Kapelle, entlang der Friedhofsmauer Reste eines Gehsteigs. Anschließend eine verrostete Pissoir-Pawlatsche im Jugendstil, daran angelehnt ein altes Steyrer Waffenrad, verrostet & ohne Räder. Alles sah ein bisschen nach spontaner Dematerialisation aus. Leo stellte sich den Radfahrer als Gerippe vor, das irgendwie verkrümmt halb *vor*, halb *in* der geteerten Pissrinne lag. Nur Schuhwerk & Armbanduhr waren von den Maden, Ameisen & Motten übrig gelassen worden, malte er sich aus… Nach dem Pissoir Wegweisschilder mit abgesplitterter Farbe & Schrift, die Richtungspfeile verbogen oder abgebrochen, die Pfähle, an die sie montiert waren, verdreht, schief oder geknickt. Leo versuchte die Beschriftungen zu lesen. Es war eine Art Buchstabenfüllrätsel. Er las „randpromenade", „ost- und legra", „isdi", „alien", „eckerlfisch", „co Aachlandten", „Restauration Seemannsheim Fin", „lause Aachbrück" & schließlich „ährbetrieb nach Trams täglich von 0 bis 24 Uhr", bei dem Geruckel & Gehopse auf der Pickup-Pritsche nur schwer zu entziffern. Er rekonstruierte „Strandpromenade", „Post- und Telegraphenamt", „Eisdiele", „Devotionalien", „Steckerlfische", „Disco Aachlandtenne" & „Fährbetrieb". In Buchstabenfüllrätseln war Leo echt gut. „Fin" bedeutete in diesem Fall wohl „Finstern", vermutete er.

Adrian Schall, dessen Namen Leo zu diesem Zeitpunkt noch gar nicht kannte, bog an einem Kreisverkehr, auf dessen Rondeau zwischen welken Nachtkerzen & wucherndem Efeu ein rostiger Riesenanker erkennbar war, auf einen etwas weniger beschädigten Weg ein, einen Zubringerweg, sozusagen *in ruhigeres Fahrwasser,* schaltete einen Gang höher & beschleunigte eingangs einer Kurve, vor der auf einem ruinösen Richtungsschild „arkplatz für ährpassagiere" zu lesen war. Von hier aus hat man früher wahrscheinlich schon die Aach gerochen, stellte sich Leo vor & bestaunte die eingestürzten Portale & zersplitterten Auslagenfenster der den Weg säumenden einstigen *Shopping Mall,* wie man heutzutage so etwas nennt[10*]. Der Unterschied zu den touristischen *Shopping Malls* etwa auf den Atlantikinseln Gran Canaria, Teneriffa oder Lanzerote war der, dass die Bauten der Aachbrücker *Shopping Mall* auf Stelzen standen. Na klar, wegen des Hochwassers, dämmerte es Leo. Wie vernünftig. Und er stellte sich die Aachbrücker *Shopping Mall* überflutet vor, so hoch überflutet, dass die Stelzen unter Wasser standen, also knapp 3m, malte sich aus, wie Touristen problemlos von ihren Kanus, Ruder- oder Schlauchbooten, wenn nicht gar Motorzillen, trockenen Fußes das Obergeschoß einer Boutique betraten. Eine Art Voralpen-Hongkong, dachte Leo, der noch nie in Hongkong gewesen war. Zugegeben, Marie hatte immer dorthin gewollt. Aber Leo hatte immer abgewiegelt. Viel zu teuer, zu umständlich, zu mühsam & zu heiß, hatte er argumentiert. „Dann wenigstens der Kilimandscharo", hatte Marie insistiert. „solange noch Schnee auf ihm liegt". Leo, der förderndes Mitglied bei Greenpeace war, hatte Hoffnung gehegt. Laut Greenpeace-Postille war der Schnee auf dem Kilimandscharo derartig am Schmelzen, dass der Afrikatrip (inkl. geführter Safari) in absehbarer Zeit sowieso ins Wasser (konkret ins Schmelzwasser des Kilimandscharoschnees) fallen würde.

Schall passierte hochtourig den alpenvorländischen Hongkong-Drive, fuhr zügig driftend auf einen von meterhohen Ruderalpflanzen in Besitz genommenen,

---

[10*] *Mall* [das], ursprünglich eine Schablone aus Holz oder Blech, nach der im Schiffbau Spanten angefertigt werden; neudeutsch, „mol" gesprochen, steht es für *Einkaufsstraße,* konkret *Hauptlaufwege mit angrenzender Verkaufsfläche*

geschotterten „arkplatz" & bremste in einer Lücke zwischen zwei Autos, die eigentlich nur mehr aus verrosteten Karosserien bestanden. Der ganze „arkplatz" war bis auf diese „arklücke" voll von Wracks, die zum Teil auch über einander gestapelt waren. Alte Autoreifen türmten sich wie Säulen eines griechischen Tempels entlang eines Pfades, der zur Anlegestelle der Fähre führte, wie einer Hinweistafel neueren Herkunftsdatums zu entnehmen war. Zwischen „arkplatz" & Hafen acht Pappeln, hoch wie Kirchtürme, Leos Lieblingsbäume, perfekter Windschutz & Schatten-spender (auch wenn der Himmel gerade bewölkt war), sinnierte Leo, als Adrian Schall den Motor in bewährter Manier abwürgte, sodass Leo, der sich nach Adrians Einparkmanöver gerade vorsichtig in Hockestellung begeben hatte, auf der Ladefläche im Zuge des finalen Hopsers rücklings der Länge nach hinfiel & mit dem Hinterkopf schmerzlich an die rückwärtige Bordwand schlug. „Wir sind da, Dwiddl. Trag die Kiste ins Seemannsheim", sagte er, ohne Leo anzusehen, stieg aus, öffnete seine Hose, murmelte etwas von „hackevollem Vorpieck"[11*] & pinkelte unter lustvollem Geseufze an die Stele einer der Gummireifensäulen.

Der angeschlagene Leo wälzte sich mühsam über die hintere Bordwand der Pickup-Pritsche & landete unsicher auf dem festen Boden. Wie damals, Ende April 1975, als er in Sta. Cruz de Tenerife nach drei Tagen & Nächten Mittelmeer & fünf Tagen & Nächten rollender Atlantikpassage von Bord der „MS Ernesto Anastasio" gegangen war. Das Festland hatte noch eine ganze

---

[11*] *Vorpieck is voll* – seemännisch für *muss Wasser lassen*

Weile geschwankt bzw. war Leo den halben Tag lang durch die Altstadt getorkelt wie ein Betrunkener. Auch wenn er sich hingesetzt hatte, war dieses Schwanken gewesen. Erst nachdem er sich mit Brandy der Marke „103", leicht süßlich im Geschmack, ölig im Abgang & angenehm schnell wirksam, betäubt hatte, war sein Gleichgewicht wieder da gewesen. Man müsse Schwanken mit Schwanken bekämpfen, hatte ihm tags zuvor der Matrose Blas Bravo an Bord der Ernesto Anastasio[12*] empfohlen. Konkret war es der Kater anderntags gewesen, der aus Leo wieder eine in sich ruhende Landratte gemacht hatte.

Daran erinnerte sich Leo, als er, an die Bordwand von Adrians Pickup gelehnt, nach der unfreiwilligen Kopfnuss wieder zu sich kam. Er atmete tief durch, roch nebst Adrians säuerlichem Harn eine leichte, maritime Note, Schlickaroma, durchmischt mit frischer Ölfarbe & verwesenden Algen. Vor allem aber vernahm er unerwartet rasch lauter werdendes Pfotengetrappel, der Intensität nach eventuell auch von einem galoppierenden Kalb stammend oder von einem Haflingerfohlen, dazu, ebenso an Lautstärke zunehmend, tierisches Gegrunze, das er nicht gleich differenzieren konnte. Möglicherweise brach da durchaus auch eine Wildsau aus dem den Schrott- bzw. „arkplatz" begrenzenden

---

[12*] Natürlich ist *Ernesto Anastasio* ein *männlicher* Vorname, in diesem Fall der des Gründers & einstigen Präsidenten der Compañia Trasmediterranea, Ernesto Anastasio Pascual, & *MS* bedeutet nicht Multiple Sklerose, sondern *Motorship*, ist also genauso wenig weiblich wie das deutsche Nenngerät *Schiff*; Schiffe, auch die mit männlichen Namen, haben deshalb weibliches Geschlecht, weil das lateinische *navis* fem. ist & *Schiff* an sich tiefenpsychologisch einen weiblichen Archetypen darstellt.

Pappelhain. Leo blieb keine Zeit für Angst oder Panik. Die für die Geräusche verantwortliche Kreatur tauchte urplötzlich hinter dem von Adrian als Pinkelstein missbrauchten Reifenstapel auf, kümmerte sich keinen Deut um Adrian, war kompromisslos auf Leo fixiert, der angesichts der drohenden Lebensgefahr sofort reflexartig in Duldungsstarre verfiel. Das Untier hatte die Größe eines schlachtreifen Jungstieres, war schwarz wie ein Panther, dazu aber extrem struppig, sein Hals dick wie ein Baumstamm. Es spuckte Sabber & Geifer wie eine von einem Agility-Kurs überanstrengte Dogge, röchelte aus tiefster Kehle, wedelte mit seiner astdicken Rute so hochtourig wie ein Ventilatorpropeller auf mittlerer Stufe, winselte & knurrte abwechselnd, dass es wie heiseres Jodeln klang, sprang den erstarrten Leo an, dass er umgefallen wäre, wäre er nicht an den Pickup angelehnt gewesen, stützte sich mit den Vorderpranken zentnerschwer auf Leos Schultern ab & leckte ihm von ziemlich hoch oben mit seiner ellenlangen, lila & rosa gesprenkelten Zunge übers Gesicht, wobei es auch Leos Brillengläser nicht verschonte. „Was sich liebt, das leckt sich", hörte Leo wie aus weiter Ferne den pinkelnden Adrian kommentieren.

Wo hatte er bloß die Leckerlis hingetan, fragte sich Leo im Bewusstsein, im nächsten Moment von dem Monster weggeleckt zu werden wie eine Eiskugel aus ihrem Stanitzel. Irgendwo im Seesack zwischen Handy, Laptop, Kulturbeutel & Wäsche? Oder zu Hause liegen gelassen wie die Zuerkennungsurkunde der Stipendiatsjury? Wie auch immer, das Monster hätte sicher nicht darauf gewartet, bis er, Leo, das Säckchen aufgerissen & ihm ein Keksi vorsichtig auf flacher Hand zum

Verkosten angeboten hätte, sondern ganz ohne jeden Zweifel das komplette Säckchen samt Leos Hand auf einmal verschlungen. Was für lächerliche sogenannte letzte Gedanken, dachte Leo angesichts dieses würfelförmigen Riesenschädels mit abstehender kurzer Sabberschnauze, kartoffelgroßer kalter Triefnase, pelzigen Wackelohren, gigantischen Hängelefzen & mächtigen Fangzähnen. Der heiße Atem, der Leo aus schwarzrotem Schlund äußerst druckvoll in die Nase fuhr, roch, wie sich Leo einbildete, nach vorverdautem Aas. Dagegen machten die blutunterlaufenen & leicht schräg gestellten Augen, in extremem Kontrast zum sonstigen Erscheinungsbild des Monstrums, einen sanften, etwas hilflosen, fast schon depressiven Eindruck auf Leo, der deshalb spontan Mitleid mit ihm bekam & sofort Angst & Sterbebereitschaft abschüttelte. Dafür wurde seine Gleitsichtbrille nach der lingualen Vorreinigung von den Sabberschlieren, die das Monster um sich schleuderte, bis zur absoluten Undurchsichtigkeit besudelt. Leo ordnete das Wesen spontan der Säugetiergruppe der *Canidae* zu, eventuell hatte er es sogar mit dem Archetypen derselben zu tun. *Der „Zerberos", den Leo in seiner Preisträgergeschichte „Solo für Orpheus" beschrieben hatte, war auch ekelhaft gewesen, aber er hatte ganz anders ausgesehen.*

„Skipper! Hierher! Sapperlot!", vernahm Leo von weitem eine wohltuend temperierte Frauenstimme, nicht so erotisch bzw. auf Erotik getrimmt wie jene Chris Lohners in der S 45, irgendwie natürlicher, weniger aufgesetzt, kam Leo vor. „Wir haben grad gemeinsam die Malakofftorte von vorgestern verputzt &

ein bisschen geschmust auf der Terrasse…", klang es ein wenig außer Atem & erheblich näher, gleichsam aus Sichtweite. Nur hatte Leo noch keine Gelegenheit gehabt, seine Brille zu putzen. Um nach Aas zu riechen, musste die Malakofftorte wesentlich älter als zwei Tage gewesen sein, überlegte er. „Sie müssen entschuldigen", sagte die angenehme Stimme, unterlegt mit diesem Hauch Atemlosigkeit, „aber er tut nichts." Wie auch immer diese Aussage aufzufassen war.

Skipper nahm seine Pranken von Leos Schultern & Leo seine Brille von der Nase.

„Skipper ist ein Molosser-Riesenschnauzer-Mischling, den ich von meinem Vorgänger übernommen habe. Vater Riesenschnauzer, Mutter Mastiff. Ich meine Skipper, nicht den alten Hütter", sagte Adrian, während er den Zipp seiner Hose hochzog & Leo die der Stimme zugehörige Person, dioptrinbedingt verschwommen, wahrnahm. Derart sehbehindert schätzte er sie auf 25 bis 35, besonders beeindruckte ihn das waldhonigdunkle Blond ihres mit einem bunten Elastikband zu einem Schopf gebündelten Haares, eher ein Provisorium als eine Frisur, ein *Haarschippel* geradezu *(sic!)*, eigentlich auch gar kein Blond im herkömmlichen Sinn, eher ein gold schimmerndes Kastanienbraun, der borstige Schopf eine Art Gamsbart, dessen Spitzen bloß noch fassoniert gehörten. „Und wie ich ihm gerade seinen wuscheligen Bauch gekrault habe, was ihn total erregt hat, also wirklich, wow!, da hörte er euch kommen & war nicht mehr zu halten…", lenkte der weibliche Klangkörper halbherzig ein.

„Sei froh, dass er dich mag, Dwiddl. Wenn er dich angefallen wäre & dich zerfleischt hätte, wie es nämlich sonst seine Art ist Bangbüxen gegenüber, hätte ich dich auf der Stelle an die Reederei zurück geschickt, zumindest das kleine Bisschen, das von dir übrig geblieben wäre", schnaufte Adrian, während er seine Augen wieder auf diesen imaginären Punkt eine Handbreit oberhalb von Leos Schädeldecke richtete, drehte seinen Kopf zur Seite, hielt sich ein Nasenloch zu & prustete aus dem anderen in Schifahrermanier eine ansehnliche Portion Rotz in einen Buschen Brennnesseln, der von Adrians Vorpieck-Entleerung bereits vorweg etwas abbekommen hatte.

„Wenn ich bekannt machen darf…", mauschelte Adrian, „Klara Fall, die neue Stipendiatin. Und das hier…", Leo verzog sein Gesicht, wie in Erwartung eines weiteren Tiefschlags, „meine Ablöse, der neue Aachbrücker Fährmann… Wie heißt du überhaupt, Dwiddl?", fragte Adrian, keine Spur verlegen. Auch Klara hatte er nicht in die Augen geblickt, sondern auf den waldhonigblonden bzw. dunkelgold schimmernden Haarschippelgamsbart, war Leo aufgefallen. Er fragte sich, ob Adrians Blick am Ende eine Art Laserstrahl war bzw. irgendein außerirdisches Messgerät für menschliche Auren.

„Kmetko", stellte er sich höflich vor, ergänzte in 007-Manier *„Leo* Kmetko" & schüttelte Klara Fall die dargereichte Hand. Ihr Händedruck war fest, trocken & angenehm.

„Kmetko ist Schiet[13*], Dwiddl!", stellte Adrian fest. „Bei mir heißt du Knall!"

[13*] seemännisch allgemein für *Scheiße,* speziell für *Untiefe & Schlechtwetter*

Wieder der tangentiale Blick über Leos Schädeldecke hinweg bis zu jenem, offenbar nur für Adrian sichtbaren, geheimnisvollen Punkt.

„Wieso Knall?", fragte Leo verwundert.

„Weil die Dame Fall heißt & ich Schall", argumentierte Adrian durchaus überzeugend. „Da hat ein Kmetko nichts zu suchen."

Leo Kmetko, nunmehriger Knall, durfte sich ab sofort als „angemustert" betrachten. „Ladung löschen, Knall!", kommandierte Adrian, „Und mach dich auf eine harte Ausbildung gefasst!", daraufhin, an Skipper adressiert: „Voran!" & „Fuß!". Den Monsterhund & die kastanienbraune Waldhonigblondine im Schlepptau machte er sich auf den schmalen Weg vom „arkplatz" zur „ährstation".

Dass die Waldhonigbiene Fall hieß, hielt Leo anfänglich für puren Zufall. Er kannte zwei Falls. *Oder sagt man* Fälle*?* Den Olmützer Operettenkomponisten Leo Fall, der 1925 in Wien verstorben war, wobei sich Leo nie besonders für Operette interessiert hatte, & Bärbel Fall, geboren & aufgewachsen im mecklenburgisch-vorpommerschen Veltheim bei Fallstein irgendwo im Harz, wo auch die Wipper fließt. Anfang der 70er-Jahre war Bärbel, die in einer Gemüsekonservenfabrik in Halberstadt am Fliessband gearbeitet hatte, aus der DDR geflüchtet & über die Bundesrepublik, Frankreich, die iberische Halbinsel & schließlich, obwohl sie extrem wasserscheu gewesen war, geradezu hydrophob, mit starker Tendenz zur Nausea, auf dem Seeweg bis auf die Kanarischen Inseln gelangt, wo sie sich endlich sicher gefühlt hatte vor den Schergen der Volksrepublik &

dem stressigen, konsumfixierten, sozialen Wohlstandskapitalismus, der ihr in der Bundesrepublik fürs erste einen Kulturschock beschert hatte. Leo hatte Bärbel Fall im Verlauf seiner zweiten Auszeit auf La Gomera kennen gelernt & sich in sie schließlich verliebt. Wie immer in Leos Leben eine einseitige Geschichte. Denn Bärbel hatte nicht nur ein Auge auf den aus Tirol eingewanderten Maler & Siebdrucker Hugo geworfen, sondern auch auf den australischen Globetrotter, Schriftsteller & Hochseesegler Rodney, der zwar auf dem ganzen Eiland aufgrund seiner permanenten zwanghaften Anmache als Charakterschwein bekannt gewesen war, aber vom Aussehen her natürlich mehr hergegeben hatte als Hugo, der *nicht* segeln konnte. Leo hatte in dieser Selektion nicht die geringste Rolle gespielt. Er war zwar ebenfalls Schriftsteller gewesen *(wie er gemeint hatte)*, aber mit der christlichen Seefahrt nur am Rande, konkret als Postschiffpassagier, Kategorie *Turist B*, vertraut gewesen… Mehr *Falls* bzw. *Fälle* fielen ihm im Augenblick nicht ein.

    Er wischte mit einem Papiertaschentuch über seine Brillengläser, wodurch er sie eher verschmierte als reinigte, schulterte dann, von unbändiger Neugierde motiviert, seinen Seesack, natürlich mit der Laptopkante nach unten, egal, & belud sich auch noch mit Käpt´n Schalls rammelvoller Einkaufskiste, in der unter dem Gemüse Flaschen gegeneinander schepperten, Gewicht & Geräusch nach eine Wochenration, hoffentlich Weißwein, trocken, säurearm, italienisch, wünschte sich Leo, der während seiner zweiten Auszeit, nachdem er sich bei Hugo in Lomofragoso hatte einquartieren dürfen, für die Weinbeschaffung zuständig gewesen war. Nur waren das dort keine Bouteillen gewesen, sondern 6 Liter-Glasgebinde in Weiden- oder Kunststoffkörben, deren Transport von San Sebastian, immerhin 6 km, & dann über den Steilhang des Barrancos zu Hugos Anwesen hinauf ein ziemliches Kriterium gewesen war. Leo erinnerte sich mit Schrecken an die Schlepperei, mit Freuden jedoch an die Annehmlichkeiten, die sich aus dem Konsum dieses *Vino de la peninsula*, von der Halbinsel, also vom Festland, ergeben hatten. Man war vor den leuchtend weißen Wohnquadern im Schatten eines ausladenden Feigenbaumes am Gemäuer der direkt an der Grundgrenze vorbei führenden Wasserrinne hoch droben überm Barranco gehockt, die nackten Füsse im gluckernden Wasser dieses Waals[14*], hatte den zahllosen Eidechsen beim Sonnen zugeschaut & dem Fröschequaken in den mit Entengrütze dicht überzogenen kleinen Wasserreservoirs gelauscht. Dazu eine Corona aus dieser legendären hellblauen Zigarettenpackung, eine kanarische Spezialität, wie alle kanarischen Spezialitäten nicht unbedingt das Beste der Welt, aber eben sehr bodenständig & ausnehmend preiswert. Authentisch halt. Bloß keinen *Vino del pais*, hatte ihm Hugo eingetrichtert, obwohl der erheblich billiger als der *de la peninsula* gewesen war. Den *Vino del pais* würden die Gomeros nämlich selbst keltern, hatte ihm Hugo, der bei einer solchen *Vinificacion* einmal dabei gewesen war, erzählt. Demzufolge wurde dem Most unmittelbar nach der Pressung eine Essenz beigefügt, die den Reifungsprozess infolge von chemischen Beschleunigungsmitteln

---

[14*] So heißen solche Bewässerungsrinnen jedenfalls in Mitteleuropa. Auf den Kanaren nennt man sie *Llevadas*.

auffallend verkürzt hätte, weshalb dieser Inselwein nicht nur ungenießbar, sondern sogar gesundheitsschädlich gewesen wäre, wie Hugo behauptet hatte. Logisch, dass sich Leo eine derartige Verkostung nicht entgehen hatte lassen. Schon wegen der Authentizität. Natürlich im Geheimen. Ein bisschen Kotzen, danach hatte sich die Idylle wieder eingerenkt…

Schwankend, auch unter dieser erinnerungsträchtigen Last, stolperte Leo den Dreien hinterher in eine Zukunft, die verheißungsvoll ungewiss war…

Das „Seemannsheim", das sich unmittelbar hinter dem Pappelspalier befand, war ein von Haselstauden, jungen Eschen, Götterbäumen & steinalten Auweiden umgebener hölzerner Pfahlbau. Das Anwesen erinnerte an die Deckaufbauten eines altmodischen Passagierdampfers. Die Holzplanken weiß lackiert, die Fenster Bullaugen, Balkon- & Treppengeländer einer Reling nachempfunden, Rettungsringe als Dekoration anstelle von Blumenkästen. Nur die massiven Pfähle, die zwei Stockwerke trugen, waren gemauert, eine Maßnahme gegen das häufig auftretende Hochwasser *(das, wie wir nunmehr wissen, nicht selten bis zu 3m über Uferhöhe anstieg)*, zwischen den vier Pfählen ein holzverbrämter Strang, zweifelsohne für Wasserzu- & Abwasserableitung, davor, verkehrt rum, ein kleines Boot & ein Liegestuhl, die Stoffbespannung früher einmal eventuell bordeauxrot, inzwischen längst ausgebleicht. Der erste Eindruck war ein wenig lächerlich, oder handelte es sich hier um eine *land-art-Installation?* Ein Haus, das wie ein Schiff aussah, auf backsteinernen Stelzenbeinen stand, die ein wenig schief aus einer Geröllwüste wuchsen, & über orange-rötliche Kunststoffrohre mit Wasserleitung & Kanalisation verbunden war. Das einzige Wasser, das Leo sah, etwas weich gezeichnet auf Grund seiner verschmierten Gleitsichtbrillengläser, waren ein paar Regenpfützen zwischen hart gewordenen Schlammdünen. Der erste Stock des Stelzenhauses war über eine Eisentreppe erreichbar, wie sie Leo auf seiner zweiten Auszeit von den Postschiffen der Compañia Trasmediterranea her kannte. Die einzelnen Stufen mit gummierten Querleisten versehen, die auch bei Regen bzw. Sturzsee eine gewisse Trittsicherheit gewährleisten. Oberhalb der offen stehenden Eingangstüre ein handgemaltes Schild mit der Aufschrift „KOMBÜSE", daneben eine gigantische Werbetafel für „Prämonstratenser Urbock", ein in der Probstei Mitteraach gebrautes Starkbier, das Signet ein Ziegenbockkopf, wütende Kampfbereitschaft signalisierend, darunter der Slogan „Das bockigste unter den Böcken", sowie ein blauweißer Rettungsring mit einer Uhr im Kompass-Design in der Mitte, die Zeiger stilisierte Kompassnadeln. Zwei, bis auf Mittag & Mitternacht, in stets unterschiedliche Richtungen weisende Orientierungshilfen – der Alptraum jedes Navigators. „WELCOME ABOARD", stand in wackeliger Handschrift auf den weißen Segmenten des Rettungsringes. In etwa 3m Höhe über Bodenniveau sah er sich um, bedingt durch die Last von Seesack & Lebensmittelkiste nur sehr kurz, & nahm zur Kenntnis, dass es seitlich vom Weg zum Seemannsheim noch einmal 2 bis 3m bergab ging, & zwar senkrecht zum Grund des ausgetrockneten Hafenbeckens, der aus getrocknetem Schlamm bestand, *Ur-Schlamm*, dachte Leo, Ur-Schlamm mit neuzeitlichen Einschlüssen wie einer verrosteten Sardinenbüchse, einem Plastikkanister & einem haarlosen Puppenkopf. Ein oberflächlicher Schwenk nach rechts, *steuerbord aus,* wie sich Leo spontan korrigierte, dorthin, wo vom Hafenkai ein Pier in rechtem Winkel ins Fahrwasser ragte, als es noch eines gegeben hatte, da lag sie stolz vor Anker, die Personenfähre „Fini II", d.h. eigentlich nicht vor Anker, sondern in einer Art Trockendock aus alten Blechtonnen & Holzbalken, der Rumpf mit allerlei Last & Druck absorbierenden Einlagen wie Gummireifen & diversen Fendern vor Deformierungen & Lecken geschützt. Leo war ansatzweise fasziniert, wollte aber erst einmal Laptop & Kiste loswerden.

Er betrat die „Kombüse", d.h. er zwängte sich mühsam & nach Luft ringend durch die Türöffnung & befand sich in einer gemütlichen, ein wenig düsteren Wirtsstube. Licht drang nur spärlich durch drei Bullaugen in den Raum. Tische, Stühle & Wandtäfelung dunkel patiniert, der Tresen vor einer kleinen Bar mit Intarsien, Dattelpalmen darstellend, & mit Messing verziert. Es roch wie im Schrebergartenhaus von Onkel Fritz & Tante Aloisia am Rande des Lainzer Tiergartens, fand Leo, ein bisschen nach Ölfarbe, Holzimprägnierung, modrigen Sitzpölstern, eingelagerten Winteräpfeln & feuchter Erde. Leo stellte Adrians Lebensmittelkarton auf die grobhölzernen Bodendielen vor den Tresen, hinter dem eine Schwingtür mit kleinem, rundem Fenster aufgestoßen wurde. „Die Kombüse ist hinter der Tränke, Knall! Oder willst du am Ende jetzt schon *Daddeldu machen*[15*]?", dröhnte Adrians rauchiger Bass aus der

---

[15*] seemännisch für *Feierabend machen*

Küche der „Kombüse", sozusagen aus der Kombüsenkombüse, fiel Leo, der überraschenderweise immer noch guter Dinge war, dazu ein, & er schleppte den Karton gehorsam in die Kombüsenkombüse, die genauso düster wie der Schankraum war, vom Tageslicht ebenfalls nur durch Bullaugen erhellt. Sie war zweckmäßig eingerichtet, einigermaßen sauber & altmodisch gemütlich wie das Lokal draußen, auffällig besonders der Herd, ein mit Delfter Keramik gefliester Ofen, auf den Kacheln Seefahrts- & Fischereimotive aus dem 18. Jahrhundert, mit integriertem Wasserkessel & Backrohr, der offensichtlich mit Holz beheizt wurde. Ein ansehnlicher Stapel getrockneten Schwemmholzes lagerte davor.

„Klara wird dir deine Koje zeigen. Ich geh mal schnell Fini ein paar Kilowatt abluchsen", brummte Adrian, verließ Kombüsenkombüse & Kombüse & stieg ächzend die Treppe hinab, wobei er sich an Klara & Skipper vorbeizwängen musste, die beide gerade zur Kombüsenterrasse aufstiegen. Unten angekommen schlurfte Adrian krummbeinig den Aachbrücker Kai *(oder sollte man sagen: die Hafenmole?)* entlang zur „Fini II" & bestieg sie über eine Art ungesicherten Hühnersteig am Heck, Leo nahm an, es handelte sich dabei um eine sogenannte *Gangway*. Oder nannte man so was *Fallreep*? Leo wusste es nicht. Schließlich war er Literaturstipendiat & nicht Seemann.

Während sich Klara erbötig machte, Leo in sein Quartier zu geleiten, startete Adrian unten den Motor seiner Fini, gab ordentlich Gas & ließ ihn dann gemütlich tuckern, woraufhin in der Seemannsheimkombüse die Glühlämpchen zu flackern begannen, bis es schön langsam richtig hell wurde in der Düsternis.

„Seit die Fähre nicht mehr in Betrieb ist, dient ihr Motor nur mehr als Stromgenerator", erklärte Klara mit traurigem Unterton, während sie Leo auf der Treppe ins Obergeschoß voraus stieg. Skipper folgte ihnen hechelnd. „Die gute alte Fini verfügt über einen 220 PS-Cummins-Diesel-Antrieb. Der erzeugt Strom bis zum Abwinken", ergänzte Klara mit der Schnoddrigkeit einer Expertin, dass Leo sich zu der sowieso nur noch rhetorischen Frage hinreißen ließ, ob nicht vielleicht doch *sie* Adrians Ablöse sei & nicht die neue Literaturstipendiatin, wie Adrian behauptet hatte, ganz abgesehen davon, dass in Wirklichkeit nämlich *er*, Leo Kmetko alias Knall, der neue Aachbrücker Dorf-, Markt- oder Fährschreiber sei. Und zwar nachweislich. Klara überhörte seine Frage, öffnete stumm die Tür, die von der Terrasse ins Obergeschoss führte, hielt sie ihm auf, wobei sie vermied, ihn anzusehen, zwängte sich im anschließenden Flur an ihm vorbei & sperrte eine Türe mit dem Schildchen „Matratzenlager" auf, der gegenüber sich eine zweite Türe befand, die als „Schreibstudio" gekennzeichnet war. Die Tür zum Matratzenlager knarrte beim Öffnen. Leo, von Skipper gefolgt, trat ein. Klara räusperte sich & sagte kleinlaut: „Laptop aufladen kannst du bei mir. Komm hinterher einfach auf einen Sprung ins Schreibstudio rüber."

Leo kannte Matratzenlager aus seiner Jugend. Auf Hochalmen hatte man seinerzeit in Schutzhütten für ein paar Schilling auf Matratzen nächtigen können, die meisten mit Stroh gefüllt & daher äußerst kratzig, manche waren Rosshaarmatratzen gewesen & hatten noch mehr gestochen als die mit dem Stroh. In den Jugendherbergen im Tiefland drunten war man auf weichem Schaumstoff gelegen, was die Schweißproduktion der Quartiernehmer enorm angeregt hatte. Im Aachener Jugendknast war es nicht viel anders gewesen, bloß war die Tür versperrt gewesen *(dazu hatte es allerdings Vollpension gegeben & eine Wäscherei).* Das Matratzenlager im Aachbrücker Seemannsheim unterschied sich kaum von all den flachländischen, mittel- bis hochalpinen, west-, nord- & mitteleuropäischen Matratzenlagern, in denen Leo je genächtigt hatte. Da war immer dieser Schweißgeruch gewesen, dazu kollektives Schnarchen & extemporiertes Furzen, das Leo am Durchschlafen gehindert hatte. Am Passo Giao in den Trentiner Alpen waren es gar heterosexuelle Kopuliergeräusche gewesen, die ihm Schlafstörungen beschert hatten. In den Bergen gibt es ja, im Gegensatz zu den landläufigen Flachlandmatratzenlagern, keinerlei Geschlechtertrennung. Weshalb in den Jugendherbergen entlang der gängigen europäischen Tramperrouten hauptsächlich onaniert worden war. Hatte einer auf der oberen Pritsche gewichst, hatte das ganze Bettgestell gewackelt. Und das Gestöhne & Gehechel dabei war auch nicht unbedingt schlaffördernd gewesen. Leo stellte sich vor, wie im Aachbrücker Matratzenlager übernachtet worden sein könnte. Selbstbefriedigung, Schnarcheinlagen nach übermäßigem Alkoholgenuss, schließlich ging es ja anderntags sozusagen *über den Jordan, die Wipper, den Acheron* bzw. *die Aach*, halt ins Jenseits hinüber, warum also nüchtern bleiben, wenn man sich schon vor Angst fast in die Hosen schiss, Stöhnen, Ächzen, Wehgeschrei…

Der Unterschied zu den von Leo früher frequentierten Matratzenlagern war vornehmlich der, dass er hier der einzige Bewohner war (wenn man davon absah, dass Skipper sich auf die untere Etage eines der Hochbetten gelegt hatte & ein Nickerchen machte). Leo konnte sich aussuchen, welche der zwölf auf sechs Stockbetten verteilte Pritschen er bezog. Er wählte eine, in deren Nische eines der drei Bullaugen Licht spendete & auch zu öffnen war. Wie damals auf der MS Ernesto Anastasio, dritte Aprilwoche 1975, Passage Barcelona - Sta. Cruz de Tenerife, *Turist B*. Wenn Leo gewusst hätte, dass es eine Kategorie *Turist C* auch noch gegeben hatte, halt noch eine Etage tiefer als *Turist B*, also eigentlich schon unter dem Meeresspiegel, dementsprechend ohne Bullaugen, hätte er natürlich diese gebucht. *Turist C* hätte ein Drittel weniger gekostet als *Turist B*. Leo hatte damals Mühe gehabt, die Kabine mit der gebuchten Koje zu finden. Besitzer von *Turist B*- & *C-Tickets* waren vom Personal prinzipiell nicht zu ihren Schlafplätzen geführt worden. Leo hatte die Kabine tief unten im Bauch der MS Ernesto Anastasio auch so gefunden, eine 4 Personen-Kasematte, *solo hombres*, & freudig erregt die obere Koje eines stählernen Hochbettes bezogen, die einzige mit einem Bullauge. Dieses Bullauge hatte über eine mehrteilige Schließvorrichtung verfügt. Für die normale Funktion zum Öffnen & Schließen hatte eine Art Generalschraube mit griffigem Schraubflügel gedient, zwei Stellschrauben mit 6-Kant-Muttern hatten als zusätzliche Funktion für Wasserdichtheit auf rauer Hochsee zu sorgen gehabt. Sie zu öffnen hätte den Einsatz eines speziellen Gabelschlüssels erfordert, weshalb sie ausschließlich vom Personal, in diesem Fall von Blas

Bravo, diesem kommunikativen Leichtmatrosen, bei Bedarf zu bedienen gewesen waren. Leo war über die minimalistische Strickleiter zu seiner Koje hochgestiegen, hatte das Bullauge mühsam geöffnet, beim Hinausblicken festgestellt, dass die leicht gekräuselten Wellen der brackig-öligen Hafensuppe nur knapp 1m tiefer an die geweißten Wanten der MS Ernesto Anastasio schlugen, wobei gleichzeitig die oberen Ränder einer üppigen Muschelpopulation sichtbar geworden waren, die unter Wasser an der Bordwand sesshaft geworden war, während er aus seinem Bullauge zur Mole sozusagen hochblicken hatte müssen, wie aus dem Fenster einer Souterrain-wohnung in der Wiener Vorstadt, war ihm vorgekommen. Man hätte den Damen unter die Röcke schauen können, wenn welche da gewesen wären. Leo hatte die Aromen von Mittelmeerhafen, totem Fisch, Maschinenöl & ein bisschen Schirokko inhaliert sowie anschließend sein privates Kleinzeug wie Rätselheftchen (u.a. mit Buchstabenfüllrätseln), Kulturbeutel & Bücher im Netz oberhalb der Pritsche verstaut. (Jean Genet, Samuel Beckett, Heminways „Fiesta", Henry de Montherlants „Tiermenschen" & ein Sachbuch über Spanische Tauromachie[16], um endlich hinter das Geheimnis des spanischen Stierkampfes zu kommen. Handelte es sich dabei um die Fortsetzung des altägyptischen Apiskultes, der zur Sonn- & Feiertags-gepflogenheit verkommen war, um eine sportliche Tierhatz mit strengem Reglement, also inszenierte Tierquälerei, oder war Stierkampf wirklich etwas so unverwechselbar Spanisches, dass Leo in seinem Integrations- &

---

[16] José Luis Aquaroni, *Der Stierkampf*, © Editorial Noguer, Barcelona S.A. 1962, 3.Auflage

Assimilierungseifer daran einfach nicht vorbeikam? *Er hatte es auf seinen iberischen Vorbereitungsreisen bereits zu ansehnlichem Insiderwissen gebracht & kannte sich in Sachen Tauromachie besser aus als so mancher Einheimische. Dafür kannte er von der österreichischen Bundeshymne nur die erste Strophe, während Migranten, die sich um die österreichische Staatsbürgerschaft bemühen, sämtliche Strophen auswendig aufsagen können müssen.*

Seine Reisetasche hatte er in den seiner Koje zugehörigen Spind gestopft. Es war die Reisetasche gewesen, die ihn schon bei seiner ersten Auszeit nach Holland begleitet hatte, danach auf seine Schnupperreisen in den Süden & Westen Europas, nunmehr bereits so desolat *(die Reisetasche, nicht SW-Europa)*, dass der Ankauf eines klassischen Seesacks mit dem markanten Logo der Kompanie, den er mitschiffs in der Vitrine eines Accessoires-Shops im Angebot gesehen hatte, unaufschiebbar geworden war.

Das war vor 36 Jahren passiert, in Barcelona, einer Stadt, die für Leo seit 1969 eine Art Ersatzvater geworden war, seine Ersatzvaterstadt. Hier hatte er ein wenig Spanisch gelernt, „Beisel-Spanisch", wie er es nannte, sich integriert, indem er, wenn auch mit gemischten Gefühlen, der sonntäglichen *Corrida de toro* beigewohnt *(ähnlich dem sonntäglichen Kirchgang im Kreise der Familie in Leos Kindheit)*, in den Bodegas den Wein aus dem *porron*[17*] getrunken & dazu die höllisch scharfen *caracoles* genascht hatte. In Barcelona hatte er Spaß

[17*] Ein unterschiedlich dimensioniertes, krugähnliches Glasgebinde mit sehr kleiner, schnabelförmiger Öffnung, aus der man den Wein in dünnem Strahl in seinen Mund appliziert, wobei man sich unweigerlich anpatzt.

am Alleinsein, einer im Ansatz vorhandenen Selbstständigkeit & auch Zugang zur katalanischen Mentalität gefunden, die ja unter dem Franco-Regime nur im Untergrund hatte ausgelebt werden dürfen, & Sex mit Prostituierten gehabt. Leos Gefühle waren dabei ähnlich denen beim Stierkampf gewesen *(oder beim Kirchgang mit der Familie)*, sozusagen mehr Recherche als Vergnügen oder gar Erfüllung.

Juni 1969 hatte Leo seine Matura bestanden, war beim abschließenden Gruppenfoto im Konventgarten, vom Fotografen in die hinterste Reihe eingegliedert, unmittelbar bevor der Fotograf den Auslöser gedrückte hatte, in tiefe Hocke gegangen, um bloß nicht auf dem Foto drauf zu sein, & hatte danach nur einen Wunsch gehabt: weg von zu Hause, weg aus Österreich, Europa kennen lernen, nicht die Fremde, sondern das Neue, das *verheißungsvolle Ungewisse, das Leben*. Jahrelang hatte er mit dieser *Entgrenzung*[18**] experimentiert, die Schweiz, Belgien, Italien, Jugoslawien & Griechenland bereist, mit Holland & Deutschland hatte er nach Beendigung seiner ersten Auszeit ja innerlich abgeschlossen, die Schweiz als zu penibel & zu teuer empfunden, Jugoslawien als Transitland & Belgien irgendwie wirr & ratlos wie sich selbst, ohne besondere Identität, irgendwie gespalten, so etwas hatte er gerade überhaupt nicht brauchen können, hatte sich in Griechenland sehr wohl gefühlt, *zu* wohl, *zu entgrenzt*, eine *Entgrenzung*, der er nicht zu trauen gewagt hatte. Die Hippies hatten

---

[18**] *Entgrenzung des Ichs* bei Autoren: das Verlassen der eigenen Person & das Hinausgehen in die Weite; zugleich eine Störung der *Ich-Demarkation*, vermutlich eine Wortschöpfung Friedrich Nietzsches

ihm letztlich die Heimstatt der Antike madig gemacht, die Hippies & der zu boomen beginnende Massentourismus, wie man diese vorsätzliche Fahrlässigkeit heute völlig unaufgeregt zu nennen pflegt, seiner Meinung nach nichts anderes als der ausbeuterische Missbrauch der in Griechenland üblich gewesenen generellen Gastfreundschaft, die damals noch sozusagen aus dem Herzen, aus diesem ganz speziellen hellenischen Herzen gekommen war, zusätzlich die Verschmutzung eines Paradieses mit Plastikflaschen & Hippiescheiße.

Spanien hatte Leo auf der Maturareise kennen gelernt, an der Oberfläche, vom Durchfahren mit dem Bus, von Barcelona über das Kloster Montserrat, Benediktinerabtei wie die der Wiener Schotten auch, Tarragona & Valencia, dann aberhunderte Kilometer Landesinneres mit Toledo & Madrid, danach ein bisschen Andalusien, Granada, Cordoba, Sevilla, sozusagen ganz Spanien auf einem niedlichen Tapas-Teller, einem sogenannten *Plato combinado*, lauter Appetitanreger, die nach mehr verlangten, was aber im beschränkten Rahmen dieser Gruppenreise unmöglich gewesen war, & hinterher von Andalusien wieder zurück in den Norden, San Sebastian & Irun, Spanien in 14 Tagen, ein Schnuppermarathon, ein Hineinriechen in Exotik, Traumlandschaften, Mañana-Mentalität, Hemingway-Romantik. Dazu noch eine überaus markante Affinität Spaniens zu Österreich, was die Geschichtsfälschung anbelangte. Wie die Spanier Mitte der 70er-Jahre des 20. Jahrhunderts den Inka- & Azteken-Genozid im 16. Jahrhundert im Zuge der *Conquista* immer noch ganz anders als der Rest der Welt gesehen hatten, vom faschistischen Terror des Franco-Regimes ganz abgesehen, war es auch den Österreichern äußerst peinlich gewesen, dass Hitler Österreicher gewesen war & gerade die ostmärkischen KZ-Schergen, zumal in den oberen Chargen, im *III. Reich* höchstes Ansehen genossen hatten. Nicht zu vergessen die Ja-Sager- & Mitläufermentalität der postfaschistischen Österreicher. Man litt also unter einem ähnlich gearteten Schuldkomplex & musste sich nicht voreinander genieren. Viel mehr Parallelitäten hatte es sonst nicht gegeben. Das Temperament war ein gänzlich unterschiedliches gewesen, das Klima, die Musik, das Trinken, das Essen. Für Leo insgesamt eine sinnliche Offenbarung *(wobei die spanische Küche ja nicht unbedingt als besonders fein bezeichnet werden kann; sie ist eher authentisch, puristisch & war damals obendrein fantastisch billig, die pikanten „caracoles"*[19*] *etwa, oder die „potaje de garbanzas"*[20**]*, wenn nicht gar „riñones al Jerez"*[21***]*…).* Weiterer Anreiz für einen längeren Spanienaufenthalt war die Staatsform gewesen. Hier würde Leo die letzte faschistische Diktatur Europas sozusagen *life* & in ihren letzten Zügen erleben können, nachdem er die NS-Zeit versäumt hatte, wenn auch ohne eigenes Verschulden, aber eben doch versäumt. Nicht zu vergessen das sensationelle Preis-Leistungs-Verhältnis in Spanien, das selbst budgetär eingeschränkten Tagträumern & -streichern wie Leo eine reiche Genusspalette geboten hatte. Insgesamt eine Reizüberflutung, die Leo

---

[19*]kleine, mit Chili & Knoblauch in Rotwein gegarte junge Weinbergschnecken

[20**]ein billiger Kichererbsen-Eintopf, der damals an Bedürftige mitunter sogar gratis ausgegeben wurde.

[21***]mit Sherry fino zubereitete, pikante Lamm- oder Kalbsnieren

als hochgradig erotisch empfunden hatte, wie Sex ohne Orgasmus hatte sich das angefühlt, wie ein sich stetig steigerndes, unaufhörliches Vorspiel. Am Orgasmus gehindert worden war er von der sehr begrenzten Zeit & von den Klassenkameraden, denen es im Grunde genommen egal gewesen war, durch welches Land sie gerade fuhren, Hauptsache war das Hochhalten dieses traditionellen, fast schon sakramentalen Kameradschaftsrituals, das einen achtjährigen gemeinsamen Bildungsweg nun mal abzuschließen gehabt hatte. Trotzdem hatte Leo genug gesehen, um unbedingt wiederzukehren, den Orgasmus fertig zu vollziehen, wie er beschlossen hatte. Wiederkommen, einen Nährboden für einen Entwurzelten wie ihn suchen & finden. Mehrere Probetrips während der folgenden fünf Jahre nach Katalonien, in die Mancha, nach Andalusien & ins Baskenland hatten dieses Gefühl bestärkt. Leo hatte zwar in Wien an der Uni inskribiert gehabt, war aber an der germanistischen Wissenschaftslehre ebenso gescheitert wie am kunstgeschichtlichen Aufnahmetest. Als überzeugter Schwarzhörer hatte er sich nach diesen Desastern der Archäologie zugewandt, wo er sich in das Konterfei der Hera auf einer antiken, von Polyklet gestalteten Münze verliebt hatte (worunter eine dieser Hera ähnlich sehende Kommilitonin Leos wochenlang gelitten hatte), parallel dazu der evangelischen Theologie, weil hier endlich zeitgenössische Literatur mit, alphabetisch aufgelistet, Bachmann, Bernhard & Broch geboten worden war, weiters der Theaterwissenschaft, was Professor Börges Vorlesungsreihe über die Dramaturgie des amerikanischen Stummfilms, Schwerpunkt Buster Keaton, betroffen hatte, die im Palais Pallavicini stattgefunden hatte. Er hatte auch auf der, damals Klinik Hoff genannten, Psychiatrie des Wiener Allgemeinen Krankenhauses Professor Arnolds Vorlesungen über Bewusstseinsstörungen mit Fallbeispielen beigewohnt, nicht zu vergessen Professor Ringels Psychosomatikveranstaltungen, ebenfalls sehr anschaulich mit Patientenpräsentationen. Literarisch hatte sich Leo in einer jungen Literaturzeitschrift namens WELTERBSE mit an André Gide, Franz Kafka & Wolfgang Bauer orientierten Texten ausgetobt, nebenher jedoch emsig gejobbt, wie man damals schon gesagt hatte, gejobbt[22*] als Hauslehrer für Kinder reicher Neureicher, als Hilfsarbeiter am Bau & als Ghostwriter für KommilitonInnen, die sich mit ihren Seminar- & Diplomarbeiten schwer getan hatten. Leo erinnerte sich besonders an die Abschlussarbeit eines arroganten Gänserndorfer Germanistikstudenten, dem er eine Arbeit mit dem Titel „Dürrenmatt und das Einortdrama" ins Reine tippen hatte müssen, wofür er 500 Schilling bekommen hatte. Beim Lateinamerikanischen Institut hatte Leo einen Spanischkurs belegt & sich auf sein großes kanarisches Abenteuer vorbereitet. Soviel war klar: vom Festland hatte er genug gehabt, das war ihm zu unüberschaubar gewesen. Es hatte schon eine Insel sein sollen. Aber nicht Ibiza oder Mallorca. Eine Insel ohne Flughafen. Und mehr als tausend Kilometer weiter weg von zu Hause als etwa die Ägäis. Die Anreise sollte beschwerlich sein. Bahn, Schiff, Bus & lange Fußmärsche. Mühsale, die nicht jeder so ohne weiteres auf sich nahm. Warum also nicht La Gomera, wohin er all die Jahre eine kuriose Verbindung unterhalten hatte. Ein

---

[22*] Ich selbst hatte in meiner Volksschulzeit einen Klassenkameraden, einen Ungarnflüchtling, dessen Vater mit Kosenamen *Tschobbo* geheißen hatte.

von ihm hofiertes Mädchen, Anastasia, Stasi, Tochter des Klebstoffimperiums Clericus in Wien-Neubau, die ebenso streng gehalten worden, wie sie freiheitsliebend gewesen war, hatte sich in den nach La Gomera ausgewanderten Hugo verliebt, als der noch in Wien Malerei studiert & sich mit dem Bemalen von Autokarosserien mit Hippiemotiven finanziell über Wasser gehalten hatte. Hugos Vater war österreichischer Konsul auf Teneriffa gewesen, weshalb Hugo Gelegenheit gehabt hatte, den kanarischen Archipel ebenso privilegiert wie gründlich zu erforschen & sich in das Teneriffa benachbarte La Gomera quasi zu verlieben. Um lächerliche 10.000 Schilling hatte Hugo damals ein kleines Anwesen, bestehend aus vier quaderförmigen ebenerdigen Häusern, jedes zwischen 15 & 20 m2 groß, & etwas Grund im Dorf Lomofragoso erstanden, maximal 30 Einwohner, am Felshang eines schroffen Barrancos gelegen, 6 km südöstlich von San Sebastian, Hauptstadt & -hafen der Insel. Die Immobilie war jahrelang leer gestanden, alle vier Häuser stark renovierungsbedürftig. Es hatte, von einem Brunnen, der mitunter versiegt war, abgesehen, kein Fließwasser gegeben & keine Elektrizität. Man behalf sich mit Kerzen & Karbidlampen. Toilette hatte es natürlich ebenso wenig gegeben. Nicht einmal ein Plumpsklo. Dafür hatten sich auf den kleinen Hügelkuppen hinter Hugos Privatdorf mehrere von einer niedrigen Steinmauer umgebene Kreise mit etwa 1 ½ m Durchmesser befunden, von Leo anfangs für miniatürliche heidnische Kultstätten der Guanchen gehalten, die der Verrichtung der Notdurft gedient hatten, insbesondere der großen. Man war bei Bedarf mit Toilettepapier, Streichhölzern, einer alten Tageszeitung & einem

Feldstecher zu so einem Klo-Kreis aufgestiegen, hatte aus trockenem Geäst & etwas zerknülltem Zeitungspapier eine Art Scheiterhaufen errichtet, darauf seinen Haufen gekackt, während man, in entspannter Hockestellung, mit dem Feldstecher den kompletten Barranco von El Atajo, dem Nachbardorf, bis hinauf nach Lomofragoso optisch abschwenken hatte können, an besonders klaren Tagen sogar bis auf den Pico del Teide auf Teneriffa drüben, der dann den Bergrücken hinter El Atajo eine Handbreit überragt hatte. Hinterher war der Scheiterhaufen angezündet worden, der alsbald einen ziemlich gewöhnungsbedürftigen Geruch zu verbreiten begonnen hatte. Was vom Feuer nicht gänzlich vernichtet worden war, war im Laufe der kommenden Nacht von den Ratten beseitigt worden, die im Grunde genommen recht zutraulich gewesen waren. Schwarzweiß & braunweiß, possierlich & überaus wohlgenährt...

Erinnerungen können äußerst anregend sein. Leo musste mal. Am Ende des Flures befanden sich zwei Türen, natürlich im Marine-Look. Auf der linken stand „NASSRAUM FÜR FÄHRPASSAGIERE", auf der rechten: „RESERVED FOR CREW". Der „NASSRAUM" war mit einem archaischen Abtritt & einer ziemlich puristischen Dusche ausgestattet. Es gab auch eine steinerne Spüle als Handwaschbecken, darüber ein erblindeter, gesprungener kleiner Spiegel. Der Abtritt sah aus wie der im „Hesperides" in Sta. Cruz, Leos erster Absteige auf dem kanarischen Archipel. Insbesondere die Dachschräge darüber sah gefährlich aus.

Im Hesperides war in einem quadratischen, in den Boden versenkten Keramikteil ein Loch mit maximal 15cm Durchmesser integriert gewesen, links & rechts davon zwei, Schuhsohlen nachempfundene, Stehflächen, etwa Schuhgröße 46. Wenn man sich dort nach seinen Verrichtungen zu rasch erhoben hatte, hatte man sich den Kopf am ungehobelten Gebälk blutig geschlagen...

Als Toilettenpapier bot sich ein kleiner Stapel aus akkurat in handliche Rechtecke geschnittener Zeitungsblätter an. Leo registrierte, dass es sich dabei hauptsächlich um Teile des „Aachlandboten" handelte, konkret den Wirtschaftsteil & die Stellen-angebote. Neben der Abtrittseinheit ein voller Wasserkübel, im Hintergrund ein hölzerner Klobesen mit patinierten Strohborsten. Der gusseiserne Wasserhahn oberhalb des Waschbeckens mit blumenförmigem Griff, der ein bisschen wie ein Schlagring aussah, spendete bloß Kaltwasser. Auch in der puristischen Dusche befand sich nur *ein* Wasserspender. Es gab kein Bullauge, nur ein handbreites Lüftungsgitter, das die eingedrungenen Schmeißfliegen vor scheinbar unlösbare Probleme beim Verlassen dieser Kloake stellte. Leo erkundete daraufhin das „Crew"-Klo, das seinen Hygienebedürfnissen erheblich näher kam. Er benützte es auch gleich, wie er ja auch 1975 als *Turist B* die Toiletten von *Turist A*, eine Etage höher, benutzt hatte.

Im „Crew"-Klo musste man nicht verkrampft hocken, hier saß man auf einer gewienerten Teakholzbrille, die einer keramischen Klomuschel aufgesetzt war, war geblendet vom Messingglanz des Klopapierhalters, atmete halbwegs frische Luft durch das geöffnete, mit einem geblümten Vorhängchen versehene Bullauge, roch das Sauberkeitsaroma einer dottergelben Allerweltsseife auf blitzblanker Seifenschale, selbstverständlich auch aus Messing, & ergötzte sich am Faltenwurf des Duschvorhangs nebenan. Das Gestänge natürlich ebenfalls Messing, der in der sanften Zugluft leicht wallende Vorhang aus geschmeidig weichem Plastik, auf dem Fußboden flauschige Frotteeabtreter, das Handwaschbecken aus Porzellan & unter dem gerahmten Spiegel ein ausladendes Regalbrettchen, darauf zwei bruchsichere Duralexgläser, in einem davon eine Zahnbürste, diverses Toilettezeug mit einer Dose *„Lady-Foam"*, hautschonenden Rasierklingen (*„Gillette Venus"*), Deo, Nagellackentferner, Creme-Tiegel & Zahnseide, alles, bis auf die Zahnseide, in Pink gehalten. Leos Wut begann sich zu erwärmen. „Das ist nicht recht, was die macht. Obwohl sie verdammt hübsch ist", dachte er, vom Neid schon etwas angenagt, „Gerechtigkeit!", sagte er pathetisch, „Gerechtigkeit für die Kunst!", zog an dem keramischen Zapfen, der am Ende eines Messingkettchens angebracht war, ließ die Spülung röcheln, putzte mit dem Klobesen aus gehärtetem Kunststoff ein wenig nach & verließ die „Crew"-Toilette, vor gerechtem Zorn bereits leicht simmernd, wie man in der Gastro-Branche zu einer derart temperierten Garstufe zu sagen pflegt.

Der Besuch der Seemannsheimtoiletten hatte Leo nicht nur an die Hygienezustände Lomofragosos & an Bord der MS Ernesto Anastasio anno 1975 erinnert, sondern vornehmlich an Stasi, um deren Intimität er sich ab 1972 ebenso intensiv wie erfolglos bemüht hatte.

Einmal, nach einem heftigen Regenguss im Wiener Stadtpark, an der Grenze zwischen erstem & drittem Bezirk, Leos Wohnbezirk, hatte man sich damals eilig in seine Behausung am Rand des Arenbergparkes *(in dem bis heute die beiden NS-Flaktürme stehen)* geflüchtet, wo ja immer noch seine Mutter respektheischend residiert hatte, um sich in Leos Zimmer, dem ursprünglich „Herrenzimmer" genannten Refugium seines verstorbenen Vaters, endlich auch körperlich etwas näher zu kommen. Aber mehr als Streicheln & Kuscheln war nicht drinnen gewesen. Es hatte zu regnen aufgehört & Stasi war Hals über Kopf heim zu den Clerici geflüchtet. Wahrscheinlich diesem tirolischen, subtropisch fernen Hugo treu, der dauernd Liebesbriefe von Lomofragoso nach Wien-Neubau geschickt hatte, die allesamt von Mutter Clericus abgefangen & vernichtet worden waren. Stasi war beim Müllaustragen dahinter gekommen. Also hatte Leo eingewilligt, als *Postillon d´amour* zu fungieren, Hugos Post in Empfang zu nehmen & Stasi verlässlich sämtliche kanarischen Briefe auszuhändigen. Nachdem sie sich, etwa nach einem halben Jahr, von Hugo libidomäßig distanziert hatte, hatte sie die Annahme von Hugos Briefen aus Leos Hand plötzlich verweigert, Hugo jedoch unablässig weiter seine Liebesbriefe an sie geschrieben bzw. eben an Leo gesandt. Leo hatte sich in der Folge dazu veranlasst gefühlt, in diese nunmehr einseitig gewordene Korrespondenz klärend einzugreifen. Die Adresse war ja am Absender gestanden. Hugo hatte seinem Schreiben erfreut geantwortet, kein Wort mehr über Stasi, & Leo eingeladen, auf seiner „Finca" zu wohnen, so es ihn, Leo, jemals auf die Kanaren verschlagen sollte. Leo war begeistert gewesen. Rein zufällig würde er demnächst in Spanien zu tun haben & gerne dieser Einladung Folge leisten, hatte er Hugo postlagernd zurückgeschrieben…

Sonderschichten mit Deutschnachhilfeunterricht für die Serviertochter des Asia-restaurants Chi, Leos Lieblings-Chinese, als Testperson für neue Psychopharmaka beim Verkehrspsychologischen Institut & zur Erforschung der Schlaflosigkeit auf der Physiologie hatten ihm, nebst dem Honorar seines ersten Hörspiels (*„Die Fußstapfen der Gartenzwerge"*) ein Budget von über 40.000 Schilling geschaffen, das Hin- & Rückreise gewährleisten würde, solange man nicht flog, & auch für seine Lebens-haltungskosten wie spanische Zigaretten, *Vino tinto*, Billigmenüs & ein paar außerplanmäßige Übernachtungen in fragwürdigen Absteigen reichen würde, wenn Hugo ihn tatsächlich gratis bei sich wohnen ließ. Das Leben hatte im Franco- Spanien Mitte der 70er-Jahre noch 80% weniger gekostet als im damaligen Kreisky-Österreich. Nach Abzug sämtlicher Fixkosten waren Leo noch gut & gerne 14.000 Schilling für Sonderausgaben wie Bordell- & Stierkampfbesuche, Taxifahrten, außertourliche Postschiffpassagen, für Wäscherei & Putzerei sowie auch höher-preisige Konsumationen in sowohl fester wie flüssiger Form zur Verfügung gestanden, falls ihm die Spanische Küche auf die Nerven gehen & er deshalb einen Abstecher zu *Loempia, Kropouk, Nasi Goreng* & *Wu tsia peh* einschieben hätte wollen. Möglicherweise waren ja dann irgendwann seine Schuhe durchgelaufen oder er würde einen Zahnarzt brauchen. Alles in allem war Leo mit seiner Planung zufrieden gewesen & hatte sich eines regnerischen Aprilabends mit seiner abgenudelten Kunstlederreisetasche am Wiener Südbahnhof in den Romulus-Express gesetzt, 9 Stunden bis Venezia Sta. Lucia, dort Umsteigen nach Genova, Ankunft im Morgengrauen, Abstieg von der Stagione termini zum Hafen & Warten auf die Öffnung des Hafenterminals der Compagnia Kanguro für die Passage über den Golfo di Leone nach Barcelona. Da war man, von der nächtlichen Bahnfahrt erschöpft, in plüschige Schaumstoffsitzgarnituren gekauert gewesen, das teilweise enorme Gepäck zwischen den ausgestreckten Schenkeln, hatte gewartet & gewartet & sich nicht aufs Klo getraut, weil einem einer der herumstreunenden Levantiner sonst seine Siebensachen geklaut hätte, wie man befürchtet hatte. Schon im Zug von Venedig nach Genua war ein entsprechender Vorfall passiert. Einer zwischen Turin & Genua eingestiegenen Dame, die in Leos 8er-Abteil gerade noch einen Gangplatz ergattern hatte können, war nächtens die Handtasche entwendet worden, ohne dass sie es gemerkt hatte. Die aus Sestre Levante stammende Signora hatte gegen Sonnenaufgang markerschütternd schrill ihren Verlust kundgetan, der Schaffner war gekommen & die Kapos der anderen 8er-Abteile & hatten in die Klage mit eingestimmt. Es hatte geklungen wie der Chor einer sizilianischen Trauergemeinschaft. Leo war froh gewesen, den Fenstersitz in Fahrtrichtung eingenommen zu haben. Der Dieb wäre auf der Suche nach seiner Reisetasche wohl über die Füße von mindestens sechs schlafenden Passagieren gestolpert & hätte dabei den einen oder anderen aufgeweckt. Leo hatte seine damalige Verschonung durchaus als gleichsam soziale Rücksichtnahme seitens des Universums empfunden, die man auch Schicksal hätte nennen können.

Endlich war man an Bord der Kanguro Bianco gelassen worden, hatte sich im Kreis der zahlreichen LKW-Lenker einen Platz an der Bar genommen & fragwürdigen Kon-takt zu marokkanischen, italienischen & spanischen Fernfahrern aufgenommen. Leo, von Bahnfahrt & der endlosen Warterei erschöpft & hungrig, hatte sich im Selbstbedienungsrestaurant an Bord mit Spaghetti satt gegessen, dazu reichlich Chianti getrunken, sich hinterher in einen der Deckchairs zurückgezogen & bis zum Morgengrauen durchgeschlafen. Gegen 5 Uhr morgens hatte er sich in der Etagendusche geduscht, in der es nur so gewimmelt hatte von kleinen, mittelgroßen & riesigen Schaben & von Silberfischchen, die so fett waren, dass man sie filetieren hätte können. Als er bei Sonnenaufgang die katalanische Küste vom Bug aus auftauchen gesehen hatte, war seine Begeisterung grenzenlos gewesen.

Leo besuchte Klara in der „Schreibstube". Die Wut, die ihm auf dem „Crew"-Klo hoch gestiegen war, war verraucht & Leos Marktschreiber-Neugierde gewichen. Die „Schreibstube" war so groß wie das „Matratzenlager", nur nicht so vollgerammelt mit Etagenbetten, wie Leo als erstes auffiel. Die klassische Turist A-Unterbringung für den gutbürgerlichen Postschiffpassagier, fand Leo. Die Einrichtung solide & zweckmäßig, der Raum sauber & freundlich, auch hier Vorhängchen vor den Bullaugen, in einer Vase auf dem Nachtisch ein Buschen getrockneter Lavendel. „Du hast zwar ein eigenes Waschbecken auf deinem Zimmer, elektrischen Strom, wie ich sehe, einen echten Schreibtisch mit Schublade & Schreibunterlage, & sogar ein Bücherregal mit echten Büchern...", sagte er & zog eins der gleichgroßen Bücher, eher eine dünne Broschüre, aus dem Spalier heraus, „Aachbrücker Botanisiertrommel", hieß es, war von Christian H. Gleichsam verfasst & von einer „Edition Rodrix" 1988 herausgegeben worden. „Dafür habe ich drüben elf Betten mehr als du, falls man solche Alptraumregale überhaupt Betten nennen kann", sagte Leo mit zynischem Unterton & stellte Gleichsams Botanisiertrommel zurück aufs Regal. „Wie kommst du eigentlich dazu, *dich* als Stipendiatin auszugeben?", fragte er Klara. „Das nimmt dir vielleicht der Alte ab, aber was ist mit mir & den Mitteraachener Kulturreferenten, denen du nämlich monatlich den Fortschritt deiner Arbeit belegen musst? So steht es immerhin in den Ausschreibungsbedingungen, die *ich* im Übrigen unterschrieben zurückgeschickt habe..."

Klara wirkte zerknirscht. „Das war so...", fing sie an, bot Leo den Schreibtischstuhl an, hockte sich auf die Bettkante, machte den Buckel krumm, versteckte ihr hübsches Gesicht hinter beiden Handflächen, schüttelte den Kopf, dass der Haarschippelgamsbart wackelte, zog durch die Nase auf & räusperte sich.

„Jemand von der Reederei brachte mich mit dem Wagen hierher & hatte auch vorgehabt, mit Adrian ein paar Takte zu reden..." *Also, ein Kaffee oder ein Drink, dazu eventuell eine Zigarette, wäre in diesem Moment überaus kommunikationsförderlich gewesen, finde ich, aber...* „Über Einsparungsmaßnahmen, Weltwirtschaftskrise, Kurzarbeit, Umstrukturierungen im Betrieb & Adrians Ablöse, also mich", beteuerte Klara. „Aber Adrian war grade unterwegs & kam stundenlang nicht daher. Da ist der Kollege wieder abgefahren. Feiges Arschloch. Das war vor knapp einer Woche. Jetzt sollte *ich* dem Alten verklickern, dass er nicht mehr gebraucht wird, hat der Personalheini, Reedereiagent oder Betriebsberater, was weiß ich denn, gesagt. Ich bin da unten auf der Treppe gesessen & habe auf Adrian gewartet. Wie er dann mit Skipper aus dem Dorf zurückgekommen ist & mich hier hocken gesehen hat, hat er sich total gefreut, so richtig jungenhaft gefreut, weil ich eine Frau war, weil der Stipendiat seit Jahrzehnten endlich eine Stipendia*tin* war. Und erst der Hund. Du hast ja selbst erlebt, wie sich der freuen kann, wenn er einen mag …"

Leo erinnerte sich daran mit Schaudern.

„Du gibst also zu, dass in Wirklichkeit *ich* der rechtmäßige Stipendiat bin & *du* Herrn Schalls Ablöse, die neue Fähr… äh… frau?", hakte er nach.

„Alles was du willst, Leo. Versuch bloß zu verstehen. Ich konnte den Alten unmöglich so einfach vor den Kopf stoßen in seiner Begeisterung. *Wer* jetzt der neue Marktschreiber sein soll, ist ihm im Grunde genommen vollkommen wurscht gewesen. Er hat nur entsetzliche Angst vor seiner *Ablöse*, davor, dass einer daherkommt mit Seesack & Seefahrtbuch[23*], kurz Hallo sagt, ihm mit irgendeinem notariell beglaubigten Erlass vor der Nase herum wedelt & ihn höflich aber bestimmt ersucht, dass er seine Sachen packen, verschwinden & keine Schwierigkeiten machen soll. Naheliegend, dass er als Ablöse nicht eine Tussy wie mich, sondern einen Mann erwartet hat, oder?"

[23*] *Seefahrtbuch*, amtlicher Ausweis für jeden Seemann, ausgestellt vom Seemannsamt, dient als Passersatz, als Nachweis für Fahrzeiten und als Ausweis über das Bestehen eines Sozialversicherungsverhältnisses.

„Du magst alles Mögliche sein, Klara, möglicherweise sogar eine Betrügerin, aber Tussy? Nein, eine Tussy bist du nicht", lenkte Leo säuselnd ein. Er sah eine fantastische Charade auf sich zukommen, die seinen Marktschreierjournalen bzw. dem zu verfassenden Fährschifflogbuch oder was immer er hierorts vertragsbedingt verfassen sollte, eine gehaltsvolle, höchst dramatische Handlung mit wahrhaft literarischem Charakter garantieren würde. „Wir werden gemeinsam eine Lösung finden", sagte er tröstlich, „Du & ich. Wir sollten kooperieren. Findest du nicht?"

„Lieb von dir. Darauf lüpfen wir einen! Was meinst du?"[24*]

„Bloß nicht in der Kombüse!", wendete Leo ein. „Es soll doch ein Geheimnis zwischen uns beiden bleiben."

„Keine Sorge, ich hab da was für Notfälle", murmelte Klara, sprang von der Bettkante auf & machte sich im mit Bauernmalerei verzierten Holzschrank auf die Suche nach ihrem sogenannten Notfallmittel. „Heureka!", rief sie aus & fischte eine Flasche Sherry Fino aus ihrem Dessous-Berg. Während Leo sie begeistert öffnete, organisierte Klara die beiden Duralexgläser aus dem „Crew"-Klo. Leo schenkte großzügig ein & sie stießen auf einander an. Wie es sich gehört, blickten sie dabei einander tief in die Augen & nicht auf irgendwelche aurischen Haarschippel. Eine Wohltat für Leo.

„Warum schaut uns der Alte eigentlich nicht in die Augen, wenn er mit uns spricht?", fragte er, „Weder mir noch dir?"

Sie nahmen andächtig einen gewaltigen Schluck.

[24*] *Na endlich!*

„Wundere dich bitte nicht, aber das liegt daran, dass Adrian, jetzt bitte nicht lachen, dass er über unseren Köpfen blaue Flämmchen lodern sieht", antwortete Klara.

„Blaue Flämmchen?!" Der Alte erlebte entweder eine Art Dauerpfingsten, war delirierender Alkoholiker oder aber Schamane, überlegte Leo.

„Blaue Flämmchen auf Menschenköpfen sieht nur ein wirklich guter Ferge", erklärte Klara.

„Ferge?", wunderte sich Leo.

„Auf Landrattendeutsch Fährmann. Man sagt das einfach so als Seelexn."

„Seelexn?" Leo kam aus dem Staunen nicht heraus.

„Seelexn sind professionelle Seeleute", erwiderte Klara, „Die haben so ihre eigene Sprache", sagte sie.

„Wieso ausgerechnet Flämmchen?", fragte Leo. „Um zu sehen, ob man noch lebt oder wie?" In seinem Hinterkopf geisterten verschiedene Fährmann-Mythen wild durcheinander, die des anonymen Flößers im Gilgamesch-Epos etwa, der seine Passagiere über das *Meer des Todes* auf die Insel seines Urahns Utnapischtim übersetzt, oder die des altägyptischen Mohaf, dessen Fähre im Totenreich Dwat anzulegen pflegt…

„Übergesetzt werden nämlich nur *die* Passagiere, deren Flämmchen stark flackert, gerade am Erlöschen oder gar schon ausgegangen ist", fuhr Klara fort & nahm den nächsten Schluck. „Ich habe am Duisburger Eisenbahnhafen auf der *Rhein II* zwar eine wirklich grundsolide Ausbildung zur Fährführerin absolviert & mich in Rostock am Alten Hafen Süd als Alleinsteuerfrau auf Schiffen für den 2-Wachen-Betrieb & zwar für See- &

Küstenschifffahrt ausbilden lassen, Voraussetzung dafür: ein Seeschifffahrtsstudium, Seediensttauglichkeit & nautische Befähigung. Ich habe den *Yachtmaster A* & den *Boat-Skipper C* für Kähne bis 30 Bruttoregistertonnen[25*] & sogar das *Offshore-Patent* für die Atlantikpassage! Steht alles in meinem Seefahrtbuch, aber über blaue Flämmchen auf Menschenköpfen hat keiner meiner Ausbildner auch nur *ein* Sterbenswörtchen verloren."

Leo war beeindruckt. Er konnte bestenfalls auf sein überaus fragwürdiges AHS-Maturazeugnis einer Privatschule mit Öffentlichkeitsrecht verweisen. Und auf die noch viel fragwürdigere Zuerkennung des Aachbrücker Marktschreier-Stipendiums. „Das Schlimmste an den blauen Flämmchen ist jedoch der Umstand, dass Adrian sein eigenes nicht sehen kann", fuhr Klara fort. „Man kann es nämlich nicht im Spiegel sehen. Hat er gesagt."

Sie tranken den Sherry zügig & nachdenklich & schwiegen eine Weile.

„Lecker, hm?", merkte Klara an. „Ich habe noch fünf davon. Man kriegt sie in Oberaach beim ADEG hinterm Bootsverleih am Staudamm."

„Blaue Flämmchen!", grübelte Leo, ohne Klara zuzuhören. „Und ich hab gedacht, mir steht einfach nur ein Haarschippel zu Berge!"

„War anfangs auch mein Verdacht", gestand Klara, die daran gewöhnt war, dass ihr Männer zuerst auf den nicht unansehnlichen Busen glotzten & erst im Anschluss daran lüstern in ihre Augen. So sei auch sie von Adrians Art & Weise, wie er einen anschaute bzw.

[25*] Die *Ernesto Anastasio* dagegen war, ganz nebenbei, ein 7.300-Bruttoregistertonnenmonster.

über einen hinwegblickte, befremdet gewesen, weshalb sie ihn nach dem Grund gefragt hätte, führte Klara aus. Daraufhin habe ihr Adrian das mit den blauen Flämmchen erläutert. Das lerne man auf keinem Schulschiff, habe er gesagt, das ergebe sich ganz von allein im Lauf der Zeit als Fährmann. Deswegen seien auch alte Fährmänner besser als junge.

Leo schenkte nach. Der Sherry war lauwarm. Egal. Auf La Gomera hatten sie schließlich auch keinen Kühlschrank gehabt, das Fleisch war eingepökelt worden & die Getränke in der Bewässerungsrinne gekühlt worden, erinnerte sich Leo, als Klara auch noch einen Aschenbecher aus ihren Utensilien hervorzauberte, & begann sich allmählich wohlzufühlen als ebenso genialer wie verkannter Aachbrücker Marktschreier. Im Verkanntwerden war er ja irgendwie zu Hause.

Ab dem nächsten Glas legte Klara los. Wenn sie gewusst hätte, womit ihr neuer Job hier in Finstern in Zusammenhang gestanden wäre, hätte sie ihn nie angenommen, beteuerte sie glaubhaft. Als Adrian ihr dann immer abends nach dem Nachtmahl auf seinem Akkordeon Shanties[26*] vorgespielt & ihr auch noch Geschichten aufgetischt hatte, über seine Passagiere, über die Zeit, als die Aach noch nicht ausgetrocknet, vielmehr ein besonders zur Schneeschmelze reißender Fluss mit bis zu 8 m Tiefe, geheimnisvollen Untiefen & tödlichen Stromschnellen gewesen war, & er mitunter 24 Stunden ohne Unterbrechung übersetzen hatte müssen, dazu Anekdoten über die Stipendiaten der letzten paar Jahrzehnte, „kurios, kurios", merkte sie an, sie hätte

---

[26*] Seemannslieder

das genossen & ihr Geständnis immer weiter aufgeschoben. Auch als Adrian betrübt & beunruhigt gewesen sei über seine längst fällige Pensionierung & sich eigentlich Tag aus Tag ein fürchten würde vor dem Auftauchen des Neuen, dass er Angst gehabt hätte vor seiner Ablöse als Fährmann, da habe sie es einfach nicht übers Herz gebracht, sich als die auszugeben, die sie in Wirklichkeit war, die Ablöse, die neue Fährfrau. Zu guter Letzt habe Adrian ihr gegenüber zum Ausdruck gebracht, dass Frauen in der Literatur sehr wohl ihren Platz hätten, aber um Himmels Willen nicht an Bord eines Schiffes, geschweige denn auf einer Kommandobrücke. Weiber an Bord brächten generell Unheil, hätte er verkündet. Weiber an Bord? Nie & nimmer. In der Literatur? Meinetwegen, hätte er gesagt. An diesem Punkt sei ihr klar geworden, dass sie ihre Rolle als Stipendiatin bis zum bittern Ende würde fertig spielen müssen & hätte inständig gehofft, dass der wirkliche Stipendiat, der ja längst angekündigt gewesen worden wäre, von allerhöchster Stelle angekündigt, vom Landeskulturamt & von der Probstei, dass der ein umgänglicher, verständnisvoller, psychologisch versierter, toleranter & herzensguter Mitmensch sein möge, mit dessen Hilfe gemeinsam eine Lösung des Dilemmas gefunden werden könne, wie Klara sagte, „Einer wie *du* eben", stieß sie aus, umarmte Leo, der davon völlig überrascht war & küsste ihn auf den Mund. Daraufhin stieß sie mit ihm an & trank aus. Die Finoflasche war schnell leer. „Und jetzt ab in die Kombüse!", rief sie, mit einem Mal wieder motiviert, ob als falsche Literatin oder verdeckte

Fährfrau, sei dahingestellt. „Zeit zum *Aufbacken*[27*], Knall! Das ist nämlich *dein* Job. Ich bin ja schließlich *nur* Schriftstellerin."

Leo blieb kaum Zeit sich umzukleiden. Ihm fiel dabei auf, dass sein Seesack geöffnet worden war. Was zu oberst darin verstaut gewesen war, lag verstreut über Fußboden & Unterbett. Und dass Skipper verschwunden war. „Sauhund", schimpfte er & nahm sich vor, nach dem Essen bei Marie zu Hause anzurufen.

Adrian hatte gekocht, ein bemerkenswertes Rahmwurzelfleisch aus fingerdicken Beiriedschnitten, mit Spiralnudeln als Beilage. Die Einbrenn hätte er sich allerdings sparen können. Die Sauce pappte wie frisch angerührter Elektrikergips. Leo, der Teller & Besteck aufgelegt, eben *aufgebackt* hatte, durfte am Kapitänstisch Platz nehmen. Am Kopfende Adrian Schall, ihm gegenüber Klara Fall. Zu trinken gab es brackiges Leitungswasser & lauwarmen Grünen Veltliner (den, den Leo schleppen hatte müssen), & zwar aus dem niederösterreichischen Pillichsdorf. Das Essen war nicht übel. Leo fühlte sich an das Rahmfleisch seiner Tante Aloisia, der Witwe von Onkel Fritz, erinnert, bloß hatte die bei der Einbrenn besser aufgepasst. Der Salat war bodenständig. Gurken- & Tomatenscheiben, vermengt mit Jungzwiebel, Löwenzahn- & Primelblättern. Alles aus eigenem Anbau, wie Adrian anmerkte. „Damit ihr nicht das Möller-Barlow-Syndrom bekommt", sagte er. „Avitaminose", erklärte Klara. „Ich weiß", darauf Leo mit vollem Mund, „den sogenannten Skorbut".

[27*] seemännisch für *Den Tisch decken*

An Bord der MS Ernesto Anastasio hatte er immerhin acht Tage lang auf seinen Vitaminhaushalt achten müssen. Erster Halt nach gerade mal einer Nacht: Tarragona. Bis Mittag Fracht bunkern & Passagiere aufnehmen. Leo, der von Blas Bravo informiert worden war, dass nach Valencia fünf Tage ohne Anlegen vorgesehen waren, hatte den Vormittag in Tarragona mit Sightseeing & quasi Essen & Saufen auf Vorrat zugebracht, weil erstens die Preise von Deckrestaurant & Bar der *Clase Turist A* auf der guten Ernesto unverschämt hoch gewesen waren, zweitens *Turist B* über keinerlei gastronomische Einheit verfügt & drittens das tarragonesische Hafenviertel eine Unzahl billiger Bodegas & Cafeterias aufgewiesen hatte, die, nicht aufzusuchen, purer Masochismus gewesen wäre. Satt von Tortillas & Paella, angenehm beschwingt von den diversen *Chatos* unzähliger Bodegas, vornehmlich *Clarete,* einem sonnendurchdrungenen, lichten Rosé, & beladen mit einem Rad Manchego-Käse, einem Stanitzel Oliven, Weißbrot, ein paar Äpfeln & zwei Flaschen Rotwein, direkt vom Fass befüllt, war Leo an Bord zurück gekehrt, hatte sich an Ernestos Oberdeck an der kleinen Bar eine unerhört teure Copa *Manzanilla* geleistet & war mit ihr in die untergehende Sonne hinaus an die Reling des Oberdecks flaniert. Die letzten Güter waren mit dem Schiffskran an Bord gehievt worden, ein Traktor, eine Couch & eine Vespa, deren Besitzer bereits an Bord gewesen war & die Hafenarbeiter & Matrosen händeringend beschworen hatte, dass ihr, der Vespa, auch keinerlei Schaden entstand. Neben Leo an der Reling war Maricarmen aufgetaucht, ein attraktives Mädchen aus Murcia, das vorgab, seine Schwester in Las Palmas besuchen zu wollen.

Maricarmen hatte Leo stark beeindruckt. Er war hin & weg gewesen von ihrer bloßen Erscheinung, verzaubert von ihrem Temperament & ihrer Natürlichkeit. Er hatte sie deshalb auch gleich auf einen Manzanilla eingeladen & mit Englisch-Spanischem Sprachmix ein bisschen einzukochen versucht. Am Heck der Ernesto Anastasio, im lang gewordenen Schatten des Flaggenmastes, war es tatsächlich dazu gekommen, dass Maricarmen im Abendrot Leo ihre Brüste gezeigt hatte. Allerdings nicht, damit er diese liebkose, sondern allein deswegen, um ihm zu zeigen, wie Francos Schergen einer Studentin zu Leibe gerückt waren, die bloß einmal die Ein-Peseta-Briefmarken mit dem Konterfei des Generalissimo auf den Brief an einen Kommilitonen verkehrt herum aufgeklebt hatte. Verhaftet, verhört, gefoltert. Wegen verkehrt herum aufgeklebten Briefmarken. Maricarmens eher knabenhafte Brüste waren ekelhaft mit Brandnarben versehen gewesen. Die Arschlöcher hatten ihre Zigaretten an ihrem Busen ausgedämpft. Das hatte sie Leo am Achterdeck der Ernesto Anastasio damals gezeigt, als die Sonne gerade am Untergehen gewesen war & Leo sich gedacht hatte, was für ein Abend, he, hallo, mir geht es bombig gut. Dem Kommilitonen, an den der verkehrt herum frankierte Brief adressiert gewesen war, waren übrigens die Zähne ausgeschlagen worden. Maricarmens Reise zu ihrer Schwester wohl eher der Versuch unterzutauchen…

Nach dem abendlichen Imbiss mit Manchego, Oliven & Brot, als Nachtisch ein Apfel, oben in seiner Koje bei geöffnetem Bullauge, hatte sich Leo mit einer Rotweinflasche wieder ans Heck des Hauptdecks begeben

& es sich in einem verwitterten Deckchair gemütlich gemacht. Die Ernesto Anastasio war gerade dabei gewesen, vor Almeria das Cabo de Gata zu umkurven & westlichen Kurs zur Straße von Gibraltar aufzunehmen, die Sonne längst untergegangen, die Nacht sternenklar, der Himmel gen Nordosten leuchtend dunkelblau, geradezu strahlend, das Mittelmeer nur leicht gekräuselt, die Gischtspur hinter dem Heck ein beruhigender Beweis stetigen Vorankommens, die Fahnenstange mit der spanischen Nationalflagge & dem Wimpel der Compañia quasi Leos verlängerter Penis, so wie der Deckchair positioniert gewesen war, mittig, ein Bein Leos links vom Fähnchenmast ausgestreckt, das andere rechts, der Fähnchenmast eine zwar dünne, so doch ein paar Meter lange Rute, die tief in den Nachthimmel, & zwar in Richtung Orion, hinein stocherte. Die Weinflasche war zur Hälfte leer gewesen, als Herbert Klackl aus dem niederbayrischen Deggendorf, Mathematikstudent auf der Technischen Hochschule Linz, sich ihm genähert & ihn angesprochen hatte, fragend, mit wenig Hoffnung im Timbre, fast schon verzweifelt. Herbert Klackl hatte die Vespa gehört, die in Tarragona aufgeladen worden war. „Ein Wahnsinn, wie lang das dauert nach Palma", hatte er geklagt. „Weil im Prospekt steht nämlich was von zwoa, drei Stund`…" Leo hatte Herbert Klackl von seinem Rotwein gegeben & ihn getröstet. „Es kommt immer darauf an, zu welchem *Palma* man will", hatte er gesagt. „Nach Palma *de Mallorca* oder auf die *Insel* La Palma. Das eine liegt auf den Balearen & ist rund 3 Stunden vom Festland entfernt, das andere gehört zum kanarischen Archipel. Dorthin braucht man mit diesem Schiff eine ganze Woche." Herbert Klackl war schockiert gewesen. Er hatte nämlich wegen eines trigonometrischen Praktikums nur 8 Tage Zeit für seinen Trip zur Verfügung gehabt, hatte Mallorca innerhalb von 2 Tagen auf dem Sattel seiner Vespa erkunden wollen, um danach wieder pünktlich zum Praktikumstermin in Linz zu sein. Jetzt war nicht nur sein komplettes Time-Management versaut gewesen, sondern auch sein Budget. Der ursprünglich für 8 Tage geplante Vespa-Ritt würde 16 & mehr Tage dauern & entsprechend mehr kosten, hatte er geklagt, das Semester könne er abschreiben. Schluchzend war er davon getrottet. *Turist C*, hatte Leo angenommen. Dort hatte es auch 8 Mann-Kabinen gegeben. Leo hatte anderntags Maricarmen von dieser Begegnung berichtet. Maricarmen hatte sich schief gelacht. Herbert Klackl hatte Leo bis Santa Cruz de la Palma nicht wieder zu Gesicht bekommen. *Keine Ahnung, wie es mit ihm weitergegangen war. Wahrscheinlich eine dieser Figuren in einem Theaterstück oder Film, die keine Geschichte haben & ausschließlich dem Einbringen einer Pointe dienen.*

Im Finsterner Seemannsheim „Kombüse" gab es zur Nachspeise Pflaumen-Crumble, von Adrian „Zwetschgengröschtl" genannt, angeblich nach einem Rezept seines Vorgängers Hütter, der gebürtiger Tiroler gewesen sein soll. Dazu Schnaps. Eine Art Hausgetränk. Leo nahm sich nach der dritten Runde vor, es in Hinkunft zu meiden. Danach *Abbacken*[28*]. Leos Aufgabe. Klara gab Anweisungen, Adrian machte die Abrechnung. Klara, als vermeintliche Stipendiatin, genoss „all inklusive". Für ihren Verbrauch kamen Landeskulturreferat & Probstei

---

[28*] seemännisch für *Tisch abräumen*

auf. Leo bekam als Gegenleistung für sämtliche anfallenden Dwiddl-Dienste immerhin Kost & Logis gratis, für die Getränke musste er bezahlen, d.h. Adrian legte eine Liste an, in der Leos Schulden vermerkt wurden. Klara zwinkerte Leo beschwichtigend zu. „Ich komme natürlich dafür auf", flüsterte sie ihm konspirativ zu. Danach die Befehlsausgabe für den nächsten Tag. *Rein Schiff* machen, *Fuulbrass* entsorgen, *Backschaft* samt *Potackendrehen*, Zwiebel schneiden, Petersilie hacken, Schwemmholz sammeln, stapeln, hacken & sägen. Vor allem aber: *das Kielschwein füttern*.

„Wird erledigt, Chef", erwiderte Leo zackig, obwohl er weder wusste, was ein *Fuulbrass* war, was *Potackendrehen* bedeutete (die *Backschaft* hatte er schon halbwegs gut drauf), am allerwenigsten, was mit der *Fütterung des Kielschweins* gemeint sein könnte. Klara versprach, ihm vor dem Zubettgehen Adrians seemännisches Kauderwelsch einzudeutschen. Überhaupt gab es mit Klara noch ein Hühnchen zu rupfen. Nicht nur, dass jetzt *sie* seine Diäten & die Vollpension genoss, musste *er*, Leo, womöglich Hilfsarbeiten verrichten, die eines Schriftstellers unwürdig waren. Bezog Klara bereits Gehalt von der Reederei oder war sie eine arme Schluckerin, der das AMS gerade mal einen Probemonat finanzierte? Das gehörte geklärt. Aber erst anderntags, wenn der Hausschnaps zu wirken aufgehört hatte. Skipper, der anstelle des Schnapses eine Schüssel „Prämonstratenser Urbock" bekommen hatte, war nach dessen Genuss innerhalb einer Minute in Tiefschlaf gefallen, lautlos, traumlos, komatös. Kein Wunder. Beim Abbacken las Leo die Etikette auf der Bierflasche. 23° Alkohol, stand da. „Beim *Erasmus*! Der *poft* jetzt, bis ihn sein *Vorpieck flutet*, kommentierte Adrian Skippers Vollrausch lakonisch, öffnete eine weitere Flasche lauwarmen Veltliners, schenkte drei Gläser voll, verkündete: „geht aufs Haus", rauchte sich einen krummen Zigarillo an, brüllte heiser: „Wo ist mein Quetschbüdel?!", woraufhin ihm Klara eine antike Ziehharmonika reichte, & intonierte die Internationale, ein paar Seemannslieder, sogenannte Shanties, wie etwa jenes über die „15 Mann auf des toten Mannes Kiste", dessen Refrain alle mitsingen mussten[29*], & ein bisschen *Rhapsody in Blue* (sic!), brach seinen Vortrag ab, nahm einen Schluck & sagte: „Bevor ich's vergess´, Knall... Handys & *Tangodiesel* sind verboten auf diesem Schiff." Dann drosch er seine Faust auf den Tisch & polterte: „Zuwiderhandeln wird mit *Kielholen* geahndet. Klar?!"

Leo, der weder wusste, was ein *Tangodiesel* war, was *Kielholen* bedeutete, noch wo sich sein verflixtes Mobiltelefon überhaupt befand, antwortete in beschwichtigendem Tonfall: „Erstens, mein lieber Adrian: kein Grund zur Aufregung, alles im grünen Bereich. Zwotens: ich bin hier in friedlicher Absicht & drittens nicht schwerhörig....".

„Ich bin nicht *dein lieber Adrian!*", belferte der Alte. „Hier wird nicht rumgesäuselt, du schlapper Süßwassermatrose! Wenn ich dir ein Kommando gebe, heißt es hier *Aye aye Käptn!*" Und nach einer kurzen Pause: „Oder *Commodore!* Verstanden, Knall?!", schrie

---

[29*] „Fuffzehn Mann auf des toten Manns Kiste,
ho ho ho und ´ne Buddel mit Rum!
Fuffzehn Mann, schrieb der Deibl auf die Liste,
Schnaps und Deibl brachten alle um!
Ho ho ho und ´ne Buddel mit Rum!"

er, holte tief Luft, um seine Tirade fortzusetzen, als plötz-lich dumpf, wie aus weiter Ferne dieses klagende Klarinetten-Glissando zu Beginn von Gershwins *Rhapsody in Blue* ertönte & die Anwesenden vor Entsetzen erstarren ließ. Bis auf Adrian Schall. „Klingt nach Ross Gorman", merkte er fachkundig an. Ein sanftes Lächeln glättete seine Zornfalten. Leo hatte keine Ahnung, wer Ross Gorman war. Er war verwirrt. Entweder handelte es sich um ein klassisches Dèjá vu, nachdem Adrian diese Sequenz ja gerade eben auf seinem *Quetschbüdel* vorgetragen hatte, oder Leos Handy „läutete". War es derartig laut eingestellt, dass man es vom Matratzenlager bis herunter in die Kombüse hören konnte? Fragte sich Leo. Wie peinlich! Was tun? Alle sahen sich um, suchten nach der Stelle, wo das Geräusch herkam. Das war dort, wo Skipper lag, ebenfalls von Gershwin alarmiert, aus dem Urbock-Koma gerissen, dümmlich blinzelnd & davon irritiert, dass ihn die drei so indiskret anstarrten. Leo erinnerte sich an den geöffneten Seesack im Matratzenlager oben & hegte einen fürchterlichen Verdacht. Er näherte sich Skipper langsam, pirschte sich gleichsam an ihn heran. Skipper grunzte verständnislos, sprang auf, schüttelte sich schuldbewusst (wobei er wieder Sabber versprühte), schluckte einige Male schnell hintereinander, dass man eigentlich damit rechnete, er würde sich übergeben & rülpste dann lang gezogen & gruftig tief, durchaus ebenfalls eine Art Glissando. Die wohlbekannte 17-notige Klarinetten-Intro[30*] kam ganz eindeutig aus Skippers Magen. Marie wollte sich wahrscheinlich fernmündlich nach Leos Befinden erkundigen & ihn rügen, weil er sich noch nicht bei ihr gemeldet

---

[30*] ursprünglich übrigens als Triller konzipiert

hatte, vermutete Leo. Sie ließ das Telefon immer ziemlich lange läuten, weil sie wusste, dass Leo immer erst den gerade angefangenen Satz auf dem Laptop zu Ende tippte, bevor er abhob.

„Er hat mein neues Handy gefressen!", stammelte Leo.

„Hoffentlich schadet es ihm nicht", meinte Klara besorgt.

„Es war ein Geschenk meiner Frau…", flüsterte Leo fassungslos. „Der Klingelton sollte eine besondere Aufmerksamkeit sein".

„Braver Skipper", sagte Adrian. „Er kennt eben die Hausordnung".

Skipper selbst war nicht besonders glücklich mit Ross Gormans exklusivem „Klingelton" in seinem Bauch, schüttelte sich unaufhörlich & winselte kläglich, dass es letztlich wie ein Klarinetten-*Duo* klang. Endlich gab Marie auf & Leos Handy verstummte in Skippers Verdauungstrakt.

„Kann es sein, dass er es morgen heraus scheißt?", fragte Leo kleinlaut.

„Schon möglich", antwortete Adrian hämisch. „Zumindest das, was seine Magen-säure nicht weg geätzt hat von dieser beschissenen, sogenannten *intelligenten Technologie*. Jetzt sag schon, Dwiddl… Ist das möglicherweise die Aufnahme mit Kathryn Selby am Piano gewesen?"

Leo war nun vollends überfordert. Wer waren Ross Gorman & Kathryn Selby? Er kannte nur die Originalaufnahme mit George Gershwin am Piano & Chester Hazlett an der Klarinette aus der New Yorker Aeolian Hall. So war es jedenfalls auf dem Cover von Hugos

Gershwin-LP oben in Lomofragoso gestanden, des Weiteren, dass während des Konzerts die Klimaanlage ausgefallen war & das Publikum darunter ziemlich gelitten hatte...

Diese Aufnahme hatte sich auf einer Musikkassette befunden, auf die Leo im Herbst 1975 über Hugos Plattenspieler für Bärbel Fall Bach, Tschaikowsky, Gershwin & Klaus Kinski überspielt hatte, bevor sie mit Rodney von San Sebastian Richtung USA aufgebrochen war. Februar 1975 war ihm die Kassette an der *playa municipal* in San Sebastian de la Gomera wieder in die Hände gefallen, zwar etwas ramponiert, aber immer noch spielbar. Das war fast ein Jahr nach seiner Ankunft auf den Kanaren gewesen, Leo als eine Art Nobel-Aussteiger bzw. Langzeit-Privatier bereits ins gesellschaftliche Inselgefüge integriert, d.h. er war von den hier ansässigen Zugereisten, zumeist Pensionisten & Steuerflüchtlingen aus der BRD, der Schweiz, aus Österreich & Schweden, Globetrotters aus den USA & aus Australien (Rodney), dank seinem Naheverhältnis zum naturgemäß noch viel integrierteren Hugo nicht gleich in einen Topf mit all den am Rande der Armutsgrenze in Valle Gran Rey im Nordwesten der Insel vegetierenden Hippies geworfen worden. Auch Bärbel Fall, die ihrer Herkunft entsprechend allergisch auf jede Form von Kollektivismus gewesen war, auf Uniformen, insbesondere auf alle Arten von Tellermützen & letztlich auch auf alle Zivilisten, weil ja die DDR-Spione inkognito am Effektivsten gewesen waren, war als Individualreisende akzeptiert worden. Zudem hatte außer Hugo & Leo niemand gewusst, dass sie DDR-Flüchtling gewesen war.

Hier auf La Gomera war sie als Hugos Lebensgefährtin wohlwollend aufgenommen worden, eine Akzeptanz, die allerdings revidiert worden war, als ihr Seitensprung mit Charakterschwein Rodney ruchbar geworden war. Rodney hatte seinen üblen Leumund seiner Arroganz & Selbstgefälligkeit zu verdanken gehabt, insbesondere aber seinem Hang zur Satyriasis. Kein Kittel war vor ihm sicher gewesen. Die Hippie-Mädels, deren Moral sowieso nicht in besonders gutem Ruf gestanden war, hatte man ihm noch halbherzig nachgesehen, aber dass er auch mit einheimischen Frauen, zumal mit ehrenwerten Witwen, & dann noch mit der Muse des Vorzeige-Tirolers Hugo seine G´spusis gehabt hatte, das war ihm derart übel genommen worden, dass man ihm in den Bars nichts mehr ausgeschenkt & in den Läden nichts mehr verkauft, ihn einmal sogar krankenhausreif geprügelt & ihm nahe gelegt hatte, La Gomera so schnell als möglich zu verlassen. Seither war Rodney auffallend oft im Club Nautico, in der sogenannten Maritima San Sebastians, beim Auftakeln & Klar-Schiff-Machen seiner Hochseeyacht zu sehen gewesen, an seiner Seite – Bärbel Fall. Das Außergewöhnliche daran war jetzt gar nicht Bärbels Nähe zu Rodney gewesen. Ein Techtelmechtel ist nun mal ein Naheverhältnis zwischen zwei Menschen. Das Widersprüchliche an Bärbels Anhänglichkeit war vielmehr ihre schon erwähnte Hydrophobie gewesen, eine ihrer unzähligen Ängste & psychosomatischen Störungen, die sie aus der DDR mitgebracht hatte. Infolge einer dementsprechenden allgemeinen Thanatophobie, also einer breit gefächerten, von jedem beliebigen Kolibrifurz auslösbaren allgemeinen Todesangst, hatte sie sich derart in die Enge getrieben gefühlt, dass sie ihre Selbstheilung an der simpelsten ihrer Beschwerden angesetzt hatte – ihrer Wasserscheuheit, die sie im Übrigen Leo gegenüber eingestanden hatte, als sie beide Mai 1975 in der Pension Garajonay in San Sebastian Zimmernachbarn gewesen waren. Eine neurotische Störung therapiert man am Besten, indem man sich ihr nähert, statt sich von ihr zu entfernen & damit die Ursache zu verdrängen. Deshalb die Flucht auf den Atlantik anstelle irgendeines wasserarmen, möglichst ebenen Festlandes, denn unter Höhenangst hatte Bärbel Fall natürlich auch gelitten. Eine riskante Rosskur unter dem Motto „Angriff ist die beste Verteidigung". Mit dem literaturbeflissenen Hochseeskipper Rodney als Mittel zum Zweck, als Bestandteil ihres Selbstheilungsprogramms. Also keineswegs Liebe, wie Rodney möglicherweise geglaubt haben könnte. An zweiter Stelle natürlich seine virile Attraktivität, mit der nun Leo nicht wirklich etwas anfangen hatte können. Für ihn war Rodney ein narzisstischer Beachboy gewesen, der seine geistigen & seelischen Defizite nach außen hin mit Sexsucht zu kompensieren versucht hatte. Zum Unterschied von Leo hatte Rodney zwar viel Sex gehabt, aber keinen, der ihn erfüllt hätte. In dieser Unerfülltheit waren sie einander durchaus ebenbürtig gewesen.

Stufe eins von Bärbels Selbstheilung: Überwindung der Hydrophobie, womit möglicherweise auch gleich ihre Neigung zur Seekrankheit wegtherapiert werden sollte. Erstmal sich ans Wasser gewöhnen, hatte Bärbel damals gedacht, die Gischt der Brandung erspüren, sich vor Muscheln nicht ekeln, sondern sie sammeln, im Seichten planschen, schwimmen lernen. Und das im kalten Atlantik, dessen Wogen selbst an der *Playa municipal* immer über einen hereinbrechen wie ein Tsunami & einen ungeübten Schwimmer gerne vom Strand ins tiefe Wasser saugen, wo man dann aus eigener Kraft nicht mehr zurück kann & ersäuft. Hugo hatte Bärbel bei diesen Annäherungsversuchen geduldig unterstützt, ihr in einer kleinen Lagune am Strand von Agulo, eigentlich eine Art Naturbassin unter den Strandklippen, sogar das Schwimmen beigebracht & ihr die Angst vor Krabben genommen, die es in diesem Felspool massenhaft gegeben hatte, nicht aber ihre Angst vorm Ertrinkungstod, diese Ur-Angst vorm Ur-Element...

An dieser Stelle war Rodney aufgetreten, cooler *Beachboy*, wettergegerbt, schriftstellernder Abenteurer, Inhaber einer sündteuren Hochseeyacht, die ihn vor eineinhalb Jahren nach La Gomera befördert hatte, Zwischenstation auf dem geplanten Turn nach den USA, ähnlich Columbus, der 500 Jahre vor ihm mit seiner Caravelle *Santa Maria* hier Halt gemacht hatte. Sehr bezeichnend der Name von Rodneys Pracht-Yacht: *Rodney II*. *Rodney I* war Rodney selbst gewesen.

Rodney war für Bärbel Inspiration gewesen, hatte ihre Neugierde entfacht, Hugo hingegen ihr Rückhalt, Unterschlupf, Sturzraum & Ratgeber, Wunderheiler & Privat-Schamane in Personalunion. Sehr praktisch bei der Lösung ihrer sonstigen Probleme, wie etwa ihrer chronischen Obstipation auf Grund falscher Ernährung, der Aufweichung ihrer Finger- & Zehennägel, des Schrumpfens ihres Zahnfleisches, der latenten Verunreinigung ihres Teints & ihrer starken Hormonschwankungen, ganz zu schweigen von Haarausfall &

Wadenkrämpfen, im Grunde genommen sowas wie Skorbut *(sic!)*. Mit Gofio[31*], Müsli, Kräutertees, selbstgebackenem Vollkornbrot sowie reichlich Hülsenfrüchten an allerlei spezifischen Gewürzen, hatte Hugo Bärbels Insuffizienzen einigermaßen unter Kontrolle gebracht. Leo war oben in Lomofragoso dabei gewesen, als Bärbel nach reichlichem Genuss von höllenscharfen Currylinsen nach knapp 3-wöchiger Verstopfung überaus eilig mit Toilettepapier, alten Zeitungen & einem Heftchen Streichhölzern zu dem von ihr auserkorenen, nahezu unbenutzten Klo-Kreis aufgebrochen war. Feldstecher hatte sie keinen mitgenommen. Die Fernsicht war in diesem Fall eher nebensächlich gewesen.

Alsbald war Rodney´s *Rodney* wieder atlantiktauglich gewesen. Jetzt war es um das Bunkern von Vorräten gegangen, vom Diesel bis zum Whiskey, den es in den Zollfrei-Diskontern San Sebastians damals zu Dumpingpreisen gegeben hatte. Leo erinnerte sich mit Wehmut an diese preisgünstigen Selbstbedienungsläden, in denen es Produkte zu kaufen gegeben hatte, die auf der ganzen *peninsula* nirgends zu kriegen gewesen waren, u.a. südafrikanisches Wassermelonenmus in Ein-Kilo-Dosen, das Stück zu 5 Peseten. Man kann nicht sagen, dass dieses Angebot ein Nepp gewesen wäre, weil: schlecht geschmeckt hatte es im Grunde genommen nicht. Es hatte vielmehr nach überhaupt nichts geschmeckt. In den Zollfreishops hatte es auch Butter aus

---

[31*] gerösteter, gemahlener Mais; Nationalspeise der Gomeros; wird als Brei mit Bananen & Honig gegessen & ansonsten nahezu sämtlichen Vor- & Hauptgerichten beigefügt, ähnlich dem geriebenen Parmesan in der italienischen Küche, insbesondere wenn es Brunnenkressesuppe gibt.

allen Teilen Europas gegeben, wobei Leo die aus Irland bevorzugt hatte. Interessant waren auch die eingedosten „Wien Pølser" aus Dänemark gewesen, Frankfurter Würstel mit knallroter Plastikhaut. Weiters im Angebot eine Gänseleberpastete „terrine vigneronne au riesling", noch dazu getrüffelt. Indem die Gomeros keine Ahnung gehabt hatten, worum konkret es sich dabei handelte, hatten sie es auch nicht gekauft. Gut für Leo, weil kurz darauf ein Abverkauf gewesen war, bei dem er ordentlich zugeschlagen hatte. Vor allem Hugo war mit dem Schnäppchen äußerst zufrieden gewesen. Nicht aber Bärbel, die zu Innereien ja kein besonders harmonisches Verhältnis unterhalten hatte. Nicht zu vergessen die grauenhaften Büchsen mit *corned beef*, & eingesülztem Pressschinken, & natürlich den Whiskey... Kistenweise hatte ihn *Rodney I* auf die *Rodney II* gekarrt, dazu Trinkwasser, Kondensmilch, Kaffee & Zucker. Sonstige Grundnahrungsmittel hatte er sich von den *Campesinos* ringsum besorgen wollen. Mit wenig Erfolg. Also hatte er Bärbel ausgeschickt & Hugo hatte das Zeug mit seinem klapprigen Renault aus so entlegenen Kaffs wie Chipude, La Laja & Avala in den Club Nautico gekarrt & mit Leos Hilfe auf die *Rodney II* geschleppt. *Rodney I* hatte dabei Whisky schlürfend von der Bar aus zugesehen.

Bärbel hatte einen mit Batterien betriebenen Kassettenrecorder besessen, aber keine einzige Musikkassette ohne Bandsalat. In Ermangelung eines Musikladens, der aktuelle Hits & gediegene Klassik im Angebot gehabt hätte, hatte sie sich beim „Inder", einem Migranten aus Madras, der in San Sebastian Elektrogeräte mit Zubehör sowie diverse Souvenirs zu überhöhten Preisen verhökert hatte, etwa kleine Kampfstiere aus Plüsch & Stierkampfplakate, auf die er unter El Cordobes & Antonio Jose Galan den Namen des Kunden gedruckt hatte, mit reichlich Batterien & einer 90er-Leerkassette eingedeckt, die sie mit Spezialitäten aus Hugos Langspiel-plattensammlung zu bespielen gedacht hatte. Bachs d-Moll-Toccata samt Fuge, Tschaikowskys Klavierkonzert Nr.1, Opus 23, in b-Moll, &, man möchte es nicht glauben, George Gershwins *Rhapsody in Blue*! Rodney war ja mehr auf Rhythm´n Blues sowie Hardrock gestanden. Tagelang waren Hugo, Bärbel & vor allem Leo damit beschäftigt gewesen, die entsprechenden Takes auf Hugos zahllosen LPs ausfindig zu machen & dann so auf die Musikkassetten zu überspielen, dass die Nadel nicht in den vorhergehenden Take donnerte & die Pausen nicht zu lang & nicht zu kurz gerieten. Da es sich um eine 90er-MC gehandelt hatte, war auch noch Platz für Klaus Kinskis legendär ekstatische Interpretation der Balladen Francois Villons gewesen.

Hugo war damals Inhaber der wahrscheinlich umfassendsten Schallplattensammlung auf La Gomera gewesen, auch ohne Anschluss an das staatliche Stromnetz. Seinen Plattenspieler hatte er an eine LKW-Batterie angeschlossen, die ihm einer der Bobadillas geschenkt hatte, nachdem ihn Hugo in Acryl auf Leinwand porträtiert hatte *(nicht mehr nachvollziehbar, ob es Manolo oder Paco gewesen war)*. Es war allerdings sehr mühsam gewesen, den Batteriekasten über den Barranco & hinauf in Hugos Wohn-Küchen-Schlafhaus zu schaffen. Den „Inder" hatte Hugo nie porträtiert, weshalb Bärbel auch keinen Rabatt gekriegt hatte.

Es hatte ganz allgemein eine hektische Aufbruchsstimmung geherrscht & Bärbel wieder unter Verstopfung & ausbleibender Regel gelitten. Ihr Blähbauch hatte Bände gesprochen. Nach einer kleinen Abschiedsfeier in Lomofragoso, ohne Rodneys Beisein, hatte Hugo Bärbel im Morgengrauen nach San Sebastian chauffiert, Leo im sitzlosen Heck des R4´s kauernd. Melancholisch hatten die beiden zugesehen, wie Bärbel mit *Rodney I* auf der *Rodney II* in See gestochen war. Hugo hatte sich daraufhin frustriert in sein Atelier am Barrancofelsen verkrochen & Leo sich zu einer Inselüberquerung mit Schlafsack & Tornister aufgemacht. Seit damals war ihm das *Opening* der *Rhapsody in Blue* nicht mehr aus dem Kopf gegangen, hatte ihn begleitet bis in seine dritte Auszeit, begleitet bis *Finstern,* bis tief hinein in Skippers Peristaltik...

Ende Februar 1975, einen Tag nach dem Ende des kanarischen Carnevals, hatte sich Leo wieder hinunter nach San Sebastian gewagt. Es war früh morgens gewesen, der Trubel vorbei & sämtliche überlebt habenden Gomeros in einer Art Koma oder Delier. Die Stadt verdreckt wie eine Müllhalde. Selbst unter den Lorbeerbaumkronen auf der Plaza türmten sich Berge von Mehl, Gofio, leeren Flaschen, ausgebrannten Feuerwerkskörpern, Confettis, zerfetzten Girlanden, Lampions & Pfützen mit Erbrochenem. Es hatte dementsprechend gestunken, vor allem auch nach Urin. Der Passat hatte von Osten her geweht, stark geweht, & dünnen Sand aus der Sahara herüber geblasen, *tierra de africa,* hatte es geheißen. Wie Sägespäne über Kuhmist hatte sich der Sand über all den Unrat gelegt. Die Straßenkehrer

& Müllbeseitiger hätten ihn bloß wegschaufeln müssen. Nur waren die natürlich genauso unpässlich gewesen wie die anderen auch. Leo, der zu Beginn des Carnevals den Umzügen zugesehen hatte, war sich nicht sicher gewesen, dieses ekstatische Tohuwabohu zu überleben, auch weil er letztlich von der Kölner Fassnacht & insbesondere vom limburgischen Narrentreiben die Nase voll gehabt hatte, & hatte sich deshalb nach Lomofragoso zurückgezogen. Er hatte sich an diesem Aschermittwoch wie Henry Dunant auf dem Schlachtfeld von Solferino gefühlt. Der Himmel war schwarzgelb gewesen, wie daheim in Österreich kurz vorm Hagel, & Leo hatte sich schützend die Arme vors Gesicht gehalten, so unerbittlich beißend war der Sandsturm gewesen. Trotzdem hatte er sich auf die Hafenmole hinausgewagt, um das Postschiff aus Los Cristianos zu empfangen, das möglicherweise ein Paket Acrylfarben für Hugo an Bord gehabt hätte. Er hatte wohl gesehen, wie die „Ciudad de Mahon" sich dem Hafen genähert & beigedreht hatte, aber der Seegang war zu hoch gewesen, um anlegen zu können. Vielleicht *mañana*. Oder halt übermorgen. Leo war *tranquilo* geblieben, war zum Club Nautico hinüber geschlendert, dessen Bucht etwas windgeschützter gewesen war als die Hafenmole. Unrat auch hier. Die Yachten hatten im Passatsturm ungestüm getanzt, die Takelagen nervös geklingelt & gescheppert. Vor der Umkehr in seinen „heilen" Barranco hatte sich Leo ein letztes Mal umgeblickt, dabei weit draußen auf dem offenen Wasser ein blinkendes Licht entdeckt & eine Weile gewartet. Das Licht war von einem Tunfisch-Trawler gekommen, der irgendetwas signalisieren wollte, das Leo nicht verstanden hatte. Da es unmöglich gewesen war, um diese Zeit einen kompetenten Hafenarbeiter zu finden, der solche Signale zu deuten imstande gewesen wäre, war Leo eben selbst auf den Pier hinaus gelaufen & hatte wie verrückt mit den Armen Zeichen gegeben. Der Trawler war näher & näher geschaukelt, ein Boot im Schlepptau, erheblich länger als ein Ruderboot. Eine flache Kajüte hatte sich darauf befunden & der Stumpf eines abgebrochenen Mastes. Der Trawler hatte keinen Namen an seiner Bordwand stehen gehabt, nur eine Nummer. „TE1343". Leo konnte sich genau daran erinnern. Die Nummer kam ihm irgendwie bekannt vor... Der Name des havarierten Kahns im Schlepp der „TE1343" - *Rodney II*.

Leo hatte sich aus dem Fundus des Clubs Nautico einen extralangen Enterhaken besorgt, Veitstänze auf dem Pier vollführt, auf dass der Trawler ja nicht wieder abdrehte, überraschenderweise erfolgreich, hatte gewartet, bis der Trawlerskipper so beigedreht hatte, dass der Schleppkahn auf den Brandungskämmen Richtung Bucht geschwemmt wurde, & hatte wieder dieses Klarinetten-Glissando im Ohr gehabt, undeutlich, wegen des Sandsturms, eher wie das Bruchstück eines Traumes. George Gershwin, ganz eindeutig. Die *Rodney II* war mit dem Heck voran in Leos Position weit draußen am Pier geschwänzelt, Leo hatte mit dem Enterhaken die Leine erwischt & der Mann an der „TE1343" das Schlepptau gekappt. „TE1343" war mit voller Kraft über die Brecher davongestampft & nur knapp einem Malheur entkommen. Leo war hierauf mit der Bergung der *Rodney II* beinahe überfordert gewesen. Im Heck der *Rodney II* war Bärbel Fall gekauert, tremolierend, von atlantischen Sturzseen & dem Saharasand paniert, ihre Lippen aufgeplatzt, die Augen fiebrig glänzend, das Haar wirr & verklebt, zwischen ihren Knien der Kassettenrecorder. Die *Rhapsody in Blue* näherte sich ihrem Ende, als Leo die Yacht endlich soweit fixieren hatte können, um Bärbel irgendwie an Land zu schaffen. Sie hatte kaum noch reagiert auf Zurufe & Leo auch gar nicht wieder erkannt, nur wie in Trance die Stopptaste des Kassettenrecorders gedrückt, dann gleich die Rücklauftaste, bis es „Klack" gemacht hatte, dann wieder Start & erneut dieses schon etwas eiernde Klarinetten-Glissando. Leo hatte erst zu ihr aufs heftig schaukelnde & an den Pier schlagende Boot hinunter klettern müssen, Bärbel tätscheln & rütteln, um sie aufzuwecken aus ihrem Stupor. Untermalt von Stopp, Rücklauf, Glissando, immer & immer wieder, hatte er sie endlich halbwegs in stehende Position hieven können. Erst jetzt hatte er bemerkt, dass sie hoch schwanger gewesen war. Konkret war sie im 7. Monat gewesen, wie man nach einer Woche auf dem Klinikum in Sta. Cruz auf Teneriffa drüben festgestellt hatte. Sie war also bereits schwanger an Bord der *Rodney II* gegangen. Indem Leo mit Bärbel keinen Sex gehabt hatte, kamen nur noch Hugo & Rodney *(Rodney I)* als Verursacher in Frage. Zudem hatte Bärbel im Hospital kundgetan, dass der Vater unbekannt sei bzw. hatte sie partout keinen Namen nennen wollen. Tatsache war, dass Rodney aufgrund schwerer Herbstunwetter von seinem Kurs nach Florida abweichen hatte müssen & sich für Caracas entschieden hatte, wo sich die beiden dermaßen zerstritten hatten, dass die Trennung erfolgt war & Rodney, der in Venezuela immer schon gute Beziehungen unterhalten & auch sofort frische hergestellt hatte, Bärbel seine infolge der erwähnten Unwetter bereits leicht havarierte *Rodney II* quasi geschenkt hatte, um in Caracas das zu tun, was man ihm auf La Gomera letztlich so schwer gemacht hatte, nämlich Whisky saufen, Weiber aufreißen & den großen Schriftsteller markieren. Dabei hätte ihn eine schwangere DDR-Schnepfe mit extrem schwankenden Befindlichkeiten logischerweise ziemlich gestört. Bärbel hatte Ende April 1975 im *Hospital clinica parque* am Rand des Stadtparks von Sta. Cruz de Tenerife schließlich eine gesunde Tochter zur Welt gebracht. Leo hatte vor dem Kreißsaal gewartet & war Zeuge von Klaras erstem Schrei gewesen…

Bärbel hatte noch eine ganze Weile Rehabilitation gebraucht. Der Solo-Turn von Caracas zurück auf die Kanaren hatte sie nicht nur in psychische, sondern auch physische Bredouillen gebracht, besonders die Sonne hatte ihr zugesetzt, sie hatte im Gesicht regelrechte Brandwunden davongetragen & einen gewaltigen Sonnenstich erlitten. Dazu eine Dehydrierung aufgrund mangelnden Trinkwasservorrats. Besonders so etwas mündet gerne in Todessehnsucht. Gottseidank hatte Bärbel wenigstens reichlich Batterien für ihren Kassettenrecorder dabei gehabt. Man kann sagen, Gershwin hat ihr, nicht nur ihr allein, auch dem Baby, eventuell das Leben gerettet…

Leo war kurz nach Bärbels Niederkunft nach Hause abgereist. Bärbel hatte ihm, als er sie zum Abschied im Krankenhaus besucht hatte, besagte ramponierte MC als „dauerhafte Erinnerung" geschenkt. Leo ist noch immer in deren Besitz. Sie lässt sich aber leider nicht mehr abspielen. Von Hugo hatte er Wochen später brieflich erfahren, dass er, Hugo, die beiden liebevoll bei sich in Lomofragoso aufgenommen hatte & Klein-Klara ein guter Vater war, auch wenn wahrscheinlich *Rodney I* das Urheberrecht gehabt hatte. Am schlimmsten war Bärbel vor allem seelisch bedient gewesen. Sie hatte, soweit Hugos Information an Leo, zwar keine Scheu mehr vor dem Wasser gehabt, dafür Hass, was sich natürlich auch psychosomatisch manifestiert haben soll. Laut Hugos folgenden Briefen hatte sie Lomofragoso nie mehr wieder verlassen, Klara jedoch alle Freiheiten gelassen, die ihrer Entwicklung dienlich gewesen waren. Hugo hatte auch ihr das Schwimmen beigebracht & war mit ihr zum Angeln gerudert, wenn das Wetter es zugelassen hatte. Dabei hatte er ihr sicherlich auch Bärbels Schicksal zur Kenntnis gebracht & deren Beinahe-Schiffbruch, wahrscheinlich geschönt, vor allem aber Bärbels Mut & ihre Konsequenz beim Überwinden ihrer Hydrophobie…

Es war spät geworden in der „Kombüse". Adrian war auf seine Fini schlafen gegangen. Auch Leo war müde geworden. Klara hatte ihn jedoch auf einen Absacker-Sherry überreden können, um ihm die Begriffe *Rein Schiff, Fuulbrass, Potackendrehen & Kielholen*[32*] zu übersetzen, sowie ihm die Bedeutung eines *Kielschweins* zu erklären. Kielschweine existierten überhaupt nicht, beteuerte Klara. Sie würden jedoch von Seelexn gerne dazu benützt, um unerfahrene Neulinge aufzublättern,

---

[32*] seemännisch für: *Generalreinigung, Mistkübel, Kartoffelschälen & die meist letal endende Bestrafung von Seelexn, indem man sie gefesselt an ein Tau fixiert vom Kiel bis zumHeck unter dem Schiff durchtauchen lässt.*

reine Schikane also. Leo fühlte sich dabei eher an den Mythos des Sisyphos erinnert, die Versuche der Schildbürger, die Sonnenstrahlen zu fangen & die Befehle der Wiener SA an die jüdischen Mitbürger, den Gehsteig mit Zahnbürsten zu reinigen.

Aus dem einen Absacker wurden mehrere. Leo betrank sich vorsätzlich, weil er enthemmt sein wollte, wenn er Klara mitteilen würde, dass er ihre Mutter kannte. Je enthemmter desto besser. Einfach um sagen zu können, dass der Alkohol daran schuld war & nicht er selbst. Er habe in seinem Leben schon unzählige Kielschweine gefüttert, zögerte Leo den Moment seines Outings in die Länge, z.B. diverse Verleger & deren minderbemittelte Lektoren. „Man sollte denen ›Mahlzeit‹ wünschen, wenn man ihnen irgendwelche Texte schickt", sagte er. „All diesen Verlagslektoren, vor allem aber diesen Hörfunklektoren! Allesamt armselige Kielschweine! Und ich deren Kielschweineknecht…"

„Ich fürchte, der Sherry tut dir nicht gut", wendete Klara besorgt ein.

„Und ich sage dir, das Kielschwein existiert!", ereiferte sich Leo, „Es heißt Godot! Und Lucky, Pozzo, Wladimir & Estragon warten sehnsüchtig darauf, dass es endlich kommt." Dann gab es noch eine Episode auf dem Magistratischen Bezirksamt, die Leo dazu einfiel, als er mit ausgefülltem Formular & der erforderlichen Stempelmarke in einem transparenten Säckchen kurz vor Amtschluss beim Amtsvorsteher vorstellig geworden war. Die Amtsgehilfin bereits auf & davon & der Herr Sektionsrat am Ver-zweifeln, wie man denn diese Stempelmarke auf das Formular applizieren könnte.

Den Schwamm zum Frankieren hatte er nicht gefunden & sich eine Alternative ausdenken müssen. Er hatte sie schließlich in Gestalt der Gießkanne für die Zimmerlindenbewässerung gefunden & war nach einer Weile verzweifelten Suchens auch einer Pinzette habhaft geworden. Jetzt die Stempelmarke mit der Pinzette am äußersten Rand erfasst, die Falzseite nach oben gedreht & aus der Zimmerlindengießkanne beträufelt, & zwar so intensiv, dass hinterher die Suche nach einem Aufreibfetzen die sektionsrätliche Zeit bis Dienstschluss einigermaßen überstrapaziert hatte. Leo hatte dem Herrn Sektionsrat in dieser Phase die Pinzette mit der lubrifizierten Stempelmarke abnehmen & selbige rechts oben aufs Formular kleben dürfen. Die amtliche Unterschrift, eine unleserliche Rune mit je einem Häkchen & einer Schlaufe, hatte er allerdings nicht fälschen dürfen. Verabschiedet hatte sich Leo mit dem Vorschlag: „Lecken! Nicht gießen, Herr Sektionsrat!"

Soweit die pragmatisierte Form einer Kielschweinfütterung. Klara war hingerissen & lachte herzhaft darüber. Leo füllte die leeren Duralexgläser, atmete tief durch, hob sein Glas wie zu einem Toast Klara entgegen & sagte: „1975 war ein Jahr, in dem ein Arschloch gestorben & ein Engel geboren worden ist", stammelte er. „1975?", fragte Klara. „Wer war das Arschloch?". „General Francisco Bahamonde Franco", erwiderte Leo.

"Und der Engel?"

"Du."

Daraufhin erzählte ihr Leo die ganze Geschichte seiner zweiten Auszeit. Das dauerte natürlich. „Wenn du wirklich nicht mein Vater bist", säuselte Klara danach schlaftrunken, „dann darfst du auch heut Nacht im Bett bei mir schlafen". Leo beschwor es. Sie schmiegten sich ungewaschen & ohne Zähneputzen in Klaras Luxuskoje aneinander & beschlossen, beim nächsten Großeinkauf Oberaach aufzusuchen, um dort beim ADEG nahe dem Bootsverleih Nachschub für ihr Sherry-Depot zu besorgen. „Und jetzt ein bisschen Vögeln", wünschte sich Klara. Das ging Leo entschieden zu schnell. „Ich hab dich noch als blauroten, runzligen Säugling im Park-Spital von Sta.Cruz in Erinnerung. Auch wenn zwischen damals & jetzt 35 Jahre liegen – Neugeborene darf man nicht bumsen!", lenkte er ein. „Dann wenigstens Kuscheln", beharrte Klara & sie machten Petting, wie man die gegenseitige Erkundung der erogenen Zonen früher genannt hat, da Leo, wie schon während seiner ersten Auszeit kein Kondom dabei hatte, bzw. eben heavy petting, weil man mittlerweile ja gut Bescheid wusste über die erogenen Zonen, also inklusive Orgasmus, wenn nicht gar Orgas*men*, zumindest was Klara anbelangte. Leo kam nicht zum Schuss, wie man so sagt, weil Klara nach bemerkenswert konvulsivischen, aber dennoch sehr ästhetischen & hingebungsvollen Ekstasen, begleitet von beschleunigtem Atem, halblautem Greinen & Gurren, die zweimal in eine Art erlösender Eruption mündeten, abgeschlossen von einer Serie kurzer Aufschreie, die Leo wie nicht enden wollende Schlussakkorde einer Mozart-Sinfonie vorkamen, sich auf den Rücken drehte, den vor Staunen & Erregung hyperventilierenden Leo sanft zu sich hoch zog, in ihre Arme nahm & leise raunte: „Schade, dass du nicht mein Daddy bist". Leo konnte gerade noch atemlos „Sei doch froh, sonst wäre das jetzt gerade Inzest gewesen" murmeln, aber da war Klara schon entspannt eingeschlafen. Leo lag noch lange wach, was nicht nur an seinem heftig pochenden Schwellkörper lag, sondern auch daran, dass er mit seiner zweiten Auszeit offenbar noch lange nicht abgeschlossen hatte.

Die Nacht war kurz. Gegen sechs scharrte Skipper an der Schreibstudiotür, knurrte & winselte ungeduldig. Wenigstens kein Gershwin mehr, dachte Leo, als er aus dem Tiefschlaf aufgeschreckt wurde. Klara neben ihm sah entzückend aus. Das Haar vollends gelöst aus der Gamsbartschippelzwinge, der Kopf unter ein Kissen gezwängt, dort feststeckend wie ein Dübel in einer Betonwand, lautlos atmend, angenehm nussig riechend, die Haut der nackten Schulter samtig weich, wie von unsichtbarem Flor umhüllt, die Wimpern des sichtbaren Auges lang & mitunter zuckend. Klara hatte von Skippers Weckauftrag nichts mitbekommen. Leo überlegte. Als Stipendiat bzw. Stipendiat*in* gilt man womöglich als Künstler bzw. eben Künstler*in* & darf ausschlafen. Als Fährmann-Azubi sollte man wahrscheinlich eher zackzack ans Tagewerk gehen. Soll ich sie wecken oder setzen wir unser Spiel konsequent weiter fort? Na schön, beschloss er. Sie ist die Schriftstellerin, die die Nacht über gegrübelt, geschrieben, das Geschriebene verworfen & es neu geschrieben hat. Zumindest Genies machen das so. Hat also Anspruch auf Ausschlafen. Er, Leo, der Dwiddl, nicht. Der hatte zum Rapport gestellt zu sein. Mal sehen, wie der Commodore heute drauf ist, sagte sich Leo & begab sich unter die Crew-Dusche.

Adrian *luchste der alten Fini wieder ein paar Kilowatt ab*, Skipper markierte die Gemüserabatte im Vorgarten, Leo kehrte Kombüse & Kombüsenkombüse auf, wischste im Schankraum Theke & Tische sauber & ging den Mistkübel ausleeren, wobei er brav den Müll trennte, den Bio-Abfall auf den Komposthaufen, den Restmüll in den von der Marktgemeinde Mitteraach zur Verfügung gestellten Restmüllcontainer am Schrottplatz mit den vielen Autoleichen. Skipper sah Leo dabei interessiert zu. Der Himmel wattig grau, die Luft fast schon trinkbar, so feucht-schwül war es. Auf dem Rückweg vom Müllcontainer zur Kombüse trafen sich Leo & Adrian beim Stiegenaufgang. „Moj moj", murmelte Adrian, nachdem ihm Leo „einen wunderschönen guten Morgen, Commodore" gewünscht hatte. Adrian machte sich an der Espressomaschine zu schaffen, während sich Leo eine weiße Schürze umband & in der Kombüsenkombüse ans Kartoffelschälen machte. Adrian hatte wohl registriert, dass Leo durchaus verstanden hatte, dass *Rein Schiff* Raumpflege, *Fuulbrass* Mistkübel & *Potackendrehen* Kartoffelschälen bedeutete. „Bist ja doch kein so unbedarfter *Feudel*, wie ich gedacht habe", rief Adrian Leo zu. Leo, der nicht wusste, dass *Feudel*, neben *Nauke,* ein Synonym für *Dwiddl* war, überspielte seine Ahnungslosigkeit & machte auf coolen *Seelexn*. „Das Kielschwein hab ich auch schon gefüttert. Es machte übrigens einen sehr unterernährten & verwahrlosten Eindruck", rief er zurück. „Lust auf einen steifen Muck?", darauf Adrian. Der steife *Muck* stellte sich als starker schwarzer Kaffee heraus. „Wo hast du denn das Kielschwein gefunden, Knall?", begann Adrian die Frühstückskonversation. „Ach was", stieg Leo darauf ein, „Kielschweine gibt es überall. Ich habe in meinem Leben weiß Gott unzählige Kielschweine gefüttert."

„Gratuliere, Knall", gab sich Adrian damit zufrieden, „Wirst heute nicht *kielgeholt*".

„Hätte sowieso nicht funktioniert", meinte Leo. „Ich meine: bei *dem* Wasserstand…"

„Was macht eigentlich unser Badegast?", fragte Adrian nach einem Schluck aus seinem Muck beiläufig. „Welcher *Badegast*?!", wunderte sich Leo. „Na, die Nobelpreisträgerin in spe".

„Schläft sich aus, nehme ich an", antwortete Leo.

„Hast du eine Ahnung, was die so für Zeug zusammen schreibt?", fragte Adrian weiter. Leo überlegte kurz, aber lange genug, um einer genialen Eingebung Folge zu leisten.

„Hab ich", sagte er danach trocken.

„Jetzt lass dir nicht alles aus der Nase ziehen, Knall!", brummte Adrian.

„Es soll eine Liebesgeschichte werden", legte Leo los, „Vorläufiger Titel: >Finstern<."

„Wahnsinnig originell", meinte Adrian.

„Eine Liebesgeschichte zwischen Schriftsteller & Fährfrau".

„Wieso Fähr*frau*?", wunderte sich Adrian.

„Rein hypothetisch. Eine visionäres Szenarium", führte Leo aus, „Frauen sind eben so. Die fragen sich, was wäre, wenn der Aachbrücker Fährmann weiblich ist & sich in einen männlichen Aachbrücker Literaturstipendiaten verliebt. Verzeihen sie mir bitte diesen Pleonasmus…"

„Den *WAS* soll ich dir verzeihen???"

„Weil ein Stipend*iat* an sich schon männlich ist", erklärte ihm Leo. „Dass es weibliche Aachbrücker Literaturstipendiaten auch gibt, erleben Sie ja eben gerade selber. Oder?"

„Logisch", bewies Adrian sein Mitdenken. „Wenn der Fährmann eine Fährfrau wäre & sich in eine Literaturstipendiat*in* verlieben würde, dann wäre das ja eine lesbische Liebesgeschichte", dachte er laut. „Wo kämen wir denn da hin", konnte er sich nicht verkneifen. „Und wie komme *ich* dabei weg?", wollte er auch noch wissen.

„Keine Ahnung", beschwichtigte ihn Leo. „Das Œvre ist ja erst im Entstehen."

„Das *WAS*???", fuhr Adrian auf. Leo genoss sein Oberwasser. „Na das, was sie gerade schreibt", murmelte Leo mit Understatement, „Ihren Roman halt oder ihre Erzählung, sozusagen ihr Aachbrücker Logbuch".

Darunter konnte sich Adrian durchaus etwas vorstellen, gab sich damit fürs Erste zufrieden, blieb relativ sanftmütig & wechselte das Thema. Er wollte jetzt wissen, wie er, Leo bzw. Knall, denn seemännisch ausgebildet worden sei. „Duisburg, *Rhein II*", schwindelte Leo, an seinem Muck nuckelnd. „Dort hatte ich, unter anderen, auch einen alten Instruktor gehabt, der hat behauptet, dass erfahrene Fährleute über den Köpfen ihrer Passagiere blaue Flämmchen sehen würden. Das würde seine Zeit brauchen, aber dann könne man die Flämmchen lodern sehen. Sehen sie auch welche, Commodore?"

„Immer", antwortete Adrian & wurde melancholisch. „Bei jedem Menschen. Es ist furchtbar. Vor allem, wenn die Flämmchen zu flackern beginnen. Man fürchtet schon, dass sie jeden Moment verlöschen. Schrecklich, sag ich dir. Aber wie soll ich denen helfen, wenn die Aach doch ausgetrocknet ist. Ich muss sie nach Oberaach schicken. Oder sonst wohin." Leo war von Commodore Adrians Eingeständnis einigermaßen überrascht. „Deines lodert übrigens ziemlich intensiv", sagte Adrian.

„Kann mich also darüber freuen?", setzte Leo nach.

„Nie im Leben!", fuhr ihn Adrian geradezu an. „Das Licht geht manchmal ganz abrupt aus", sagte er. „Fängst du am Ende auch schon damit an, die Flammen zu sehen?". Adrian wirkte stark beunruhigt. Leo nickte tiefsinnig.

„Ihres leuchtet übrigens auch noch ohne irgendwelches Flackern", konnte er Adrian beschwichtigen.

„Das Buch, oder was immer die Kleine da über uns schreibt", sagte Adrian, „Was hat das zu bedeuten?", wollte Adrian wissen. „Denkt sie sich das nur aus, oder is´ es endlich so weit, Knall? Muss ich jetzt gehen?"

„Wir kriegen das schon hin, Commodore", sagte Leo, trank seinen *Muck* aus & machte sich ans Kochen. Es sollte an diesem Tag *Linsenhoppelpoppel* geben, einen Eintopf aus den vorrätigen Ressourcen, Rindfleisch vom Vortag mit Potacken, Zwiebeln, Knoblauch, diversem Gemüse aus Adrians Gärtchen inklusive Rispentomaten, einer sehr gut abgelagerten scharfen Wurst & in Schweineschmalz integrierter Gewürzmischung aus Basilikum & Paprika. Das Hoppelpoppel erinnerte ihn an jenes Linsengericht in den Gomerischen Voralpen, das Klaras Mutter seinerzeit so effektiv zum Stoffwechsel angeregte hatte. Bloß gab es diesmal weder Chili noch Ingwer dazu, von Kurkuma ganz zu schweigen.

Dann Auftritt Klara Fall. „Wie geht's euch?! Gibt's schon Mucki?", rief sie gähnend aus dem Obergeschoss.

✻

3.

Im Verlauf der ersten Woche fühlte sich Leo ungewohnt wohl. Dabei war das Wetter extrem schwül & die Luftfeuchtigkeit so hoch, dass man zum Atmen fast schon Kiemen brauchte. Dazu noch Adrians Kielschwein-Schikanen, die man irgendwo zwischen Mobbing & Schinderei einordnen konnte. Außerdem blieb das Handy mit dem rhapsodischen Klingelton weiterhin beharrlich unauffindbar, da Skipper sein Geschäft ausschließlich diskret in ebenso weit entferntem wie unzugänglichem Unterholz zu verrichten pflegte. Sämtliche Häufchen-Suchexpeditionen blieben deshalb erfolglos. Irgendwann eines Nachts hatte wohl ein letztes Mal Gershwins Klarinetten-Glissando leidvoll durch die Au gewimmert, dann war der Akku endgültig leer gewesen. Also informierte Leo Marie über Klaras Handy, dass Handys in der Klause Aachbrück verboten seien & deshalb sein neues, übrigens vielen Dank für den Klingelton, konfisziert worden wäre, dass es ihm ansonsten gut gehe, Örtlichkeit, Wetter & sonstige Umstände bestens seien, alles nach Plan verlaufe, er sie liebe & das Handy, mit dem er gerade mit ihr telefonierte, illegal eingeschleust worden sei, weshalb er jetzt auflegen müsse.

Alles in allem eher die Voraussetzungen für Übellaunigkeit. Selbst Leo war überrascht von seiner eher deplazierten Hochstimmung. Ihm gefiel Aachbrück, dieses Geisterdorf am Geisterfluss; er genoss die vertrocknende Aulandschaft, die artenreiche Flora, die Schatten spendenden Purpur-, Reif- & Silberweiden, die Grau- & die Schwarzerlen, den Faulbaum & die verschiedenartigsten Farne. Am besten gefiel Leo die Mimose „Rühr mich nicht an"; & er bewunderte die vielfältige Fauna, hauptsächlich diverses Geflügel, weil das Aachdelta ja ein Verkehrsknotenpunkt der europäischen Vogelzugstraße ist bzw. war, solange es noch Wasser geführt hatte. Sogar Greifvögel kamen hier vor.

Als die Aach noch ein Fluss gewesen war, soll der Fischreichtum mannigfaltig gewesen sein, neben Zandern, Hechten, Barschen & Welsen sollen sogar Störe hier gelebt haben, denen der Bau der Oberaacher Staustufe allerdings den Garaus gemacht haben dürfte. An Säugetieren hatte es früher noch Biber & Otter gegeben. Marder & Dachse gibt es hier immer noch, wenn auch nur mehr vereinzelt. Wenn Leo Glück hatte, sichtete er Nattern, Eidechsen & einmal, in einem beschatteten Tümpel, sogar den Aach-Kammmolch, einen extrem seltenen Endemiten.

Leo genoss auch Adrians Hausmannskost in der Kombüse & dessen Shantie-Sessions, die aufdringlichen Liebesbezeugungen Skippers & natürlich Klaras Hingabe-Potenzial…

Er gewann den Eindruck, dass sich sein immerhin fast sechs Jahrzehnte umfassendes Erinnerungs-Depot gerade kaleidoskopartig neu ordnete. Leo fühlte sich geistig erfrischt, fast schon *entgrenzt*, körperlich fit & hatte großen Spaß an den schweißtreibenden Dwiddl-Diensten. Es ging ihm so, wie es ihm immer ging, wenn er eine verwertbare Idee für eine Geschichte hatte. Da spielten äußere Umstände eigentlich keine Rolle. Eine gewisse temperierte Euphorie hatte von ihm Besitz ergriffen. Ab jetzt galt es, Geduld aufzubringen, nicht zu schusseln & sich nicht gleich auf einen Schluss festzulegen, einen Zieleinlauf, der sich auf die Entwicklung der Handlung & der Charaktere der Protagonisten letztlich wie ein Korsett auswirken würde. Leo war froh, kein sogenannter Jungdichter mehr zu sein & auch ein bisschen stolz auf seine Erfahrung. Eine Freude, die sich fast schon wie Glück anfühlte, ein Wohlbefinden, nachdem man einen Augenblick lang Wonne verspürt hat, geistig & mental; einen überaus vergänglichen, aber in seiner Intensität unvergesslichen Augenblick lang, wie er in Leos Vita, im Vergleich mit seinen Debakeln, nur sehr selten passiert war. Andere Beschreibungen des „Glücks" als Ziel allen menschlichen Strebens, etwa nach materiellem Reichtum, körperlicher Schönheit & ewigem Leben; oder gar als völliges Aufgehen in einem tugendhaften Gemeinschaftsleben im aristotelischen Sinn; oder in dieser jenseitig-katholischen Gottesschau, die auf Seelenfrieden aufbaut, lehnte Leo ab. Das war für ihn nicht Glück, sondern suggestive Einflussnahme von zwanghaft mitteilungsbedürftigen Unglücklichen mit Sendungsbewusstsein auf unbedürftige Ahnungslose mit unterdrückter Individualität, die gerade ihre Herde suchten. Glück in diesem Sinn sozusagen ein Luxusgut, das keiner braucht, solange er es nicht kennt & man es ihm nicht im Sonderangebot offeriert. Gehet hin in alle Welt & füttert die Kielschweine, dann werdet ihr ins Himmelreich eingehen, könnte man auch sagen. In Wien sagt man, dass man Glück hat, wenn man kein Pech hat. Für Leo war Glück ein Sinnenreiz, etwas, das man sehen, riechen, hören, fühlen konnte; etwas, das man erleben musste, um es erinnerbar zu machen, etwas, das erst als Erlebnis Wonne zu bereiten imstande war. Der Augenblick selbst war nach Leos Meinung viel zu kurz, um ganzheitlich mit all seinen Nuancen & Qualitäten erlebt werden zu können. Erst die Verarbeitung schuf dieses Hochgefühl, das Leo am liebsten anders nennen würde als Glück, weil er es satt hatte, Glück immer mit Symbolen wie Rauchfangkehrer, Schweinchen, Kleeblatt, Hufeisen & Marienkäfer assoziieren zu müssen, oder dass es ein *Vogerl* sei, wie es einem hierzulande in der Lotteriewerbung eingeredet wird. Das, was landläufig als *wahres Glück* gilt, bleibt verschollen, solang man es sucht, war Leos Meinung. „*Es* taucht für gewöhnlich höchst unerwartet auf, insbesondere dann, wenn man nicht darauf vorbereitet ist", versuchte er Klara zu erklären, als sie nach Oberaach unterwegs waren, um beim Supermarkt Sherry-Vorrat zu organisieren. Sherry & Kondome. „Wenn man sich also die Glückssuche als Sinn des Lebens zum Motto macht, wird man es nie finden", fuhr er fort. „Außer man hält die frohe Erwartung eines auslaufenden Bausparvertrags für Glück", sagte er. „Oder wenn der Zahnarzt bei der Routinekontrolle nicht bohren musste". *Es* tauche auf, wenn man die Grenzen seiner Existenz schmerzlich wahrnehmen könne, wenn die Ausweglosigkeit einen zur Verzweiflung treibe oder einen zu paralysieren beginne. *Es* sei da, sobald man sein Desaster analytisch anerkannt habe;

nicht als Desaster, sondern als Ursprung. Die Glücksgläubigen würden es Demut nennen & schon wären sie dem Himmelreich einen gewaltigen Satz näher gekommen, führte Leo aus, während Klara Adrians Pickup auf der Hauptstraße kurz vor der Abzweigung zum „Beach Fun-Ressort Oberaach" scharf abbremste & gerade noch, wie man so sagt, die Kurve kratzte. Ein nachfolgendes Fahrzeug wurde dadurch zu einer geräuschvollen Notbremsung gezwungen. Eine Karambolage wäre durchaus im Bereich des Möglichen gewesen. Man hatte einfach *Glück gehabt*.

„Nietzsche & Freud beschreiben das Glück als sehr subjektiven, sehr zerbrechlichen psychischen Gefühlszustand", erwähnte Klara so nebenbei.

„Warum hupt der denn?", erschreckte sich Leo.

„Weil ich nicht rechtzeitig geblinkt habe."

„Woher willst du das wissen?"

„Ich werde doch wohl noch wissen, ob ich geblinkt habe oder nicht!"

„Ich meine doch das mit Nietzsche & Freud. Lernt man das im Duisburger Hafen?", fragte Leo ironisch. „Vielleicht an Bord der *Rhein II*?"

Klara lachte ihn aus. Glockenhell & sehr selbstbewusst. „Ich könnte zwar theoretisch deine Tochter sein, aber im Zeitraum von 35 Jahren hat man zwischen Grundschulreife & dem Erreichen diverser Schifffahrtspatente durchaus noch ausreichend Zeit zu anderweitiger Bildung & Lektüre", sagte sie fröhlich, „egal ob jetzt am Rhein, an der Wipper, an der Aach oder auf dem Atlantik".

Sie kauften in Oberaach nebst Grundnahrungsmitteln für die Kombüse, strikt laut Liste von Commodore Adrian, letztlich sechs Flaschen Fino, wofür sie Mengenrabatt von 25% bekamen, & eine Präserbox (keine Aktion). Danach spazierten sie über die Staumauer des Kraftwerks & Klara zeigte Leo einen der Gründe, warum die Aach hier sozusagen aufhörte, ein Fluss zu sein. Neben der Kraftwerksanlage, die infolge Wassermangels keinen Strom mehr produzierte, & einer stillgelegten Schleuse war hier ein weitläufiges Areal für Wassersportarten aller Art entstanden, großteils künstlich angelegt & ein wichtiger Wirtschaftsfaktor dieser Region. Die Austrocknung Aachbrücks war den Betreibern egal. Auf das Geländer des Dammpfades gelümmelt sahen sie den Badegästen zu, die sich in der Sonne braten ließen & nach einer Weile schwimmen gingen, nur ganz kurz, aber lang genug, um zu pinkeln, dachte Leo. Die Windsurfer litten unter der Windstille & kollidierten mit den Tretbooten oder kamen den Wasserschifahrern in die Quere. Es roch bis zum Staudamm hinauf nach Sonnencremes, nasser Wiese & absterbenden Algen, abgestanden-brackig, fand Leo. „Was glaubst du, warum die sogenannten *Loser* in der Literatur die meist gelesenen Helden sind?", fragte er Klara.

„Weil sich *Loser* nicht aufreiben auf der Suche nach dem Glück, sondern vom Glück, das natürlich nicht so heißt, entschuldige bitte, gefunden werden", antwortete Klara brav, aber mit leicht süffisantem Unterton, „oder auch *nicht* gefunden werden"…

„Zum Beispiel Mike Hammer", sagte Leo. „Wie wär´s mit Phillip Marlowe?", ergänzte Klara. „Oder mit Kafkas Herrn K.?". Sie hakten sich unter, schlenderten zum Parkplatz des „Beach-and-Fun-Ressorts Oberaach", wo die Autokarosserien noch nicht so verrostet waren wie am Aachbrücker Schrottplatz, im Gegenteil, hier parkten hochachsige, exquisite, chromblitzende, vollhybride Allradvehikel, die aus stolzen Kleinhäuslern glückliche Kreditnehmer zu machen pflegen, zumindest solang, bis der Kuckuck drauf geklebt wird, bestiegen Adrians klapprigen Pickup, & fuhren zurück nach Mitteraach, wo Leo bei der Probstei sein Expose abzugeben hatte. Zu Leos Glück hatte Klara nicht nur ein Handy, sondern auch den Führerschein B. Die Heimfahrt dauerte knapp eine ¾ Stunde. Zeit genug für Leo, Klara von seinen kanarischen Euphorieerlebnissen zu berichten…

Euphorie habe er vor seiner zweiten Auszeit erlebt, wenn er in die Berge gegangen war, wo es ruhig & er einsam gewesen wäre. Jedes Moospölsterchen, das seinen Pfad gesäumt habe bzw. von ihm betreten worden sei, hätte in ihm Serotonin freigesetzt. Jedes Niederwild, das er gesichtet habe, hätte die Hormonausschüttung intensiviert, Dopamin sei dazu gekommen & hätte die Wirkung des Serotonin vehement verstärkt, meist Hasen & Murmeltiere; dazu noch Habichte, in geheimnisvollen Flugbahnen kreisend, dann plötzlich absackend & sich Leos lieb gewonnenes Niederwild zur Beute machend; geheimnisvolle Gegenlichteffekte im Hochtann, knackendes Unterholz & unheimliche Schemensichtungen. Dann das halb verwilderte Almvieh. Jungrinder, die ihn, indiskret wie Skipper, bedrängt & ihm den Schweiß von der Haut geleckt hätten, Pferde, die Leo das Schnitzelbrot wegfressen hätten wollen, Schafe, die ihn umzingelt hätten, bis er Angst bekommen habe,

Schlangen, die sich vor ihm aufgebäumt & ihn anzischt hätten, schwarze & zickzack-gemusterte Schlangen, Krähen, die Scheinattacken gegen ihn geflogen seien & versucht hätten, ihn gezielt anzuscheißen. Leo hatte fast ausschließlich unbewirtschaftete Almen bewandert, am liebsten die Leonsbergalm zwischen Attersee & Bad Ischl, also Ruhe pur & natürlich Selbstversorgung, sehr zum Spaß der Pferde. Euphorisch gestimmt hätten ihn auch sämtliche Sonnenaufgänge, die er in seinem Leben beobachtet hatte, auch solche, die durch ausgesprochenes Scheißwetter im Verborgenen geblieben waren. Sonnen*unter*gänge seien ebenfalls wonneförderlich, aber nicht derartig. Sie seien durch den Tagesverlauf zumeist schon versaut gewesen, ging es in Leos Redefluss, an dem sich die Aach ein Beispiel hätte nehmen können, zügig weiter. Aber da waren sie schon in Mitteraach angekommen. Klara setzte Leo punktgenau vor der Pforte der Probstei ab. Er klopfte, klingelte, rief laut, rüttelte am Tor. Keiner da. „Vielleicht sind sie baden gegangen!", spöttelte Klara vom Pickup aus. „Hoffentlich ins Beach-and-Fun-Ressort & nicht im sprichwörtlichen Sinn", murmelte Leo, stieg mit dem USB-Stick, auf dem sich sein Romankonzept befand, wieder in den Pickup ein & setzte seine Euphorie-Inventur stichwortartig fort…

Leos erster Morgen auf dem Atlantik. Die drei Mitpassagiere in der Turist B-Kabine hätten vor sich hin geschnarcht, es sei stickig in der Kabine gewesen & habe nach ungewaschenen Kerlen gestunken, schilderte Leo in Reporter-Manier, da habe er das Bullauge aufgeschraubt & geöffnet & eine steife Brise habe seine Beatlesfrisur zerzaust & ihn belebt wie Mund-zu-Mund-Beatmung eines klinisch schon fast Toten. Lunge & Herz seien ihm quasi aufgegangen, ganz weit aufgegangen, fast schon *über*gegangen & ein leichter Sprühregen aus Atlantikgischt habe sein Gesicht benetzt. Er habe anfangs nicht viel erkennen können, weil die Strahlen der achternaus gerade aufgegangenen Sonne sich im Aerosol der vom Passat zerzausten Wogenkämme viel tausendfach gebrochen & ihn geblendet hätten. Kaum hätten sich seine Augen an das Paillettengefunkel & das gleißende Orange am Horizont gewöhnt gehabt, habe er ein Schauspiel miterlebt, das er zuvor höchstens im Kino oder im Fernsehen gesehen hatte. „Vorsicht! Schlagloch!", rief Klara, & schon schepperten die sechs Sherryflaschen auf der Ladefläche bedrohlich. Leo, der im Zuge seiner Euphorie-Reportage etwas weggetreten war, geriet ein wenig aus der Fasson. „Puta madre!", entfuhr es ihm. „Sag schon, Leo, was lief denn da grade ab vor deinem Bullauge?" Klara war wirklich neugierig geworden. „Ein Delphin schoss geradezu kerzengerade aus einem Wellental, drehte unmittelbar vor meinem Bullauge in 3m Höhe eine Pirouette & klatschte wieder zurück ins Wasser!", fuhr Leo fort. „Bist du sicher, dass es kein *Tursiops truncatus* war? Die kommen in dieser Gegend nämlich häufiger vor als der *Delphinus delphis*", warf Klara ein & umkurvte sensibel ein weiteres Schlagloch, um unmittelbar darauf ins nächste mitten hinein zu rumpeln. „Du liegst völlig falsch, wenn du glaubst, ich kann einen Delphin nicht von einem Tümmler unterscheiden, meine Liebe", konterte Leo, „Aber bitte, vielleicht willst du mir ja auch noch einreden, ein ausgewachsener *Odontocetus* hätte diese filigrane Pirouette gedreht."

„Bin mir nicht sicher, ob Zahnwale gut sind im Pirouettendrehen", erwies sich Klara als durchaus sattelfest.

„Jedenfalls war dieser Delphin oder Tümmler, wenn nicht gar Zahnwal, damals nicht allein unterwegs gewesen", ließ sich Leo nicht weiter beirren. „Ein ganzes Rudel davon"… „Ich glaube, man sagt in diesem Fall *Schule* dazu, bloß nicht Rudel; sind ja keine Hunde…", unterbrach ihn Klara etwas wichtigtuerisch. „Kann schon sein, Klärchen", beschwichtigte sie Leo. Ihm fiel spontan der Anfang eines infantilen Gedichts ein, *„Klärchen, ach Klärchen",* fing es an, was ihn aber nicht besonders irritierte. „Meinetwegen eben *Schule.* Und sämtliche Mitschüler dieser Delphin- oder sonst einer Ballettklasse machten es dem Klassenprimus nach…", Leo geriet ins Schwärmen. „Sie schwammen Formation, wie ein Wasserballett mit Ester Williams sah das aus, sprangen hoch, schlugen Salti, tauchten um die Wette, tanzten längsseits auf den Bugwellen ganz nah am Schiffsbauch der Ernesto Anastasio einher, gaben währenddessen zwitschernde Geräusche von sich & sahen mich dabei an, als hätten sie die Show extra für mich inszeniert! Ich war zutiefst gerührt. Dazu noch dieses gutturale Brummen der Maschinen nicht allzu weit unterhalb unseres Decks, das mich an die Luftumwälzanlage der Toilette im Café Rita erinnerte, bis vor kurzem mein Stammlokal in Wien, erster Bezirk, gegenüber vom Morawa, aber das war grad alles ganz weit weg von mir… Als dann noch ein Schwarm Fliegender Fische durch mein Blickfeld segelte, war es soweit mit der Euphorie & ich fühlte mich den ganzen Tag über so richtig orgastisch glückselig". „Ästhetische Reizüberflutung", kommentierte Klara kühl & fuhr in den „arkplatz" ein. Skipper erwartete sie bereits schwanzwedelnd.

Gleich nach dem Aussteigen kritzelte Leo in seinem Massenquartier das Gedicht, das ihm eingefallen war, als ihn Klara besserwisserisch unterbrochen hatte, in sein Notizbuch[33*].

Nachdem Klara den Diskont-Sherry im Schrank unter ihren Dessous verstaut hatte & Leo im Massenquartier die Kondome, & zwar so, dass Skipper sie nicht kriegte, traf man sich in der Kombüse, wo Adrian gerade mit der Buchhaltung beschäftigt war & einen überraschend zufriedenen Eindruck machte. Während Klara & Leo hochoffiziell in Oberaach einkaufen gewesen waren & Leo, nach Sichtweise Adrians natürlich Klara seinen/ihren literarischen Antrittsbesuch in der Probstei absolviert hatte, war Adrian von einem Oldtimer-Freak heimgesucht worden, der spezielle Karosserieteile für seine 60er-Jahre-Oldsmobile gebraucht hatte. Hauptsächlich war es um Kotflügel für BMWs & Opel-Kapitäne gegangen. „Endlich wieder Knete!", freute sich Adrian, öffnete zur Feier des unerwarteten Eingangs einen lauwarmen Veltliner & ließ kein gutes Haar am Reederei-Management, das ihm seit Monaten seine Pauschale vorenthalten würde, er, Adrian, jedoch für die Betriebskosten aufkommen müsse. „Und die Probstei hat auch noch nichts überwiesen! Fünf Tage Vollpension kosten schließlich auch nicht nichts, oder?!", schimpfte er. Es sah ganz so aus, als hätte die Weltwirtschaftskrise endlich auch auf Aachbrück vulgo Finstern übergegriffen,

---

[33*] „Klärchen, ach Klärchen,
 erzähl mir keine Märchen!
 Wären wir ein Pärchen,
 ich zög´ dich an den Härchen."

empfand Leo & fragte Adrian, wie es denn zu dieser enormen Schrottansammlung auf dem „ährstationsarkplatz" hatte kommen können. Adrians Antwort war einleuchtend. „Meine *Fini* ist eine reine Personenfähre. Da kommt mir nicht einmal ein Fahrrad drauf. Aber wer Aachbrück erreichen will & zu faul zum Latschen ist, der kommt eben mit seinem fahrbaren Untersatz. Indem keiner, den ich in all den Jahren nach Trams übergesetzt habe, jemals wieder zurückgekehrt ist, sind die Dingers logischerweise auch nie mehr abgeholt worden. Natürlich hat´s Zoff mit irgendwelchen Versicherungen & Nachlassverwaltern gegeben, aber alles Jahre später. Konnte denen nicht dienen", erzählte Adrian, mental etwas aufgeweicht, & schenkte 3x Wein nach. „Erstens war ich von Anfang an nie interessiert an der Nationale meiner Passiere & Seemannsheimgäste gewesen, zwotens kamen die ja nicht her zum Urlaubmachen, sondern zum Schlussmachen, Freund Hein[34*] ihren Anstandsbesuch abstatten. Und das teilt man seinen Angehörigen üblicherweise eher nicht mit. Also wussten die auch gar nicht, wohin sich der oder die in ihrer bzw. seiner Verzweiflung gerade hin verkrümelt hatte. Bin halt ich auf dem ganzen Schrott sitzen geblieben", sagte er & öffnete eine weitere Flasche. „Am besten verdient man an den Oldtimer-Sammlern, am meisten kaufen aber die Schrotthändler. Denen geht´s um Trödelware wie Wackelkopf-Hundepuppen auf der Heckfensterablage, Autoradios, Schaltknüppel getunter Rallye-Boliden, Mercedessterne, um Rosenkränze, die einst am Rückspiegel hingen, letztlich auch um die ganz normalen Warndreiecke & Wagenheber,

[34*] seemänisch für *Tod*

seltene Nummernschilder & Typensignets. Das ganze Eisenzeug hab ich denen logisch auch verscherbelt, Achsen, Radaufhängungen & was man halt so findet bei einem Marken-PKW." Adrian rauchte sich eine seiner stinkenden Virginiers an. „Einmal war einer da mit einem DDR-Trabanten", nuschelte er & hüstelte, weil er vergessen hatte, den Plastikhalm aus der Virginier zu ziehen, was er hektisch nachholte. „Der hat den ganz blöd eingeparkt, eh nur 48 Stunden warten müssen auf die Überfuhr, sich zwei Nächte Quartier genommen im Seemannsheim, gegen Vorauszahlung, versteht sich, & sich dann, völlig am Ende seiner Kräfte, übersetzen lassen. Dabei hat sein Flämmchen noch leicht geflackert! Beim Erasmus, Kinder...". Adrian hatte keine Freude mehr an dem innen mit Plastik verschwelten Zigarillo & nahm sich einen neuen. „Tags darauf kam ein vornehmer Herr vorbei, stellte sich mir als Antiquitätenhändler vor & kaufte den Trabi, so wie er da blöd eingeparkt war, mit Putz & Stingel, zahlte mir 20.000.- Schilling dafür, bar auf die Hand, & holte ihn ab mit einem Kleintransporter!"

Eine Weile lang nippten alle drei schweigend an dem nicht sehr erfrischenden Grünen Veltliner, Adrian verstank die Bude mit seiner Virginier, Leo unterstützte ihn dabei mit einer Smart.

„Wie meistens geht´s wieder mal um´s Scheißgeld", befand Klara gruftig.

„Leider", sagte Adrian. „Aber Meutern hilft nicht."

„Man sollte das Geld abschaffen", brachte sich Leo kryptisch ein.

„Die Aach ist staubtrocken", erhob Klara ihre

angenehm gurrende Stimme. *Kein Vergleich zu Chris Lohner!* „Der Fährbetrieb ist eingestellt. Keine Passagiere. Keine Einnahmen. Die Reederei hat einen Engpass. Die Probstei ziert sich ebenfalls. Kein Mensch besucht unsere Kombüse. Warum nicht?", stellte sie draufgängerisch in den düsteren Raum.

„Weil keiner weiß, wie gut der Commodore kocht", schleimte sich Leo spontan ein.

„Weil keiner weiß, dass es die Kombüse überhaupt gibt, auch wenn der Fährbetrieb eingestellt ist", knurrte Adrian, an seiner Virginier paffend.

„Wir reüssieren nicht nautisch, sondern kulinarisch!", verkündete Klara selbstsicher. „Wir werden ein In-Restaurant, eine Restaurant-Bar, eine In-Restaurant-Bar, ein Event-Lokal, wo man fressen, saufen, Natur & Literatur erleben kann!"

Adrian & Leo sahen sich skeptisch-dümmlich an. Klara fuhr fort: „Ich bin für die >Halberstädter Senfeier< & den Gartengrill zuständig, was anderes kann ich nicht, & Adrian für die Hausmannskost. Was ist mit dir, Leo?", fragte ihn Klara.

Leo war perplex. Er konnte alles Mögliche kochen. Aber nichts davon war haubenverdächtig, wie man sagt. Genießbar ja, aber nicht professionell. Ihm fehlte die kulinarische Kontinuität.

„Mir schwebt eine mitteleuropäische Bodega vor, was weder einheimische noch DDR-Küche ausschließt. Eine abstruse, eine *finstere* location mit eigenem Charakter…", rang Klara nach Worten. „Du meinst sicher *authentisch*," half ihr Leo. „Genau, Leo! Ein authentisches Beisl mit Atmosphäre, gemütlich & anregend!

Und für Rauschkugeln mit mitgebrachter Limousine gibt´s sogar eine Übernachtungsmöglichkeit!"

„Ich kann sehr gut *Arroz a la Cubana, Riñones a la Jerez, Empanada Portugues,* eine schön schlotzige *Paella,* diverse *Potajes,* ungefähr 20 verschiedene *Tortillas* & mitteleuropäischen Grießkoch zubereiten!", bekundete Leo seine volle Teilnahme an dem Projekt, das den Arbeitstitel **Bar Restaurante y Arte Finstern** erhielt & ab sofort gestartet wurde, mit dem durchaus bestechenden Kürzel **B.R.A.F.** auch perfekt vermarktbar. Selbst Adrian war entzückt. „Schriftstellerinnen sind eben kreativ!", dröhnte er durchs Lokal. „Scheiß auf alle Reeder & Pröbste dieser Welt!", schrie er, ließ sich von Klara den Quetschbüdel reichen & sang bis nach Mitternacht fragwürdige Shanties[35*] & als Drüberstreuer Elvis Presley´s „Jailhouserock". Für das Nachtmahl sorgten Leo, der eine vorzügliche *Tortilla española* mit gemischtem Salat zubereitete, & Klara, die als Nachspeise einen etwas missglückten Apfelstrudel beisteuerte. Adrian war da aber schon so betrunken, dass er das ganze Menü unnachahmlich gut fand. „Wieso kannsdu so gud spanisch kochen, Dwiddl?", fragte er nur bewundernd. Abgebackt wurde anderntags. Leo übernachtete diesmal im Massenquartier, weil Klara ihn darum bat. Er konnte sich jedoch nicht über Einsamkeit beklagen. Skipper war mit einem gewaltigen Satz auf Leos Etage gesprungen & hatte es sich dort so bequem gemacht, dass Leo eine unruhige Nacht nicht erspart blieb. Leo fand also

---

[35*] „Kameraden, wann seh´n wir uns wieder?
  Kameraden, wann kehr´n wir zurück?
  Wann setzen zum Trunk wir uns nieder
  Und genießen ein traumhaftes Glück?"

reichlich Zeit zum Nachdenken. Ein Wirtshaus, schön & gut. Kommt eh keiner her, dachte er. Aber wenn ein Museum dabei wäre, ein Fährmuseum, dazu Fotos & Zeitungsberichte aus alter Zeit, patinierte Speisekarten & Veranstaltungsplakate, eventuell sogar eine „Event-Location" für Vernissagen, Lesungen & Konzerte…

Museumskustos war er schon einmal beinahe geworden, & zwar am Ende seiner zweiten Auszeit in San Sebastian de la Gomera. Die Granmagnacs, ein wohlhabendes französisches Ehepaar, so um die vierzig, auf den Kanaren gestrandete Weltumsegler wie Rodney, hatten den baufälligen Torre del Conde, eine etwa 15m hohe Turmruine aus dem 15. Jahrhundert, mit der Auflage des Inselgouverneurs, ein Museum daraus zu machen, renoviert & umgestaltet. Die beiden waren Kunstsammler & studierte Archäologen gewesen & vor ihrem kanarischen Zwischenstopp viel in Südamerika herumgekommen. Besonders die präkolumbianische Kunst hatte es ihnen angetan. Sie waren deshalb lange Zeit in Peru & Ecuador unterwegs gewesen, hatten dort an Ausgrabungen teilgenommen & sich mit zahllosen Statuetten, Bronze- & Tongefäßen sowie diversen Kultgegen-ständen, Kleinodien & kistenweise Scherben aus der Inkazeit eingedeckt, die sie seit 1974 in ihrem endlich fertig renovierten Museo Torre del Conde einem ziemlich desinteressierten & auch sonst sehr spärlichen Publikum dargeboten hatten. Leo war einer der seltenen Besucher gewesen. Er hatte damals 4 Tage gebraucht, um die eher miniatürlichen Exponate auch samt & sonders aufs Genaueste betrachten zu können, z. B eine handspannengroße Figur des Schöpfergottes *Huiracocha* aus der Tiahuanacokultur. Etwas massiver die Serie der sogenannten Zeremonialmesser mit quer stehender halbmondförmiger Bronzeklinge, genannt *Tumi*, im 2. Stock des Turmes, von Madame & Monsieur Granmagnac im peruanischen Cacha, einer Ortschaft nahe Cuzco, eigenhändig ausgebuddelt. Die Tonscherben, die noch sortiert gehört hätten, & zwar in sechzehntes Jahrhundert *nach* & zweites Jahrtausend *vor* Christus, hatten sich im Erdgeschoß des Turms befunden, unmittelbar neben dem Kassenpult. Möglicherweise befänden sich darunter ja Gefäßteile aus der Mochica-Kultur aus dem Raum des heutigen Trujillo & wären auf Grund ihres Alters extrem wertvoll, hatten die Granmagnacs Leo erklärt, als der sich um eine Anstellung in ihrem Museum beworben hatte. Auf die Trujillo-Kiste müsse er besonders aufpassen, hatten sie ihm eingetrichtert, so lange, bis sie von ihrer neuerlichen Südamerika-Expedition wieder zurückkommen würden. Ziemlich genau nach zwei bis fünf Jahren, hatten sie ultimativ präzisiert. Leo hatte darüber geschlafen, sich mit Hugo, den Bobadillas & den Trujillos *(sic!)* besprochen, tagelang völlig abgeschieden am Barrancofelsen meditiert & vergeblich eine Kurzgeschichte zu schreiben versucht. Es war nur ein eineinhalbseitiges Dramolett daraus geworden, beinhaltend den Konflikt zweier Stubenfliegen im Inneren einer Zuckerdose. Er hatte dieser Miniatur den Titel „Spanish fly" gegeben.

Kurz darauf der leidige Karneval & die Bergung der schwangeren Bärbel Fall aus der havarierten *Rodney II*... Man sollte sein „Glück" nicht überstrapazieren, hatte Leo gedacht, eventuell verblödet man, wenn es einem zu gut geht. Also hatte er einen unwiderruflichen

Entschluss gefasst. Ende der Auszeit, Abkehr von der Euphorie & Hinwendung zum Desaster, also Abreise, Heimkehr. Soviel muss einem die Literatur wert sein, war er damals überzeugt gewesen.

 Leo schaffte gerade mal drei, vier Stunden Schlaf an Skippers Seite. Zeit genug, dass lästige Parasiten ihren Wirten wechseln konnten, z.B. eine Schar *Ctenocephalides canis* vulgo Hundeflöhe *(oder sagt man auch hier statt* Schar *eher* Rudel *oder womöglich* Schule?*)*, die für die Übertragung des Hundebandwurms zuständig sind, & auch Menschen befallen, sowie der Zwischenwirt des Hundebandwurms, der 1mm lange sogenannte Hundehaarling, *Trichodectes canis*. Leo verspürte anderntags heftigen Juckreiz an jenen Körperstellen, die nachts unbekleidet geblieben waren, also an sämtlichen Extremitäten, weil Leo ja wegen der schwül-heißen Nächte nur T-Shirt & Boxershorts trug, aber auch im sogenannten Schritt. Klara & Adrian fiel beim Frühstück auf, dass es ihn überall juckte & er sich hektisch kratzte. Adrian wusste sofort, was los war, konstatierte „Flöhe am Kreffsack[36*]! Ab mit dir in den Hultünn![37**]" & verordnete ihm die sogenannte „Schrotta-Kur". D.h. er nahm Leo in eine Art Polizeigriff, stieß ihn in die Substandardtoilette des Seemannsheims, zwang ihn sich zu entkleiden, & puderte ihn mit einer gewaltigen Ladung von „Dr. Schrottas Flohpulver". Leo sah hinterher aus wie ein australischer Aborigine im Outback vor einer schamanischen Zeremonie, nur Augen & Mund waren halbwegs frei. Er roch allerdings ausgesprochen chemisch. Mit

---

[36*] seemännisch für *Hoden*

[37**] seemännisch für *Klo,* auch *Triton* genannt

einem um die Hüften geschlungenen Frotteetuch durfte er sich anschließend wieder in die Kombüse begeben, wo die neue ARGE B.R.A.F. gerade tagte. Skipper hatte seine olfaktorische Freude an ihm, rieb sich an Leos Schenkeln & leckte sie genüsslich sauber. Drei Stunden nach der fragwürdigen Entwesung saugte ihm Adrian mit dem akkubetriebenen Handstaubsauger seiner *Fini* das Flohpulver vom Körper. Klara sparte dabei nicht mit spöttischen Kommentaren („60 Jahre & kein bisschen sauber" oder „Jetzt weißt du, wie sich ein Teppich fühlt, wenn er staubgesaugt wird" etc.). Endlich durfte er sich duschen gehen, was seemännisch übrigens *abschwabbeln* heißt. Er tat dies natürlich im Crew-Bad. Hinterher fand er Zeit, sich Adrians Flohmitteldose von Dr. Schrotta näher anzusehen. Das Mittel bestand aus einem Extrakt aus Chrysanthemenblättern, Kieselerde sowie den Wirkstoffen Fipronil & Propoxin, also klassischen Insektiziden. Auf der Packung stand außerdem, dass man damit den Wohnbereich des Flohwirts bestäuben sollte, in diesem Fall also Skippers Hundekörbchen & den Raum, in welchem sich Skippers Hundekörbchen befand. Dazu sämtliche Teppiche in diesem Raum. Drei Stunden einwirken lassen & dann absaugen. Erstens besaß Skipper kein Hundekörbchen, zweitens gab es im ganzen Seemannsheim keinen Teppich, drittens war Leo kein Raum, sondern ein Mensch. Adrian hatte da wohl etwas schwer missverstanden. Egal. Leo war jetzt hundefloh- & hundehaarlingfrei.

Erste Tagung der ARGE *B.R.A.F.*, Teilnehmer Adrian Schall, Kapitän eines am Trockenen festsitzenden Fährschiffs, Klara Fall, Protokollführerin, studierte Fährfrau & Schein-Literatin, sowie Leo Knall, ursprünglich

Kmetko, dank Dr. Schrottas Insektizid von Flöhen & Haarlingen gereinigter Schriftsteller mit Publikationsoptionen, in der Rolle des *Moses*, wie man einen Schiffsjungen in der Anlernphase, also auf der untersten Stufe des angehenden Seelexn, in der Seemannssprache nennt, auch wenn dieser *Moses* schon knapp 60 Jahre alt ist.

Klara entwarf Plakate fürs neue Projekt, der von Dr. Schrotta geschundene Leo brachte seine Museumsidee ein & Adrian betrank sich. Leos Idee mit dem Museum fanden beide großartig. Im Sekretär der Kapitänskajüte würde sich jede Menge Fotomaterial befinden, historisches wie skurriles. Auch stand am Rand des Hafengeländes noch ein verfallender Holzschuppen, wie das Seemannsheim auf gemauerten Stelzen, in dem der alte Hütter verschiedene Reliquien aus der Glanzzeit Aachbrücks aufbewahrt hatte, z.B. das monströse Schild mit der Aufschrift „STROMBAD FINSTERN" aus den 30er-Jahren, das über der Zufahrtsstraße zur Fährstation angebracht gewesen war, die etwas kleinere Tafel „Juden ist der Zutritt zum Strombad untersagt", sowie ausgemusterte Accessoires der *Fini I*, diverse Takelage, alte Rettungsringe & Schwimmwesten aus Kork, allerlei Wimpel & Fähnchen, Schiffsglocken, Bühnenpraktikabel für die Freiluftkonzerte des Kurorchesters, lecke Zillen & verschiedenes Fischereizubehör. Nicht zu vergessen das ganze zurückgelassene Gepäck der Passagiere, die sich übersetzen hatten lassen. „Sollten einige Kuriositäten darunter sein", mutmaßte Adrian. „Hab mich bloß nie reingucken getraut." Ideal für eine kunterbunte Nekrothek, freute sich Leo im Stillen. Nun stellte sich die Frage, wohin mit dem Museum? „Bloß kein Neubau!", knurrte Adrian. Die Aufstockung des Seemannsheims wäre statisch zu riskant & käme im Aufwand einem Neubau ziemlich ähnlich, befand die ARGE *B.R.A.F.,* kam also nur besagter Schuppen in Frage. „Beim Erasmus! Das kriegen wir hin!", jubilierte Adrian, der ja nicht nur gelernter *Ferge,* sondern auch *Dödelmoker* war, also *Blaubüdl,* was soviel wie Schiffszimmerer bedeutet. Er war´s zufrieden, rauchte sich eine Virginier an, nachdem er vorsorglich den Plastikhalm herausgezogen hatte, wechselte von lauwarmem Veltliner auf lauwarmen Haustrunk, murmelte: „Komm, Skipper! Klar bei Hängematte" & zog sich, von Skipper gefolgt, auf seine *Fini* zurück, wo er hinterm äußeren Steuerstand eine Hängematte installiert hatte, in die er sich jetzt wälzte. Unter seinem durchhängenden Hintern der dösende Skipper, der bisweilen die Finger von Adrians schlapp herunter hängender Hand mit flinken Zungenschlägen benetzte.

Der immer noch intensiv nach Mottenkugeln & Erdöl riechende Leo verfasste idiotische Werbeslogans, die Klara vor Commodore Adrian natürlich als die ihren ausgeben musste... „*Wo Marc Aurel auf die Germanen traf / findest Du Essen, Trinken, Schlaf*". Oder: „*Im Aachbrücker Transithafen / kannst Du essen, trinken, schlafen!*". Oder: „*Museum, Schenke, Vollpension / eine Wohlfühlvision*". Klara war damit nicht zufrieden. Zu altmodisch, fand sie. Leo war beleidigt & rächte sich mit Kritik an Klaras Handy-Fotos, mit denen sie das Plakat schmücken wollte, allesamt unscharf & auch sonst nicht besonders aussagekräftig.

Das abendliche Petting verlief deshalb weniger heavy als sonst. Die Kondome blieben in ihrem hundesicheren Versteck im Massenquartier, konkret unterm löcherigen Kissenüberzug auf Leos Pritsche. Im Übrigen musste Skipper diesmal im Freien schlafen. Kurz vorm Morgengrauen schreckte Klara aus dem Schlaf. Sie hatte von ihrer Mutter geträumt, von Bärbels Seenot kurz vorm Aschermittwoch, von der dramatischen Bergung, die ihr erst 35 Jahre danach von Leo geschildert worden war. „Ich hatte entsetzliche Angst um Mama", stammelte sie atemlos. „Und dann war sie kurz vorm Hafen über Bord gegangen & ihr Gesicht beim Ertrinken plötzlich nicht mehr ihr Gesicht, sondern meines." Und sie erzählte Leo, der Kreislaufprobleme beim Munterwerden hatte, über ihren Abschied vom Barranco, ihren Abschied von Hugo & Bärbel, von Bärbels Tränen, von ihrer Reise in die ehemalige DDR, in den Harz, nach Veltheim am Fallstein & nach Halberstadt, wo sich niemand mehr an Bärbel Fall erinnert hatte. Klara war eine Fremde gewesen in Mutters Heimat. Selbst die Großeltern waren verstorben. Da habe sie Angst bekommen vor der Zukunft, ihre Existenz als sinnlos empfunden, sich ersäufen wollen, aber nicht gewusst, in welchem Fluss. Wipper, Elbe, Saale, Havel oder Aller? Hätte dann aber anerkannt, dass Wasser, dank Bärbels & Hugos Erziehung, die im Grunde genommen hauptsächlich Bärbels Hydrophobie-Therapie hatte dienen sollen, eigentlich ihr, Klaras, Element sei & sie auf gar keinen Fall darin umkommen wollte.

Nachdem sie mit 16 von Lomofragoso nach Teneriffa übersiedelt war, nach Sta. Cruz, wo sie innerhalb von drei Jahren ihre Skipper-Patente für Küstenschifffahrt & Atlantikpassage erworben & als jüngste Kapitänin der Geschichte bei einem Touristen-Törn-Veranstalter angeheuert hatte, *Whale watching & Shark fishing*, wobei sie einiges an Heuer ansparen hatte können, sei sie mit knapp 30 nach Duisburg gezogen & habe dort die Binnenschifferausbildung absolviert, mit ausgezeichnetem Erfolg übrigens, anschließend in Rostock auf der Warnow die „Fährführerin" gemacht. Aber die Angst sei geblieben...

Der Vollständigkeit halber sei noch angemerkt, dass Klara seinerzeit am Barrancofelsen in Lomofragoso zuerst Siebdrucken gelernt hatte & den Umgang mit der Natur, danach den Umgang mit Menschen, sozusagen kultivierten Menschen, erst mit den Nachbarn, all diesen Bobadillas & Trujillos, dann mit den Typen in San Sebastian, Touristen aus dem Abendland, Mittel- & Nordeuropäern, die dachten, sie wären was Besonderes, wenn sie „ausstiegen" & auf die Kanaren auswanderten, ekelhafte Egomanen mit Narzisstendenz, halbkriminell & heuchlerisch. Eine einzige Enttäuschung. Mit 16 dann Sta. Cruz de Tenerife, wo Klara die deutsche Schule besucht & nach einigen sogenannten „Ehrenrunden" endlich abgeschlossen hatte. Trotz allen guten Zuredens seitens Hugos & Bärbels hatte sie sich nicht fürs Studium auf der Peninsula, sondern zu etwas ganz Anderem entschieden. Eine Atlantikquerung im Einhandsegler war ihr vorgeschwebt. Hugo hatte ihr abgeraten, Bärbel darauf psychosomatisch reagiert & einen bedenklichen Stupor erlitten.

Klara hatte infolgedessen von ihrem Vorhaben Abstand genommen, sich ins kanarische Nachtleben geschmissen, aber keine Freude dabei gehabt. Keiner der Jungs, weder Canarios noch Touristen, war so gewesen, wie sie es gebraucht hätte. Auch die Suche nach ihren ostdeutschen Wurzeln hatte diesbezüglich nichts gebracht. Erst jetzt, in diesem trostlosen Finstern, weitab von Atlantik, Subtropen, ewigem Frühling & befreitem Ostdeutschland…

Leo war halbwegs wach geworden. Er befand sich in einem sehr filigranen Bewusstseinszustand. „Der Grafiker & Schriftsteller Alfred Kubin hat auch immer Angst gehabt", murmelte er tiefgründig. „Hat seine Ängste immer als Dämonen dargestellt. Wahre Horrorvisionen sind das gewesen. Vergleichbar mit Goyas Capriccios. Er war deshalb für verrückt gehalten & psychiatriert worden. Der Psychiater hat ihm gut zugeredet & ihm versprochen, ihn von seinen Ängsten zu befreien. Da soll Kubin zu ihm gesagt haben: >Nehmt mir nicht mein Angst! Die Angst ist mein Kapital<. Schön, nicht?"

„Scheint nicht besonders glücklich gewesen zu sein, dein Kubin", meinte Klara. „Wäre wohl kaum berühmt geworden, wenn er glücklich gewesen wäre", sagte Leo & überlegte, wie er diesem 35-jährigen Kind „Angst" erklären könnte. „Es gibt verschiedene Ängste, Klärchen", fing er an. „Zum einen die Angst vor dem Ungewissen, vorm schwarzen Loch, vor der unergründlichen Tiefe, vorm Verschlungenwerden & vorm Ersticken", zählte er bedächtig auf. „Ich habe keine Angst vor dem Wasser", sagte Klara ärgerlich. „Deine Mutter hatte sie", erwiderte Leo. „Aber ich bin nicht meine Mutter", darauf Klara.

„Wenn allerdings das Ungewisse aufhört, ungewiss zu sein, kann die Angst lähmend werden", dozierte Leo & war sehr stolz auf diese Formulierung. „Dann gibt es noch die Angst-&-Schrecken-Angst", fuhr er, voll motiviert, fort. „Zuerst die Story zur Angst vorm schwarzen Loch", kündigte er an, streichelte dabei Klaras Kopf mit dem geschmeidigen Gamsbartschippel darauf & alsbald ihre fantastische Silhouette, aber tunlichst nicht zu erogen. „Als alte Gomerianerin kennst du doch sicherlich den Wasserstollen, der nach der Abzweigung von der Carretera nach Hermigua links ab in den Cedro führt". „Kenn ich, den Stollen, habe mich aber nie hineingetraut", murmelte Klara schlaftrunken. Und Leo erzählte ihr in samtigem Tonfall, wie er es bei seinen Kindern immer erfolgreich angewendet hatte, die Geschichte, als er zusammen mit Hugo & Bärbel einen Ausflug in den Nebelwald La Gomeras unternommen hatte, den sogenannten Cedro, dem die Insel ihren Wasserreichtum zu verdanken hat. Nach der Hauptstraße links abzweigen, ein paar steile Serpentinen hinauf, dann Ende des Güterwegs. Ein kleiner Umkehrplatz für Autos, krautig zugewachsen mit eigenartigen endemischen Pflanzen, seltsamer Baumheide, Wacholdern & Ginster. Der Wasserstollen, dessen Eingang sich hier befand, durchquerte einen Berg namens Montañeta auf etwa 800m Seehöhe. Er wäre nur begehbar gewesen, wenn es vorher nicht geregnet hatte, schilderte Leo Klara in möglichst einschläferndem Singsang. Der Stollen wäre über einen halben Kilometer lang & nur 1,70m hoch gewesen. Der Umstand, dass er nach rund 10 Minuten Gehzeit einen leichten Knick gemacht habe, hätte den Einsatz einer Taschenlampe nötig gemacht. Kerzenflammen wären in der Zugluft ständig ausgegangen, erzählte Leo. „Dazu musste man ständig gebückt gehen, an manchen Stellen sogar durch knöchelhohes Wasser waten. Nur Bärbel mit ihren 1m60 hatte aufrecht gehen können. Erst hinter der Biegung nach 10 Minuten sah man das Licht am Ende des Tunnels. Aber bis dahin hatte man echt massive Angst . Alles so eng, so niedrig, so nass & so zugig & so schrecklich finster."

„Rebirthing?", fragte Klara gähnend, grad an der Kippe zum Einschlafen. Leo ging nicht darauf ein. „Ich habe mich richtiggehend überwinden müssen", fuhr er temperiert enthusiastisch fort. „Und erst deine Mutter! Bärbel hat echt Muffensausen gehabt. Aber sie wollte unbedingt da hindurch. Und sie hat es geschafft!", verkündete er pathetisch. Aber da war Klara bereits wieder eingeschlafen. Dabei hätte er ihr noch so gerne von seiner Inselüberquerung erzählt, als Beispiel für die „Angst-&-Schrecken-Angst, die ihm der Heilige Geist in Gestalt einer Möwe eingeflößt hatte[38*]…

Es war Mitte November gewesen. Bärbel hatte La Gomera mit dem Aussie-Ekel Rodney westwärts verlassen, Hugo sich in sein Barranco-Atelier zum Wundenlecken zurückgezogen. Leo war von Lomofragoso aus über La Laja Richtung Santiago aufgebrochen, geplante erste Übernachtung: die Casa Forestal kurz vor der Abzweigung nach Benchijigua. Das Forsthaus war auf der Lichtung eines Eukalyptuswaldes gestanden & versperrt gewesen, aber Leo hatte einen kleinen Campingkocher dabei gehabt. Nach Einnahme der weder besonders guten noch sehr nahrhaften Instantsuppe

---

[38*] *Onkel Fritz requiescat in pace.*

aus einem der Zollfreiläden war er in seinen dünnen Schlafsack geschlüpft & hatte gefroren. Als er ein Lagerfeuer entfachen wollte, hatte sich herausgestellt, dass Eukalyptusblätter zum Unterheizen denkbar ungeeignet sind. Andererseits hatte es um Leos Lager herum intensiv nach Wick-Vaporup geduftet. Frühmorgens war er fröstelnd nach Benchijigua aufgebrochen, einem Dorf, in dem ganze zwei Einwohner gelebt & angeblich Landwirtschaft betrieben hatten. Am Fuße des Roque de Agando, einem Felszacken, der wie ein überdimensionaler Zahn aussah, war er dann, in der Novemberhitze bereits schwitzend, in den Genuss des Dorfpanoramas gekommen. Er hatte es schon gekannt, weil Hugo es von genau derselben Stelle aus, im Schatten des Zahnsteins, in Acryl gemalt hatte. Im Vordergrund ein lichter Palmenhain, um jeden Palmenstamm eine Blechmanschette, damit die Ratten nicht an die Datteln kamen, im Hintergrund die weißen Wohnquader Benchijiguas. Mit diesem Bild war Hugo dann in Teneriffa bei der Olson-Reederei, die gerade angefangen hatte, den Postschiffen der Compañia Mediterranea mit einer Schnellfähre Konkurrenz zu machen, hausieren gegangen. Nicht, dass die ihm etwas dafür gezahlt hätten. Aber seine Passagen von Gomera nach Teneriffa & wieder zurück waren damit auf Lebenszeit abgegolten gewesen. Ein sagenhafter Deal. Das Gemälde war jahrzehntelang im Foyer des Zwischendecks gehangen & hatte dem Schiff sogar seinen Namen gegeben – *Benchijigua*.

Leo hatte die beiden Einwohner Benchijiguas auf ihren Erdäpfelterrassen ausfindig gemacht, zwei Brüder oder Cousins ungewissen Alters, so zwischen 25

& 50, entweder Bobadilla oder Trujillo mit Namen, & hatte sie höflich um etwas zu trinken & zu essen gebeten. Bekommen hatte er eine Flasche warmes Bier & zwei lange Schoten Pfefferoni. Die beiden hatten ihn hochinteressiert beobachtet beim Trinken & Essen, für das sie 50 Peseten verlangt hatten. Leo hatte sich sehr zusammen reißen müssen, das ekelig brackige Gebräu nicht auszuspucken, vor allem aber die brutal scharfen Pfefferoni. Man war anonym & in Frieden auseinander gegangen. In einer üppig grünen Senke hatte er Gott sein Dank einen steinernen Brunnen an einem Bachlauf gefunden, an dem bereits ein Campesino mit seiner klapprigen Kuh, die er an einer Leine geführt hatte, am Laben war. Auch der Campesino hatte ihm einen dieser höllischen Chilizümpfe angeboten, den Leo jedoch dankend abgelehnt hatte. Danach die Degollada de Hernan Peraza, eine Höhle, in der der gleichnamige spanische Inselverweser seine fleischliche Lust an der Inselprinzessin Yballa hatte stillen wollen, aber aufs Blutigste von den Guanchen hingemetztelt worden sein soll. Ein geräumiges, kühles Felsgelass, in dem gerade mehrere Kleinkinder von zwei Müttern in einem Wasserschaff gebadet wurden, als Leo eingetreten war. Kein Chili. Dafür reichlich Trinkwasser. Ein paar km weiter ein Punkt, an dem man sich entscheiden hatte müssen, welcher der fünf in Frage kommenden Barrancos wohl nach Santiago führen würde. Leo nahm den ersten links. Ein fataler Fehler. Er erreichte zwar eine *Playa*, aber nicht die von Santiago. Von einer Ansiedlung keine Spur. Also die Klippen hinauf geklettert, die Klippen entlang & auf der anderen Seite wieder hinunter. Auch falsch. 200m Strand aus schwarzem Lavageröll, dann wieder Klippen hoch & wieder runter. Das war stundenlang so gegangen & die Sonne längst am Untergehen gewesen. In ihren letzten Strahlen hatte er es gerade noch geschafft & die vierte Klippe erklommen, darunter die Playa de Santiago, in der kurzen Dämmerung nur mehr schwach auszunehmen. Leo, am Ende seiner Kräfte, hatte sich zur Direttissima entschlossen, einfach grade hinunter, quasi Falllinie. Schlagartig war es stockfinster geworden. Abgeschürft von zahllosen Stürzen & schmerzhaft gepiesackt von den dicht stehenden Feigenkakteen war er auf einem relativ weichen kleinen Felsabsatz gelandet. Hier hatte er biwakiert. Keine 100m unter ihm der finstere Strand & das Städtchen Santiago, ebenfalls ziemlich dunkel. Nur ein paar helle Punkte & eine schwach beleuchtete Bar. Er hatte die Brandung rauschen & einen Generator brummen & tuckern gehört. Nicht viel anders als hier in Aachbrück, nur halt mit Brandung, dachte Leo. Es hatte allerdings alarmierend säuerlichscharf gerochen. Egal. Er war jetzt zu müde zur Verifizierung der Ursache. Sehen wir uns morgen alles genauer an, hatte er sich damals vorgenommen, war in seinen Schlafsack gestiegen & erschöpft in Tiefschlaf gefallen, aber nur kurz. Kurz deshalb, weil der Felsvorsprung ein Möwenhorst gewesen war, dessen Bewohner irgendwann nächtens heimgekehrt waren von ihrem Raubzug & Leos Anwesenheit als unrechtmäßige Usurpation empfunden hatten. Hals über Kopf hatte Leo die Klippe abwärts flüchten müssen, über Stock & Stein, zumeist am Hosenboden rodelnd, ständig von einer Möwe im Tiefflug angegriffen, hatte nur ihr Kreischen im Ohr, unterlegt von der allmählich lauter werden Brandung. In Santiago war es nunmehr stockfinster gewesen. Nur das

Mondlicht hatte sich auf den Atlantikwogen gebrochen. Äußerst schmerzhaft war er im Lavasand des Strandes gelandet. Die Heiligen-Geist-Attacken hatten nachgelassen & endlich gänzlich aufgehört. Den Schlafsack hatte er in der Hektik des Aufbruchs im Möwenhorst zurück gelassen & den kurzen Rest der Nacht unterm Bug eines an Land gezogenen Trawlers halbwegs windgeschützt, aber dennoch frierend verbracht. Der Sonnenaufgang hatte ihn für die desaströse Nacht einigermaßen entschädigt. Der Schiffskörper, der ihm Schutz geboten hatte, hatte das Kennzeichen TE 1343 rechts vorn aufgemalt gehabt. Wer hätte je gedacht, dass er diesem Kahn ein paar Monate später noch einmal begegnen würde? Leo hatte den Zustand seiner Kleidung & den Grad seiner Verletzungen überprüft, dabei nichts Bedrohliches finden können, nur ein bisschen Möwenschiss auf den Jeans, ein paar Kaktusstacheln in den Unterarmen & eine Blutkruste nahe dem Haarwirbel, & war den Strand hinauf nach Santiago getrottet, wo der Stromgenerator, den er nachts brummen gehört hatte, gerade wieder angeworfen worden war. Ein Kasten in der Größe eines Baustellencontainers, der sich unmittelbar neben einer Kneipe befunden hatte, die vom Strand nur durch eine einspurige Fahrbahn getrennt war. Die Kneipe hieß Bar Isa & war soeben geöffnet worden. Er war eingetreten, einziger Gast gewesen, hatte sich einen doppelten Cortado bestellt & sich gewundert, warum der Wirt, ein knorriger, gedrungener Mittvierziger, wettergegerbt, mit krauser Guanchenlocke & Dreitagesbart, geradezu herzzerreißend geschluchzt hatte. „Nuestro caudillo ha muerto!", hatte er gewimmert & Leo die Kaffeetasse auf die Budel geknallt, dass der Cortado übergelaufen war. „¿Como vamos a seguir sin este imbécil!³⁹*", hatte er gejammert. Generalissimo Franco, der nach einer Herzattacke seit Wochen in künstlichem Tiefschlaf gehalten worden war, lange genug, um seine Nachfolge halbwegs zu regeln & noch rasch eine Erschießung vollstrecken zu lassen *(Die Garrota, ein spezielles Würgeeisen, war erst im Jahr zuvor als Henkerswerkzeug abgeschafft worden)*, waren die lebenserhaltenden Instrumente abgeschaltet worden. Angst & Schrecken habe er verbreitet. Ein Halsabschneider sei er auch gewesen, der die Armen noch ärmer, die Reichen noch reicher & die Kranken noch kränker gemacht habe. Tausend Male habe man ihm den Tod gewünscht & sich gesehnt nach einer sozialdemokratischen Ordnung, wie es sie seit langem schon in Schweden, Deutschland & Österreich gegeben hätte. Aber dass er jetzt wahrhaftig verstorben sei, Francisco Bahamonde, Generalissimo und Caudillo, der Stolz Spaniens, aber ein Großkotz, warum jetzt & nicht schon viel früher, das sei eine entsetzliche Tragödie, hatte der Wirt der Bar Isa ein ums andere Mal lamentiert & „España, ¿dónde vas?"⁴⁰* mit theatralischer Gebärde & kehliger Fandangostimme Richtung Plafond geklagt, wo sich ein Propeller sehr langsam gedreht hatte. Die Raumhöhe der Bar Isa hatte übrigens gerade mal 2½ m betragen. „Viva el Rey", hatte Leo schüchtern gemurmelt, seine Kaffeetasse wie die amerikanische Freiheitsstatue ihre Fackel hochgehalten, nicht allzu hoch, weil sie sonst mit dem Plafond touchiert hätte, & ebenfalls Mitleid heischend zum müden Propeller hoch geblickt.

---

³⁹* *„Unser Führer ist tot. Wie soll es weitergehen ohne dieses Arschloch?"*
⁴⁰* *„Spanien, wohin gehst du?"*

Draußen kratzte Skipper winselnd an der Tür. Es war kurz vor halb sechs. Leo schälte sich unausgeschlafen aus den Bettlaken, ging sich abschwabbeln, stellte fest, dass die Wunden der kanarischen Möwenattacke längst verheilt waren, & begab sich in die Kombüse zum Frühstücken. Als er damit fertig war, erschien Klara, ebenfalls frisch gewaschen, dazu mit neuer Frisur. Irgendwie hatte sie es geschafft, den Gamsbartschippel in einen schicken *Bob*, wie man, glaube ich, dazu sagt, zu verwandeln. Leo war davon sehr angetan. Adrian war es gleichgültig. Er war verkatert & brauchte einen Prämonstratenser Urbock, um in die Gänge zu kommen. Klara nippte frohgemut an ihrem Mucki & fragte Leo, ob ihm ein neuer Slogan eingefallen wäre. Leo hatte damit gerechnet, war bestens darauf vorbereitet & zitierte aus fremder Feder:

„Wanderer, kommst du nach Hochfinstern,
verkündige dort,
du habest uns hier liegen gesehen, wie das Gesetz es befahl."

Er hatte einfach „Sparta" mit „Hochfinstern", wie Mitteraach dereinst geheißen hatte, getauscht & hoffte, damit zu punkten.

„Frei nach Friedrich Schiller, der 1795 ebenso frei Simonides von Keos zitiert hatte, der sich im Jahre Schnee vor Christus auf den heroischen Kampf der zahlenmäßig unterlegenen Spartaner auf den Thermopylen gegen die Perser bezogen hat", kommentierte Klara, an einem altbackenen Croissant mermelnd. „Find ich großartig, Leo", sagte sie. „Gekauft!"

Es war schon frühmorgens drückend heiß & schrecklich schwül. Adrian spähte nervös durch sein nautisches Fernrohr in alle Himmelsrichtungen, lutschte seinen Zeigefinger nass & hielt ihn dann hoch, um an der Trocknung seines Speichels Ansätze eines Lüftchens wahrnehmen zu können. Es sah nicht so aus, als würde sich das Wetter in nächster Zeit ändern. Aber Adrians hoffnungsfrohe Sturheit blieb ungebrochen. „Und ich sag euch: es kommt was!", womit er ein Unwetter biblischen Ausmaßes meinte, so was ähnliches wie die Sintflut, um „endlich wieder Wasser unter *Finis* Kiel" zu spüren. Leo sprach ihm Trost zu & riet ihm zum Ausharren. Irgendwann würde das Wasser wiederkommen. War Finstern nicht berüchtigt für seine plötzlich auftretenden Katastrophenwetter? Schließlich hatten sogar die Römer seinerzeit ihren geplanten Brückenschlag von Finstern nach Trams Hals über Kopf abgebrochen & auch die Wehmachtspioniere des sogenannten III. Reichs die Finger davon gelassen? Mit hängenden Schultern, Urbock & Skipper zog sich Adrian in die Hängematte auf seiner *Fini* zurück, selbst zur Befehlsausgabe zu schwach. Zum Starten des Generators reichte es gerade noch. Ohne Elektrizität gibt es heutzutage schließlich keine Literatur. Klara hatte Adrian das klar gemacht. Leo nützte die Gelegenheit, begab sich in Klaras Kabine, warf seinen Laptop an & begann sein literarisches Marktschreiberopus:

„Nächster Halt, next stop, Wien-Hütteldorf. Dieser Zug endet hier. Auf Wiedersehen", sagte die Stimme der als Fernsehansagerin bekannt gewordenen, nunmehr die Haltestellen

österreichischer Bundesbahnzüge ankündigenden Chris Lohner professionell freundlich & mit leicht erotischem Schmelz vom Tonband des Schnellbahnzuges 4024 101-0 „Simmering" der Linie S 45, kaum dass 4024 101-0 „Simmering" aus der Station Penzing abgefahren war. Es war ein wolkenverhangener schwüler Morgen Ende Juni, ein Tag nach Vollmond..."[41*]

Klara verfasste eine sogenannte „to do-list", eine „slaughtermap", wie Leo das Synonym „Schlachtplan" unkorrekt anglizierte. Punkt 1: Motivjagd zwecks tauglicherer Plakatfotos. Leo & Skipper begleiteten sie. Es dauerte nicht lange, da stöberte Skipper eine Maulwurfsgrille auf. Keiner der drei hatte jemals ein derartiges Geschöpf, einen derart evolutionären Auswuchs, leibhaftig gesehen. Leo erinnerte sich allerdings an die Abbildung einer Maulwurfsgrille, auch *Erdkrebs, Zwergel, Werre* oder gar *Halbteufel* genannt, im alten „Brehms Tierleben". Das Wesen war gut 7cm lang, hatte Kopf, Flügel & Abdomen einer Riesengrille, die Vorderbeine waren jedoch zu Grabfüßen mit Schaufeln umgewandelt. Es war pelzig, erd- & lehmverkrustet, krabbelte eilig, aber nicht besonders schnell. Klara gruselte sich davor, Skipper war entzückt & Leo fasziniert. Die Maulwurfsgrille überquerte gerade den sandigen Grund eines ausgetrockneten Aacharmes & hatte noch einige Meter zur erdigen Uferböschung vor sich. Zeit genug für ein paar

---

[41*] Im Grunde genommen schrieb er das, was ich bisher geschrieben habe. Nur eben in Ich-Form & ohne meine kursiven Exkurse. Auch die Fußnote, die ich jetzt gerade schreibe, schrieb er nicht, obwohl sie *nicht* kursiv ist, vom *nicht* einmal abgesehen

aussagekräftige Maulwurfsgrillenfotos unter Berücksichtigung des Lichteinfalls, des Bildausschnitts & der Tiefenschärfe. Leo fiel die Aufgabe zu, Skipper von der Maulwurfsgrille fernzuhalten. Er war wirklich ziemlich aufdringlich zu ihr gewesen. Mit vollem Körpereinsatz warf sich Leo auf Skipper, der ja nie mit Halsband unterwegs war, & fixierte ihn, so gut er konnte, im Schwitzkasten, bis das seltsame Wesen endlich die Uferböschung erreichte & sich mit seinen kleinen Schaufelfüßen erstaunlich flink Zugang ins Erdreich verschaffte. Leo verdankte es den Restaromen von Dr. Schrottas Flohpulver, dass Skippers Parasiten diesmal von einem Wirtswechsel respektvoll Abstand nahmen. Die fotografische Ausbeute war vielversprechend. Die Fotosafari ging weiter. An einem versumpften Weiher wurden die drei Zeugen eines spektakulären Naturereignisses. Eine Libelle, die eine Rossbremse gefangen hatte, hatte sich zum ungestörten Verzehr derselben auf den Ast einer uralten Baumleiche niedergelassen. In diesem Fall kein Problem mit Skipper, der Angst vor brummenden Insekten hatte & deshalb das Weite suchte. Leo & Klara hatten eine Viertelstunde lang dabei zugesehen, wie diese Libelle mit ihrer Beute verfuhr. Sie hielt sie fixiert zwischen ihrem Kiefer & ihren miniatürlichen Klauen, verbiss sich in den Bremsenarsch & begann das Insekt von hinten her auszusaugen. Das verlief derartig, dass die an sich braungraufärbige Bremse, nachdem sie zu zucken aufgehört, sich also dem Tod hingegeben hatte, von hinten her immer mehr ihre ursprüngliche Farbe verlor & immer fahler wurde. Die Libelle saugte, auf dem Ast sitzend, mit ihrem filigranen Hintern auf- & abwippend, & von Klara & Leo aufs Indiskreteste aus knapp einem halben Meter beobachtet, der Rossbremse sukzessive ihr braungraues Leben aus. Der Leib der Rossbremse wurde erst hellgrau, dann grauweiß, schließlich schlohweiß. Dann war der Saft raus aus der Rossbremse & drinnen in der Libelle, die sich nach einer Weile entspannender Verdauung, wobei sie eventuell gefurzt oder gerülpst hat, was Leo & Klara aber nicht definitiv wahrnehmen konnten, helikoptermäßig davon machte. Zurück gelassen hatte sie die Körperhülle einer ursprünglich knapp 4cm großen Riesenbremse, eine Art Minischaumrolle mit Facettenaugen, jedoch ohne Fülle & weiß wie gekalkter Adobe. Klara hatte so was noch nie zuvor gesehen in ihrem Leben. Leo schon. Die Zigarettenmarke „Ägyptische III. Sorte", filterlos, die Glimmstengel nicht rund, sondern platt gedrückt, 25 Stück pro Schachtel, waren in den späten 60ern Leos Kultzigaretten gewesen. Sie waren zwischen Seidenpapier zweilagig in einer gelben Kartonschachtel erhältlich gewesen & hatten 15 Schilling gekostet. Sowas hatte man nur zu besonderen Anlässen geraucht. Das Signet auf der Box hatte einen Pharaokopf dargestellt. Die Zigaretten hatten im unteren, dem Mund näheren Teil, einen bemerkenswerten Aufdruck aufgewiesen, Ibisse im Schilfgürtel des Nils auf Nahrungssuche, & zwar in Golddruck. Hatte man die „Ägyptischen" soweit geraucht, dass das Signet von der Glut erreicht worden war, hätte man sie ausdämpfen können. Eventuell aus Gesundheitsgründen. Rauchte man die „Ägyptische" aber weiter, hatte man feststellen können, dass die Ibisse im Nildelta selbst in der Asche der Zigarette sichtbar geblieben waren. Die „Ägyptische" zu früh auszudämpfen war also Ignoranz, wenn nicht gar Kulturschändung gewesen.

Maulwurfsgrille & Libellenatzung – zu wenig fürs Plakat. Ein Porträt der *Fini II* gehörte da noch drauf, die neue Speisekarte der Kombüse & ein paar appetitliche Fotos von Leos spanischen Gerichten. Quer drüber die Variation von Schillers spartanischem Werbeslogan. Leo zierte sich. „Eine Potaje sieht aus wie flüssiges Erbrochenes, sämtliche Tortillas übrigens wie gestocktes, & für eine Paella bräuchten wir attraktive Gambas & Calamares", wehrte er sich. „Indem >Halberstädter Senfeier< schlimmer aussehen als Potaje, bleibt dir leider nichts anderes übrig", überzeugte ihn Klara. Also bereitete er abends *Potaje de tomatos con peresil y pimiento rojo* zu, aufdass ein schön buntes Foto dabei herauskam. Adrian nahm nichts. Er kränkelte chronisch an seinen Hangovers, die seinem Kreislauf, seiner Leber & der Bauchspeicheldrüse doch arg zusetzten, freute sich jedoch über den „rot-grünen Hoppelpoppel", wie er sagte & fügte hinzu: „Jemand muss morgen beim Leuthner vorbeischauen. Unser Veltliner geht demnächst aus. Wir brauchen ein paar Kisten."

Günstig für Klara & Leo, die deshalb erneut den „Kleindorf-Moloch Mitteraach" sowie den „Großdorf-Moloch" Oberaach, wie sich Leo zynisch ausdrückte, bereisen mussten & dabei nebst Diesel für Adrians *Fini* auch Sherry & Zigaretten besorgen konnten. Außerdem gehörte die Probstei aufgesucht & am Gemeindeamt die Zuständigkeit des Landeskulturamtes gecheckt. Den Datenträger mit seinem Romankonzept & den ersten 20 Seiten Text hatte Leo schon vorbereitet. Er hoffte, beide Dateien am PC des Mitteraachener Gemeindeamtes ausdrucken zu können, um den zuständigen Prüfstellen seinen Fleiß & sein Pflichtbewusstsein zu beweisen.

Dem Gemeindedrucker war leider die Tinte ausgegangen & die Probstei nach wie vor unzugänglich. Auf der Suche nach einem Nebeneingang wanderte Leo um den beachtlich umfangreichen Gebäudekomplex herum. Steinaltes Gemäuer, in dem seit mehr als acht Jahrhunderten Mönche gelebt hatten & gestorben waren. Geisteskranke, Verbrecher, Rebellen, Abtrünnige, Juden & Kriegsgefangene waren hier eingekerkert, gefoltert & hingerichtet worden, im Mittelalter, zur Zeit Napoleons & während der beiden Weltkriege & zwischendurch wahrscheinlich auch ein bisschen. Später waren hier Waisenkinder untergebracht gewesen, danach sogenannte verhaltensauffällige Jugendliche, die dann Asylanten Platz machen hatten müssen. Gegenwärtig diente es offiziell als Kommunikations- & Kulturzentrum, in dem Seminare & Einkehrtage abgehalten, Volksmusik & Brauchtum gepflegt & sogar Bauerntheater & Operetten gespielt wurden. Leo erreichte das an Ornamenten überreiche Kirchenportal, dem Stil nach ein Übergang französischer Spätromanik zur deutschen Frühgotik, sozusagen die Mitgift der Mönche aus Prémontré, als sie ausgezogen waren, das heidnische Aachland zu missionieren. Um den Tympanon herum, in dessen Zentrum ein steinerner Christus thronte, dessen Antlitz infolge jahrhundertelanger Abrasion keine Gesichtszüge mehr aufwies, der ebenfalls stark ramponierte Reliefbogen der Archivolten, seltsame Gnome & Mischgestalten darstellend, einige offensichtlich weiblich & die Vulva spreizend, andere mit überdimensionalem Phallus, dazwischen kleine Monster, die dem Betrachter den nackten Arsch zeigten. Man musste allerdings ziemlich genau hinsehen, um das alles im

Detail wahrnehmen zu können. Das eisenbeschlagene Tor darunter war verschlossen. Nicht so die kleine Tür zur Sakristei ein paar Schritte weiter. Leo trat ein. Kühle Finsternis umfing ihn. Er hielt den Atem an, schlich möglichst lautlos das Querschiff entlang bis zur Kreuzung mit dem Hauptschiff, durch dessen Rosettenfenster die grelle Sonne Lichtbalken kreuz & quer unter das Kreuzrippengewölbe schlichtete. Es war nicht nur angenehm kühl, sondern auch mucksmäuschenstill. Bis auf die dezenten Kaugeräusche eines Holzwurms, wenn man ganz genau hinhorchte. Sie kamen aus einer vergoldeten Holzpieta aus dem Frühbarock, die einen Seitenaltar mehr erdrückte als schmückte. Nach einer Weile schlurfende Schritte. Ein kleiner buckeliger Mann in abgetragenem Straßenanzug tauchte hinter dem Hauptaltar auf, humpelte Richtung Pieta & richtete den kargen Blumenschmuck vor dem Tabernakel. Leo machte sich mit einem dezenten Räuspern, das in den heiligen Hallen wie Donnergrollen klang, bemerkbar. Der krumme Mesner erschrak dermaßen, dass er die Vase, in die er gerade einen Strauß Margeriten gesteckt hatte, umwarf. „Sakrakruzifixseitnahinuoamoi!", entfuhr es ihm, als das Gebinde auf dem steinernen Boden zerschellte. Leo entschuldigte sich aufs Untertänigste bei dem Mann & fragte ihn dann, wo er in diesem ehrwürdigen Gebäude denn den zuständigen Kulturreferenten finden könne. Der Mesner hatte keine Ahnung. Die letzten drei Prämonstratenser, die hier noch lebten & wirkten, befänden sich gerade in Frankreich auf Exerzitien, erfuhr Leo. Es half ihm nicht weiter. Er trat wieder hinaus in die brütende Hitze, setzte seinen Rundgang fort, ging um die Apsis herum & die Klostermauer entlang bis zu einem kleinen neugotischen Zubau, nicht weit entfernt von der Pforte. In diesem Zubau befand sich ein kleiner Laden mit einem Auslagenfenster, oberhalb ein auf antik getrimmtes Schild mit der Aufschrift „Devotionalien, Sachbücher, Immobilien & Eventmanagement". In der Auslage selbst Bibeln in allen möglichen Preisklassen & Designs, ebenso Kruzifixe, Weihwassernäpfe, Kerzen & Seidenblumenbouketts. Oberhalb der Schaustücke eine volkstümlich gehaltene Banderole, auf die „Bejahe das Leben! Denke positiv!" aufgestickt war. Neben der Auslage auf einer kleinen Messingtafel oben am Rahmen der ebenfalls gläsernen Eingangstür stand: „S&M Rodrix". Seltsam. Lebensbejahung **und** Sado-Maso? Noch dazu in einem Kloster? Und so tief in der Provinz? Leo wunderte sich. Ein weiteres Täfelchen an der Tür verhieß, dass gerade geschlossen sei. Die Tür war allerdings unversperrt. Leo ging hinein. Niemand war da. Nach einer Weile drangen Geräusche aus dem Nebenraum. Papierrascheln, Gläserscheppern, Eiskastentür auf & wieder zu. Pause. Leises Fluchen. Endlich das erlösende „Plopp" eines aus dem Flaschenhals flutschenden Korkens. Auf Leos „Hallo! Ist da wer?" begann jemand zu trippeln, dem Geräusch nach jemand Zierlicher. Die nur angelehnt gewesene Tür wurde aufgestoßen, wobei sie quietschte, & ein zierlicher Kopf unter gelockter Bubifrisur, der einer voraussichtlich ebenso zierlichen Weibsperson gehörte, kam seitlich zum Vorschein, wie in der Guckkastenbühne eines Kasperltheaters, fand Leo. „Wir haben eigentlich geschlossen", sagte der zierliche Mund der zierlichen Person. Dunkle Augen sahen ihn neugierig an. Der Augenaufschlag war gigantisch. „Wollte nur fragen, wie man an das Kulturreferat dieser Probstei ran kommt", sagte Leo. „Es ist seit Wochen keiner da, der mir mein Expose abnimmt."

Die zierliche Person hörte abrupt zu zwinkern auf. Oberhalb des Näschens bildeten sich Falten. Sie betrat den Verkaufsraum. Leo hatte schon lange nicht mit Frauen im Dirndl zu tun gehabt. Diese hier sah sehr gut darin aus. „Hab ich mir schon gedacht", sagte sie, in ihren Händen zwei leeren Sektflöten. „Jetzt sagen sie bloß, sie haben auf mich gewartet", schleimte Leo. „Achso, ja, nein…", sagte sie schmunzelnd. „Mein Mann ist nur kurz auf der Raika. Nachfragen, wie es mit der Probstei weitergeht. Da ist irgendwas im Busch. Und Sie sind wahrscheinlich der neue Aachbrucker Marktschreier… Mein Mann & ich waren heuer zum ersten Mal bei der Jury dabei & haben alle beide für Sie gevotet. Willkommen im Aachland, Herr Kmetko!"

Sie stellte Flasche & Gläser auf einer Vitrine ab, schüttelte Leo die vor Aufregung schwitzende Hand & stellte sich ihm als Soleil Rodrix vor. „Ich hol Ihnen noch ein Glas!" Damit schwirrte sie flink zurück in den Nebenraum. „Der Laden hier ist nicht eigentlich unser Aushängeschild, sollten Sie wissen, eher nur unser Lager für alles mögliche, unter anderem für Sekt", erklärte sie Leo beim Zurückschwirren mit der Sektflöte. „Wir haben ihn nur sozusagen geerbt von meinem Schwiegervater, der hier ausschließlich Devotionalien, Kerzen, Souvenirs, Ansichtskarten & Klosterhonig verkauft hat", fuhr sie fort, während sie die drei Sektflöten mit Schaumwein befüllte. „Schon der Urgroßvater meines Schwiegervaters hat hier diesen Krempel verscherbelt. Sein Ururgroßvater war hier verdienstvoller Mesner gewesen. Also hat man dem Urgroßvater extrem günstige Bedingungen für den Laden geboten. Die haben letztlich wir übernommen. Die Prämonstratenser haben sich dann irgendwann Anfang 19. Jahrhundert für Instandhaltung & Renovierung dieses Anbaus zuständig erklärt. Mit Brief & Siegel. Gemacht haben sie allerdings nichts. Strom, Wasser & Kanal mussten *wir* installieren, zigmal Boden, Fassade, Türe & Fenster erneuern, von den unzähligen Trockenlegungen ganz abgesehen, dazu haben wir die Seminarräume & das Kommunikationszentrum vorfinanziert, alles von der Probstei abgesegnet & mit vielerlei Versprechungen versehen, aber refundiert hat man uns bis zum heutigen Tag nicht einen müden Cent…"

„Dabei gehören denen doch eh mindestens 90% des Aachlands", markierte Leo den Sachkundigen.

„Unter anderem die Fährstation Aachbrück", erwähnte Soleil.

„Wie wirtschaften die bloß?", fragte Leo.

„Einen Verleger kann sowas nicht erschüttern, Herr Kmetko", antwortete Soleil. „Keine Zeit zum Trübsalblasen! Der Leuthner, ein *Zuag´reister* aus dem Marchfeld, hat einen neuen Sekt kreiert. Wir sollten ihn testen", sagte sie & hob ihr Glas. „Der Leuthner beliefert uns immer überaus großzügig mit seinen Kreszenzen… Kennen sie den Leuthner überhaupt?".

„Nicht persönlich, nur seinen Veltliner", antwortete Leo artig.

„Herrje!", sagte Soleil. „Der ist nicht gerade sein Paradestück."

„Wahrscheinlich verkauft er ihn deshalb so billig", sagte Leo & prostete Soleil zu.

„Stoßen wir an auf die Unerschütterlichkeit!", sagte sie streng. Sie stießen an, nippten am neuen Leuthnersekt, schlürften, kauten, gurgelten & schluckten ihn. Na schön, dachte Leo, nicht übel, wenn man Sekt mag, & sagte: „Hervorragend! So trocken & vollmundig! Unaufdringlich in der Frucht, belebend im Abgang!"

In diesem Moment betrat ein gestandener Mann in Lederhosen, dunkelblauem Lacoste-Polo mit aufgestelltem Kragen & schokobraunen Yachtings ohne Socken die Boutique. Seine Bartstoppeln waren geschätzte drei Tage alt & grau mit weißen Strähnen, ebenso sein gelichtetes Haar. „Die Probstei hat einen Masseverwalter eingesetzt & das Landeskulturamt überweist erst, wenn der Masseverwalter sein´ Sanktus gibt…", dröhnte er & nahm erst jetzt Leo wahr. „Grüß Gott, junger Mann!", kam er Leo mit ausgestreckter Hand entgegen. „Max Rodrix mein Name!". Leo & Max Rodrix schüttelten einander die Hand. Leo erinnerte sich endlich an das Editorial in Christian H. Gleichsams dünnem Bändchen auf dem Regal im Schreibstudio des Seemannsheims. *Edition Rodrix*. Die Typen waren echt Verleger!

Aus ururgroßväterlicher Tradition waren Max & Soleil irgendwann hineingeraten in diese aachländische Literaturförderung mit Geldern aus weltlicher & klerikaler Hand. Zu reden hatten sie bis dato nichts gehabt. Immer war nur ihre Logistik gefragt gewesen. „Seit 15 Jahren bin ich jetzt im Geschäft", zürnte Max, „Sachbücher & zweimal im Jahr diese Stipendiatenelaborate", knurrte er, „Ich hätte nicht *eins* dieser Manuskript mit gutem Verlegergewissen veröffentlicht! Wenn man wirtschaftlich denkt, & ein Verleger sollte wirtschaftlich denken, kann man doch nicht Ladenhüter publizieren, die es ja nicht einmal bis in die Wühlkisten bringen. Schön & gut, bis vor kurzem wurden uns die Produktionskosten ja noch vergütet. Aber was ist mit der Vermarktung?"

„Was ist mit *mir*?", fragte Leo, an seiner zweiten Flöte nippend.

„Sollte ihr Text halten, was ihre Einreichung versprochen hat, kriegen sie von uns eine Spezialbehandlung", dröhnte Max. „Hardcover, Erstauflage 3000 inklusive professionelle Vermarktung!"

„Überlassen sie uns ihren Datenträger", empfahl Soleil mit warmherzigem Hostessenlächeln Leo, der spontan überlegte, ob Herr Rodrix mit *Erstauflage 3000* das Erscheinungsjahr meinte oder die Anzahl der gedruckten Bücher. „Wir schauen, was wir damit anfangen können", sagte Soleil. „Schließlich kennen wir ihre Qualitäten von der Einreichung her", sagte sie. Wieder mit Augenaufschlag. Leo tat ihr gern den Gefallen & überreichte ihr feierlich seinen USB-Stick, nachdem er ihn vorher schnell an seinem T-Shirtärmel poliert hatte.

„Auch weil sie unter der pröbstlichen Finanzkrise mindestens ebenso leiden wie wir", ergänzte Max.

„Während *wir* allerdings nicht angewiesen sind auf dieses Standbein", setzte Soleil verschmitzt noch einen drauf.

„Der Devotionalienhandel dürfte zwar ein aussterbender Wirtschaftszweig sein, aber Sachbücher verkaufen sich sicher gut", warf Leo frohgemut ein, „Vor allem in der Kombination mit Immobilien & Eventmanagement!" *Ich habe nicht das Gefühl, dass er in diesem Moment wusste, was er sagte.*

Zwei Flaschen von Leuthners neuem Schaumwein wurden geleert, ein Treffen in Finstern vereinbart. Leo bekam einen Werbekuli mit dem Aufdruck SMR geschenkt & Soleil &Max Rodrix versicherten ihm, für seine Rechte alles zu tun, das in ihrer Macht stehen würde. Leicht bedudelt gesellte sich Leo zu Klara, die in Oberaach inzwischen Diesel, Sherry, Zigaretten, Safran & einen tiefgekühlten „Seafood-Mix" besorgt hatte. Gemeinsam organisierten sie dann noch beim Leuthner Adrians Veltlinerkisten, was ein paar Kostgläschen für jeden ergab. Leuthner ließ murrend „anschreiben" & die beiden kehrten mit ihrer Beute frohgemut heim nach Finstern, wo abends eine Paella-Party angesagt war. Hauptsächlich deshalb, um zu einem aussagekräftigen Paella-Foto fürs Plakat zu kommen. Der „arkplatz für ährpassagiere" sah ungewohnt aufgeräumt aus. Irgendwie nackt.

Adrian hatte erneut unerwartete Einnahmen verbuchen können. Einer der Manager des „Beach-and-Fun-Ressorts Oberaach" hatte ihn mit mehreren Lastautos aufgesucht & ihm fast sämtliche Autoreifen abgekauft. „Der errichtet dort eine Gokart-Bahn mit massenhaft Kurven & Schikanen", erklärte Adrian weise. „Dazu braucht man eben Gummireifen zur Abgrenzung der Sturzräume". Der Mann hatte ihm 5 € pro Reifen gezahlt. Leuthner konnte somit mit baldiger Begleichung der Schallschen Schulden rechnen. Adrian fühlte sich neu motiviert, entrümpelte den Rest des Tages den Museumsschuppen, zimmerte & schwitzte, was das Zeug hielt.

Leos *Paella de mariscos* krönte den Abend eines ebenso heißen wie erfolgreichen Tages. Klara schoss ein sehr aussagekräftiges Foto von der Pfanne, Leuthners lauwarmer Veltliner floss in Strömen, Klara verarztete Adrian, der sich beim Hämmern den linken Daumen verletzt hatte, & Skipper belagerte Leo am Herd & ließ es haltlos sabbern aus seinen Hängelefzen. Bevor er jedoch die für ihn reservierten Krebsschwänze schnabulieren konnte, erlitt er eine garstige Kolik, gab ebenso erschütternde wie ungustiöse Schmerzlaute von sich & fiel in einen ultimativen Tremor. Klara & Adrian luden den Armen auf den Pickup & beeilten sich zum Mitteraacher Veterinär, um zu retten, was zu retten war. Leo blieb daheim, backte ab, machte sich Sorgen um Skipper, bereitete ihm ein Bettchen unterm Stammtisch & tippte halbherzig am zweiten Kapitel seines Romans herum. Drei Stunden vergingen. Die drei waren immer noch unterwegs. *Finis* Tank wurde leer, der Reststrom war aufgebraucht. Leos Second-Hand-Laptop, dessen Akku von Anfang an ein Problem mit dem Stromspeichern gehabt hatte, verweigerte den Dienst. Dazu fiel natürlich auch das Licht aus. Leo begann sich einsam & verlassen zu fühlen. Er zündete eine Kerze an & schrieb Marie einen Brief. Einen Entschuldigungsbrief. Er entschuldigte sich bei Marie für sein Grübeln, das ihn aus der Realität zu entrücken pflegte, wenn es ihn befallen hatte. Er entschuldigte sich für sein Anders-Sein & dafür, wie sich das alles für sie darbot. Aber dazu seien Auszeiten ja gut, schrieb er mit dem neuen Rodrix-Kugelschreiber auf sein kariertes Schmierpapier. Auszeiten nicht nur für ihn persönlich. Auch für sie, Marie. Und besonders für ihre Beziehung, die durchaus „neu aufgesetzt" werden könnte. Schrieb er, schnippte mit dem neuen Rodrix-Kuli, zerriss den karierten Schmierpapierbogen & zerknüllte ihn, goss sich einen lauwarmen Leuthner ein, setzte sich damit auf die dritte Stufe zur Kombüse, zündete sich eine Smart an & wartete auf Skipper & die anderen. Er war todmüde. Grillen zirpten, Gelsen sangen, Fledermäuse schwirrten. Nur vom Sternenhimmel erhellte Finsternis. Kein Windhauch. Keine Abkühlung. Dennoch Veränderung. Es begann ringsum zu knistern. Ein Kauz schrie. Äste knarrten. Ein eigenartiges Licht drängte sich in die anheimelnde Nachtkuppel. Es wurde seltsam hell. Dann sah Leo, woher das Licht kam. Auf den Mastspitzen der *Fini* schienen Kerzenflammen zu lodern. Auch am Schornstein des Seemannsheims brannte eine, & als er sich umblickte, brannten die Wipfel der Pappeln ringsum lichterloh „Seh ich jetzt auch schon Flämmchen?", machte sich Leo um seinen Bewusstseinszustand ernste Sorgen. Nur waren diese Flämmchen nicht blau, sondern rötlich-gelb & sie lohten nicht auf Menschenköpfen, sondern auf Schiffsmasten & hohen Bäumen. Vielleicht handelte es sich um die Aachländische Abart des sogenannten Nord- oder Polarlichts, das es im nicht allzu weit entfernten Salzkammergut einmal gegeben haben soll. Am nächsten Tag war damals Hitler in Österreich einmarschiert. Hatte man ihm so erzählt. Nordlicht überm Attersee. Naja. Eine dieser Legenden halt. Aber heute, jetzt… Lauter werdendes Motorengeräusch riss Leo aus der Nordlichtspekulation. Signifikante Getriebe-aussetzer. Adrians Pickup. Eindeutig. Leo rannte zum „arkplatz", wo Klara gerade saumäßig schlampig einparkte.

Gemeinsam mit Adrian trug Leo den vom Veterinär narkotisierten Skipper zum Seemannsheim & die Stufen hinauf in die Kombüse, wo sie ihn auf den Stammtisch legten, unter dem sich das von Leo vorbereitete Patientenbettchen befand. Adrian schimpfte deshalb mit Leo. Sie hoben Skipper wieder hoch & Klara platzierte das Bettchen auf den Stammtisch. Skipper lag darin wie geschlachtet, sein Bauch kahl geschoren, in der Mitte eine 30cm lange geklammerte Wunde, dazu der Geruch nach Desinfektionsmitteln, Krankenhaus & OP. Aus Skippers Maul rann schaumiger Sabber. „Er hatte fast einen Darmverschluss", keuchte Adrian & nahm gerne das Stamperl mit Haustrunk entgegen, das ihm Leo spontan eingeschenkt hatte. „Hast du das Elmsfeuer über den Aachauen gesehen, Knall?", fragte Adrian, bevor er sich den Schnaps hinter die Binde goss & hinterher sein Gesicht verzog. „Und wie!", antwortete Leo. „Möchte gerne wissen, was es diesmal wohl zu bedeuten hat".

„Elmsfeuer kündigen schwere Wetter an & machen aus nichtsnutzigen Seelexn fromme Christenmenschen!", verkündete Adrian emphatisch.

Klara verweigerte sowohl Haustrunk als auch Veltliner & Prämonstratenser Urbock. Sie wollte an Skippers Intensivbett ausharren, bis Besserung eintreten würde. „Wie ist es denn zu diesem *Ileus* gekommen?", fragte Leo altklug. „Er hat Präservative gefressen, Dwiddl. Und zwar eine komplette Packung", brummte Adrian, „Noch dazu solche mit Noppen", & ließ sich von Leo nachschenken. „Beim Erasmus! Skipper ist echt eine hemmungslose Kielsau!".

Leo & Klara sahen einander ebenso schuldbewusst wie betroffen an. Leo übertraf dabei Klara an Schuldbewusstsein.

Das Elmsfeuer war längst erloschen, die Nacht weiter unerbittlich heiß, schwül & irgendwie elektrisch geblieben. Nur die Grillen hatten zu zirpen aufgehört. Da schnappte sich Adrian die Haustrunkflasche & ging auf seine *Fini* pofen.

Leo & Klara beschlossen, Skipper beim Aufwachen aus der Narkose zur Verfügung zu stehen. Leo musste Klara allerdings eine Geschichte erzählen. Eine, die möglichst mit der herrschenden Situation zusammenhing. Also mit Skipper, der Kielsau, wie Adrian ihn genannt hatte. Sozusagen eine Kielsau-Geschichte. Klara organisierte Fino aus ihrer Kajüte & Leo erzählte ihr daraufhin die Geschichte des Mastschweines Buenavista, das auf einer der schmalen Gemüseterrassen in El Atajo überm Barranco in einer rostigen Wellblechbaracke mit eher wenig Auslauf von Ferkeltagen an gelebt hatte, bis Manolo Bobadilla die unsinnige Idee entwickelt hatte, sie zu schlachten, um einerseits den Bobadillas, aber auch den verschwägerten Trujillos Frischfleisch bzw. Pökelfleisch als Vorrat zu verschaffen. Buenavista hatte jahrelang ein sozusagen übersichtliches Leben verbracht. Ihre Terrasse hatte ihr optimale Aussicht geboten auf sämtliche Vorgänge im Barranco zwischen El Atajo & Lomofragoso. Der Wellblechverschlag hatte sie vorm Regen & vor der unbarmherzigen Sonne geschützt. Die Speisereste der Bobadillas & der Trujillos waren reichlich gewesen, hauptsächlich Kohl, Kartoffelabfälle, schimmelig gewordener Gofio, etwas Mais &

faulige Tomaten. Nicht zu vergessen die infolge bräunlicher Verfärbung unverkäuflich gewordenen Bananen. Alles zusammen, vermischt mit hart gewordenem Brot, war das ein gutes Auskommen gewesen. Unangenehm war nur gewesen, dass man sie zum Verrichten der Notdurft & zum Suhlen im Barrancoschlamm nie spazieren geführt hatte, sie vielmehr im eigenen Dreck darben gelassen hatte & sie zudem mit einer Haxe an einen versteinerten Kaktusstrunk angebunden hatte, gefesselt, entwürdigt & missachtet als eigenständige Kreatur mit individuellen Bedürfnissen.

Der ganze Barranco war alarmiert gewesen, als der Tag gekommen war. Fast wie eine Corrida war Buenavistas Schlachtung vorbereitet worden. Die beiden Manolos hatten sich in der Bar eingangs des Barrancos Mut angetrunken & waren dann unter Beobachtung der kompletten Einwohnerschaft mit Hanfstricken, Tranchiermessern & Äxten aufgestiegen zu Buenavistas Wohnterrasse. Dort hatte Manolo Trujillo Buenavistas Fußfessel vom Kaktusstrunk gelöst, sie sich ums Handgelenk gebunden & dasselbe an ihrer zweiten Haxe versucht. Da war Buenavista bereits misstrauisch geworden. Manolo Bobadilla hatte sich mit der Axt bedrohlich vor ihr aufgebaut. Er hatte vorgehabt, der Sau mit dem stumpfen Ende der Axt den Schädel einzuschlagen. Möglichst mit einem einzigen gezielten Hieb. Jetzt hatte Buenavista den Braten endgültig gerochen. Nicht mit mir, hatte sie wohl gedacht, die noch nicht fixierte Hinterhaxe aus der losen Schlinge gezogen, einen gewaltigen Satz nach vorne gemacht & war mit ihren geballten Zentnermassen direkt auf Manolo Bobadilla, dem mit der Axt, gelandet. Der war nun hilflos auf dem

Rücken gelegen, die Sau auf ihm drauf. Man hatte richtiggehend seine Rippen knacken gehört. Sein Cousin in Bauchlage gleich dahinter, das Handgelenk, um das der Strick gebunden war, aus den Druckstellen blutend & blau anlaufend, so gewaltig war Buenavistas Sprung gewesen. Dazu hatte sie in äußerster Angst schrill zu quieken angefangen. Mit einem weiteren Satz war sie von der Terrasse, die sie ihr Leben lang bisher noch nie verlassen hatte, eine Etage tiefer gesprungen, sozusagen dreibeinig, weil sie ja Manolo Trujillo an einer ihrer Haxen hängen hatte, während in Manolo Bobadillas Brustkorb unter der Macht des Absprungs unserer Buenavista endgültig ein paar Rippen gebrochen waren. Er hatte aber nicht aufgegeben, kriechend & humpelnd war er den beiden auf die tiefer liegende Terrasse gefolgt, auf der Feigenkakteen zur Aufzucht der Cochenille-Läuse[42*] dicht auf dicht gestanden waren. Ohne Rücksicht auf Verluste war Buenavista durch das Kaktusspalier gerast, Manolo Trujillo nach wie vor im Schlepptau, eine Art „Kielholen im Trockenen", könnte man sagen. Die Cousins brüllend vor Wut & Schmerz, die Sau ihre Todesangst haltlos aus sich herausquietschend. Dem Publikum oben an der Llevada & unten am Grund des Barrancos hatte es den Atem verschlagen. Ein weiterer Satz, & Buenavista war im ausgetrockneten Bachbett des Barrancos gelandet, Manolo Trujillo, an ihre Stelze gefesselt, nur noch ein Bündel blutigen Fleisches. Aber auch er hatte nicht aufgegeben & war irgendwann, als Buenavista endlich eine Verschnaufpause einlegen hatte

---

[42*] Die Weibchen der *Cochenille-Läuse*, einer Schildlausart, werden im getrockneten Zustand fein zermahlen & ergeben dann jenen roten Farbstoff, der Mettwurst & Campari so unnachahmlich färbt.

müssen, wieder auf die Beine gekommen, hatte sich gewaltig ins Zeug gelegt & den Strick gespannt. Sein Cousin war dazu gekommen & hatte angefangen, mit der Axt auf Buenavistas Schädel einzuhauen. Es war ein verrückter Anblick gewesen. Hinten der eine Manolo, die Sau am Strick, in der Mitte Buenavista, wie sie versuchte, den Axthieben des anderen Manolos zu entgehen, der in eine Art Blutrausch gefallen war. Übel zu gerichtet war Buenavista schließlich im Kies des ausgetrockneten Barrancos tot zusammengebrochen. Das Publikum hatte schon zu johlen begonnen, da waren hintereinander Manolo Bobadillo, der einer inneren Blutung infolge seiner Serienrippenbrüche erlegen war, & Manolo Trujillo, dem eine offene Schädelfraktur den Garaus gemacht hatte, über der geschändeten Buenavista ebenfalls tot zusammengebrochen. Gut die Hälfte Buenavistas war für den Leichenschmaus der trauernden Familien Bobadilla & Trujillo draufgegangen, der Rest war tatsächlich für kommende Generationen eingepökelt worden…

Klara war im Sitzen eingeschlafen, ohne den Ausgang der Geschichte mitbekommen zu haben, da erwachte Skipper aus seiner Narkose, winselte, zappelte ungestüm & wollte runter vom Stammtisch. Klara wurde davon munter & half Leo, den Stamm-tisch in Schräglage zu bringen, sodass Skipper ohne muskulären Aufwand quasi heruntergleiten konnte von seinem Intensivbett. Mit erschütternd unkoordi-nierten Bewegungen wankte er an seine Wasserschlüssel & soff sie leer. „Wenn er selbständig trinken kann, ist er aus dem Gröbsten raus, hat der Stierschneider gesagt", sagte Klara. Sie vereinbarten einen abwechselnden Wachdienst. Klara sollte erstmal drei Stunden im Schreibstudio schlafen & danach Leo ablösen. Sie schlief bis sieben. Da war Leo schon längst auf der Sitzbank hinterm Stammtisch eingenickt. Von Skipper weit & breit keine Spur. Da Adrian auch noch nicht aufgetaucht war, musste diesmal Klara den Frühstücksmuck zubereiten. Sie kannte sich nicht besonders gut aus mit der Espressomaschine. „Ojo de culo!"[43*], schimpfte sie & weckte damit Leo auf. „Schlecht geschlafen?", fragte der, während er sich an der Apparatur zu schaffen machte, ebenso erfolglos wie Klara. Weil Adrian verschlafen hatte, gab es seitens *Finis* leider null Kilowatt. Also beheizte Leo den Küchenherd, setzte Wasser auf & bereitete Kaffee auf Karlsbader Art. „Dabei hab ich so schön geträumt", wunderte sich Klara über ihre Unpässlichkeit. „Es war einer dieser Schönwetterabende in Lomofraoso gewesen, kurz nach Sonnenuntergang", erzählte sie Leo, während das kochend heiße Wasser blubbernd durch den Karlsbader Keramikfilter tropfte. Leo wusste, wovon sie sprach. In La Gomera war es immer schlagartig finster geworden. Wenn man in der Dämmerung von der Bar Manolo nach Hause aufgebrochen war, konnte es einem passieren, dass man auf halbem Weg nicht einmal mehr die eigene Hand vor den Augen sah, geschweige denn den Weg, insbesondere wenn dieser entlang oder gar *in* der Llevada verlaufen war. Die Absturzgefahr war enorm groß gewesen. Die Feigenkakteen unterhalb hatten geradezu gewartet auf einen... „Hugo, Bärbel & ich sind vorm Haupthaus beim Brunnen gesessen & haben den Fröschen zugehört. Unten am Barranco, wo Hugo immer seinen Renault

---

[43*] auf Deutsch: *„Arschauge"*

parkte, brannten ganz viele Fackeln, die eine Art Bühne umgeben haben, auf der ein Orchester Platz genommen hatte, eine Big Band, lauter Afroamerikaner in weißen Smokings. Man hörte sie lachen & scherzen & sie dann ihre Instrumente stimmen. Von irgendwoher knallten dann Spots auf die Bühne, wie grellweiße Finger haben sie von allen möglichen Stellen hoch oben am Barranco die Nacht durchbohrt. In ihren sich kreuzenden Kegeln die Musiker, die sich auf den Einsatz vorbereiteten. Dann der Bandleader, als einziger im Frack, natürlich auch ganz in weiß. Es wurde ein paar Augenblicke lang total still. Sogar die Frösche schwiegen. Dann setzte er sich ans Klavier, konzentrierte sich kurz & zählte den Takt vor. One, two, three, four. Alle Spots bis auf einen machten finster. Der erfasste dann den Klarinettisten, der zu spielen anfing…"

Leo war hingerissen. „Jetzt sag bloß…", stammelte er.

„Gershwins *Rhapsody in Blue*! Du sagst es, Leo! Und nur für uns drei da oben!", schwärmte Klara. „Und wie der Solist fertig war mit seiner Intro, ist das Licht wieder aufgeflammt, das ganze Orchester hat eingesetzt & der Bandleader auf dem Flügel!"

Fasziniert hing Leo an ihren attraktiven himbeerfarbenen Lippen, wie man sagt, *an jemandes Lippen hängen*, & beneidete sie aufrichtig um diesen Traum. Sie schlürften schweigend ihre Muckis & stellten sich vor, wie Klaras afroamerikanische Big Band sich hier in Finstern machen würde, eventuell auf der Mole zwischen Seemannsheim & *Finis* Trockendock. Oder am „arkplatz". Man würde zweifelsohne ein großflächiges Bühnenpraktikabel brauchen. „Adrian könnte das hinkriegen. Was denkst du?", fragte Klara. Leo, der durchaus ebenso gedacht hatte, nickte bestätigend & wollte schon sagen: „Und zwar mit Links", da trat Adrian aus der Kapitänskajüte am Oberdeck der *Fini*, blickte missmutig um sich & schließlich auf den unbewölkten Himmel hinauf, & machte sich schlurfend auf den Weg zur Kombüse.

„Nicht *eine* Wolke!", nörgelte er beim Platznehmen am Stammtisch. „Wie geht´s Skipper?", fragte er, während ihm Leo Kaffee einschenkte.

„Hat aus eigener Kraft Wasser getrunken & ist dann auf & davon", sagte Klara.

„Wäre ja auch total idiotisch, wenn ein Unsterblicher an so was Lächerlichem wie einem Darmverschluss eingehen würde", brummelte Adrian, nippte am Kaffee & schüttelte sich anschließend vor Grauen. „Is ja schlimmer als der vom Automaten an der Tankstelle!", monierte er.

„Auf La Palma haben sie damals auch so eine Hitzeperiode gehabt", wechselte Leo das Thema.

„Was hattest *du* auf La Palma zu schaffen, Knall?!", knurrte Adrian.

Klara & Leo sahen sich alarmiert an. Jetzt bloß keinen Fehler machen, dachte Leo, „Compañia Trasmediterranea", fiel ihm gerade rechtzeitig ein. „Wo ich meinen Seesack her habe."

„Jetzt sag bloß, du hattest bei denen angeheuert!?", markierte Klara die Ahnungslose.

„Vier Tage lang Hochsee. Erster Landgang Sta. Cruz de la Palma. Schon wie La Palma am Horizont aufgetaucht war, erst als Punkt, der erst nach Stunden zum kleinen Kegel wurde, dann stündlich wuchs & wuchs, das hat die Laune der Besatzung unglaublich angeregt. Dann endlich konnte man Details ausmachen, Umrisse eines Eilands, ein grünes Geschwür, das aus dem Atlantik ragte, diesig verschleiert. Dann die weiße Silhouette der Stadt, nicht mehr europäisch, schon irgendwie südamerikanisch, Caracas oder so. Dann die Barkasse der Hafenverwaltung, die Hafenmole schon in guter Sichtweite…", kam Leo ins Schwärmen.

„Vier Tage von Spanien auf die Kanaren?!", spottete Adrian. „Von Hamburg nach New York brauchst du maximal sechse!" Leo hörte ihm gar nicht zu.

„Am 29.April 1975 setzte ich erstmals meinen Fuß auf kanarischen Boden!", verkündete Leo feierlich. „Wir bekamen zwei Stunden Landgang. Ich atmete eine Luft, wie ich sie nie zuvor geatmet hatte. Seeluft, schön & gut. Aber jetzt war sie gewürzt mit diesen Kräuter- & Blütenaromen. Und die Augen gingen einem über vor soviel Grünschattierungen, vor Bougainvillea, Kaktus- & Agavenblüten, blühenden Flechten am Wegesrand, vorm Blütenmeer an den bunthölzernen Balkonbrüstungen, vor gigantischen Gummibäumen, uralten Lorbeerbäumen, noch älteren Drachenbäumen & ganzen Alleen von Dattelpalmen…", schilderte Leo, vor Nostalgie geradezu sabbernd. „Ich bin dann den schwarzen Lavastrand entlang geschlendert, vorbei an fantastisch blühenden Strandfliedern & vor Früchten strotzenden Nisperabäumen, was heißt geschlendert, getaumelt bin ich, aus der Stadt hinaus & hinein in den erstbesten Barranco & habe mich wie im Paradies gefühlt. Dann, plötzlich, sind Schüsse gefallen. Wie in alten Kriegsfilmen hat sich das angehört. Ganze Salven sind abgefeuert worden. Eindeutig Flak-Geschütze. Und zwar von verschiedenen Hügelkuppen aus…"

„Seid ihr angegriffen worden?", wollte Adrian wissen.

„Ein Guanchenaufstand?", fragte Klara echt besorgt.

„Nichts von alledem", beruhigte sie Leo. „Am strahlend blauen Kanarenhimmel war eine Wolke aufgetaucht, & die Canarios hatten auf sie geschossen, um sie zum Regnen zu animieren".

„Super Story", ätzte Klara & schlürfte ihren Mucki leer.

„Was uns fehlt", darauf Adrian, „ist erstens die Wolke & zwotens die Flak".

„Getroffen hatten sie sie allerdings nicht", beendete Leo die Geschichte.

Leos erster Monat in Aachbrück ging vorüber. Er hatte das erste Kapitel seines Romans beendet & mit dem zweiten angefangen. Bruchstückhaft entstand ein Mosaik aus Episoden, Eindrücken & Abschweifungen. Während er sein literarisches Kaleidoskop schüttelte & die einzelnen Konstellationen erst zögernd, dann schließlich emphatisch in seinen Laptop klopfte, plante er bereits das dritte Kapitel, in dem er seine Glückserfahrungen zu erklären versuchen würde, darin eingeschlossen, wie die Ameise im Bernstein, die Verwechslungskomödie, die Klara & er Adrian vorspielten. Er hatte keine blasse Ahnung, wie die Geschichte enden würde, ob das dritte Kapitel das letzte sein oder ob es noch ein viertes geben würde oder eher nur ein Nachwort & wenn schon Nachwort – wie würde er es anlegen? Grotesk? Feierlich? Wie lautete die Stallorder? *Positiv denken & das*

Leben bejahen. Also *happy end*. Leo hatte darin zwar keine Erfahrung, aber es war einen Versuch wert. Man braucht einen langen Atem zum Romanschreiben, dachte er seufzend & gestand sich ein, literarisch eher kurzatmig zu sein. Kein Marathonläufer, sondern ein Sprinter, & nicht einmal ein besonders schneller. Aber jetzt gab es kein Zurück mehr.

Adrian renovierte den Schuppen von Grund auf. Morsche Teile wurden entfernt & ersetzt. Vor allem das schadhafte Dach bedurfte seiner langjährigen Blaubüdel-Erfahrung. Leo musste ihm dabei Dwiddl-Dienste leisten. Zum Glück war auch Commodore Adrian von Kurzatmigkeit geplagt. Mehr als drei Stunden pro Tag schaffte er nicht. Zum Mittagessen trank er Prämonstratenser Urbock & hinterher seinen obligaten Haustrunk. Danach *Arschloch hoch Amerika* in der Hängematte auf seiner *Fini*. Kurz vorm Abendessen kam er für gewöhnlich wieder halbwegs zur Besinnung, variierte frei auf seinem Quetschbüdel, oder auf seiner Mollner Maultrommel, womit er regelmäßig Skipper verscheuchte, der sonst an Herrchens Aktivitäten gerne teilnahm, & ging danach übergangslos auf Leuthners lauwarmen Veltliner über.

Wenn Klara also die Backschaft besorgte, hatte Leo von 13 bis 18 Uhr Zeit zum Schreiben.

Während Adrian sich am Veltliner gütlich tat, musste ihm Klara vorlesen, was Leo so geschrieben hatte, aber natürlich als *ihr* Eigenes. D.h., Leo speicherte alles gerade Geschriebene auf seinem USB-Stick, das Klara dann auf ihr Notebook kopierte, damit es so aussah, als hätte *sie* es verfasst. Beim Kochen in der Kombüsenkombüse hörte Leo dann bruchstückhaft zu, wie Klara am Stammtisch Adrian vorlas & bekam auch dessen abschätzige Kommentare aus der Kombüsenschank mit. „So ein Schiet, he!", oder „Hast eben keine Ahnung von der christlichen Seefahrt, Kleines". Nach dem Essen wurde brav *(nicht B.R.A.F.)* abgebackt, Adrian sang entweder Shanties & besoff sich, besoff sich, ohne Shanties zu singen oder ging mit Haustrunkflasche & Skipper an Bord der *Fini*. In diesem Fall hatten Leo & Klara endlich Zeit für einander. „Was hat mein Vater denn so geschrieben für Zeugs, wenn er nicht gerade Witwen geschwängert oder Hippie-Tussies angebraten hat?", fragte Klara Leo eines unbarmherzig schwülen Abends. „Rodney hat nichts geschrieben, sondern nur auf Diktaphon gesprochen", erinnerte sich Leo. „Der konnte überhaupt nicht tippen. Nicht einmal mit zwei Fingern".

„Und was hat er gemacht mit den Tonbändern?"

„Sie dem Verlag geschickt. Irgendwer hat den Quatsch dann abgetippt, jemand anderer ihn ins Deutsche übersetzt, wieder ein anderen ins Spanische, einer sogar ins Chinesische, & ein weiterer hat ihn dann inszeniert auf den Bühnen aller möglichen Theater dieser Welt, von Australien bis China. Sogar in Österreich ist er aufgeführt worden", sagte Leo & war Rodney auch nach 35 Jahren noch neidig auf den Erfolg, auf den bei den Verlegern als auch auf den bei den Mädels.

„Er hat also Theaterstücke geschrieben!", war Klara ansatzweise fasziniert.

„Läppische Beziehungsgeschichten", versuchte Leo abzuschwächen. „Auf der Bühne wurde gevögelt, gestritten, geprügelt & gemordet. Die Leute scheinen das zu mögen".

„Kann es sein, dass er erfolgreich war? Oder *ist*?", fragte Klara.

„Nehme ich mal an", sagte Leo. „Ich weiß bloß nicht, wie er mit Nachnamen heißt":

Klara nahm es hin. „Muss wahrscheinlich mal mit Mami telefonieren", beschloss sie das Thema.

„Und ich wiedermal mit Marie", befand Leo & sie begaben sich, begleitet von unvorstellbar lautem Grillenzirpen, von ungeheuer aggressiven Gelsenschwärmen massiv zur Ader gelassen & umflattert von emsigen Fledermäusen, ins Seemannsheim, wo sie, auch ohne Kondom, miteinander eine überaus intensive Nacht im Schreibstudio verbrachten. Jedenfalls litt Leo anderntags an den Folgen eines leichten Glossospasmus. Kann sein, dass es nur ein Muskelkater war. Jedenfalls brannte ihm der heiße Muck auf den Schleimhäuten.

Mitte August begann Klara die von den Passagieren zurück gelassenen Gepäcksstücke aus Adrians Schuppen zu untersuchen. Es handelte sich ausschließlich um sogenanntes Handgepäck aus allen möglichen Materialien & in unterschiedlichen Designs, das man im Flugzeug durchaus in den Passagierbereich mitnehmen hätte dürfen, aber nicht auf Adrians Fähre, bzw. auf die verloren gegangene *Fini I* von Adrians Vorgänger, dem alten Hütter. Manche dieser Gebinde waren leer, alle voller Staub, Spinnweben, Mäusekötel & lebenden Populationen von Asseln & Ohrenschliefern, sodass sich Klara vor Graus sämtliche Haare aufstellten. In einigen Gepäckstücken befanden sich unter teils zusammengeknüllter, teils pedantisch klein gefalteter Schmutzwäsche verschrumpelte Seifen, verrostete Zahnpastatuben aus jener Zeit, als die noch nicht aus Kunststoff waren, ebenfalls rostzerfressen die alten austauschbaren Rasierklingen. Klara ergötzte sich an verklumpten Kosmetika & an Toilettewässerchen, die schon ein wenig eingedickt waren, an Gedichtbändchen von Lenau, Hölderlin & Goethe. Sie fand ein paar Bibeln, zwei Gummidildos & einen Vibrator mit ausgelaufener Batterie, eine Perücke, der die Mäuse sehr zugesetzt hatten, gerahmte Fotos von Angehörigen, fleckig & vergilbt, Lieblingsbücher, u.a. Segals „Love Story" & Wittgensteins „Tractatus logico- philosophicus", sowie Taschenlampen, Nagelscheren, allesamt verrostet, nicht mehr gebräuchliche Schilling-Banknoten, zu ihrem großen Entsetzen sogar ein mumifiziertes Meerschweinchen, weiters diverse Flachmänner, alle leer, längst ungültig gewordene Scheine irgendwelcher Anleihen aus den 60ern, unzählige Auto-, Haus- & Wohnungsschlüssel & in einem kleinen Lederköfferchen ein hart gebundenes Tagebuch, dessen Seiten, bis auf zwei, herausgerissen waren. Auf der vorletzten stand in Blockbuchstaben: *LEBEWESEN SIND STERBEWESEN,* auf der letzten befand sich eine Zeichnung, durchaus Kubin-Nachfolge, befand Leo, schwarzer Fluss in schwarzer Nacht mit nicht ganz so schwarzer Fähre beim Übersetzen ins Jenseits & ein schwacher Schimmer Mondenschein, leider keine Signation.

Abschiedsbriefe waren überhaupt keine darunter gewesen. Die Leute hatten alle schon vor ihrer Abreise von zu Hause mit allem abgeschlossen... Die Nekrothek der Fährstation Finstern nahm Gestalt an. Klara zeichnete Konstruktionsskizzen für Vitrinen, Regale & Bilderrahmen, nach denen Adrian dann zu

Werke gehen konnte. Leos Auswortung des zweiten Kapitels war bis Seite 20 gediehen. Zeit, seinen potentiellen Verlegern den Text auf Datenträger zukommen zu lassen & auch ein bisschen nachzuwassern, wo denn seine Diäten von Land & Diözese blieben. Er hatte auch nichts gegen einen bewusstseinserweiternden Umtrunk & einen sowohl sozialen als auch gedanklichen Austausch mit den Rodrix´ *(möglicherweise müsste es korrekterweise* Rodrices *heißen)*. Klara chauffierte ihn nach Mitteraach, während sich Adrian seinem Nachmittagskoma hingab. Leider war der Klosterladen geschlossen. Leo warf das Kuvert mit dem neuen USB-Stick in den zum Shop gehörigen Postkasten & klebte außen einen Memo-Zettel mit der Beschriftung „Gruß von Leo, der sehr fleißig war" an. Die überaus umsichtige Klara hatte zwei leere 30-Liter-Kanister mitgenommen, die sie am Mitteraacher Dorfbrunnen mit Trinkwasser befüllten. In Finstern war die Quelle aufgrund der Dürre nämlich bereits am Versiegen. Auch Oberaach litt unter der Dürre. Dort war das „Beach-and-Fun-Ressort" wegen Veralgung vorübergehend geschlossen worden. Im Seemannsheim durfte nur mehr jeden zweiten Tag geduscht werden.

Klara lief die ganze Zeit über ausschließlich im Bikini herum. Leo fand das anregend, Adrian wurde brunftig. Die beiden Männer stritten förmlich darum, Klara alle paar Stunden mit Sonnenmilch Lichtschutzfaktor 30 einzuschmieren. Adrian trug hässliche Bermudashorts im Stars-and-Stripes-Design, wochenlang ein & dieselben. Nicht nur aus optischen Gründen hätten sie bisweilen gewechselt gehört. Sonst war er nackt.

Sein Kugelbauch war weiß behaart, sein Rücken mit einem nicht besonders professionellen Elvis-Tattoo verziert. Auch Leo kleidete sich hochsommerlich, fand seinen Oberkörper jedoch nicht dermaßen attraktiv, dass er ihn hemmungslos hätte herzeigen wollen. Skipper in seinem schwarz verfilzten Wollpelz hatte seine liebe Not mit der Affenhitze. Die Tümpel, in denen er sich zu suhlen pflegte, waren ausgetrocknet. Klara musste ihn stündlich mit Wasser aus dem Kanister begießen wie einen gestrandeten Zahnwal, damit er nicht hyperventilierte. Er war sehr dankbar dafür & bewegte sich nur sehr sparsam. Die Treppen in die Kombüse hinauf ließ er sich beispielsweise gerne tragen. Klara & Leo bewerkstelligten diesen Job gemeinsam, wobei sich Leo einmal einen Hexenschuss einhandelte, der ihn derart beeinträchtigte, dass selbst der illuminierte Adrian Mitleid mit ihm empfand & ihn vorübergehend von seinen Dwiddldiensten entband. Arme Klara, die jetzt den Trinkwassertransfer zusammen mit Adrian zu bewerkstelligen hatte. Wie sie Leo hinterher immer erzählte, war ihr der gute Commodore dabei immer ein wenig an die Wäsche gegangen. Als sie die Übergriffe erfolgreich abwehren hatten können, habe sich Adrian zu der Bemerkung hinreißen lassen, dass sie, wie er ohnehin schon von Anfang befürchtet hätte, eine Lesbe sei, der vor Männern ekle. „Er ist einfach nur ein bisschen notgeil & frustriert, weil du ihn nicht ranlässt", sagte Leo. „Mach ihm bloß keine falschen Hoffnungen", legte er ihr nahe.

„Liebling, wofür hältst du mich eigentlich?", erregte sich Klara. „Der is ja *noch* älter als du!"

Da beschloss Leo, Marie einen ausführlichen Brief zu schreiben.

Als er damit fertig war, hatte sich auch sein Hexenschuss gebessert. Also auf nach Mitteraach, Trinkwasser bunkern & das Postamt konsultiert. Ein gigantischer Flop. Das Postamt „wegen Umbau vorübergehend geschlossen" & der Dorfbrunnen versiegt. Klara bot Leo ihr Handy an. Der Speicher war allerdings leer. Da der Rodrix-Laden wie gewohnt verwaist war, verließen sie bedrückt & unverrichteter Dinge das Geisterdorf Mitteraach, das eigentlich ein Geister-*Markt* war, & versuchten ihr Glück in Oberaach. Dort hatte immerhin der ADEG die Postamtsfunktion übernommen & Leo konnte seinen Brief frankieren & aufgeben. Trinkwasser bekamen sie an der Tankstelle mit dem grauenhaften Automatenkaffee. „Was hast du ihr denn so geschrieben?", fragte Klara bei der Heimfahrt.

„Dass es heiß ist wie in Tansania…"

„Wieso ausgerechnet Tansania?"

„Weil dort der Kilimanscharo steht, den Marie sehen will, solang noch Schnee auf ihm ist… & dass sie… dass unsere Familie… dass Marie trotz allem mein Zuhause ist", antwortete Leo zaghaft. „Ich meine, weil wir, du & Adrian & ich, weil wir im Grunde genommen *keine* Familie sind. Und ich habe ihr geschrieben, dass ich heimkehren will zu ihr, in unsere Wohnung, mich bessern will, nicht mehr so viel grübeln & literarisch kürzer treten & dass ich endlich ernten will, was ich gesät habe."

„Ich glaube, ich muss auch wieder mal heimkehren", murmelte Klara & zweigte von der Bundesstraße, wo der in Wirklichkeit gar nicht existierende Kastanienbaum aus Leos Bewerbungsgeschichte gestanden war, mit quietschenden Reifen in den Zubringer nach Finstern ab. Sie fuhr aggressiv. Hinter dem Pickup eine gewaltige Staubwolke, die Wasserkanister polterten & rutschen auf der Pritsche hin & her. Leo hielt sich am Notgriff überm Seitenfenster fest. Skipper erwartete sie schon sehnsüchtig am „arkplatz" & genoss das anschließende Duschbad aus den Oberaacher Wasserkanistern. Adrian lag in komatösem Tiefschlaf.

Halbzeit. Die ersten drei Monate waren um, die Nekrothek fast fertig, ebenso Leo mit seinem Roman. Es war Herbst geworden, ohne dass man es gemerkt hatte. Aus der endlich trocken gewordenen Hitze wurde wieder eine mit extremer Luftfeuchtigkeit. Skipper verzweifelte schier auf der Suche nach einem halbwegs kühlen Plätzchen zum Durchhalten. Der tätowierte Commodore schwitzte, roch dementsprechend säuerlich & hielt nach wie vor Ausschau nach Bewölkung. Leo & Klara besorgten in verlässlicher Regelmäßigkeit Trinkwasser. Nachdem es auch in Oberaach keines mehr gab, organisierten sie es eben in Unteraach. Im Seemannsheim herrschte absolutes Duschverbot. Leo & Klara mussten einander mühselig mit der Gießkanne, die sie aus dem Kanister befüllten, abschwabbeln.

Dann begann die erhitzte, ohnehin schon elektrische Luft noch elektrischer zu werden. „Da ionisiert sich was zusammen!", verkündete Adrian. Der Himmel wurde bläulich gelb, irgendwie schwefelig. Wolken waren weiterhin nicht zu sehen.

Abends dann, kurz vorm Abendessen, es sollte Serrano-Schinken mit Honigmelone & hausgemachtem Fladenbrot geben, als Nachspeise Rhabarber-Sorbet, plötzliche Verfinsterung… Wie auf Kommando schwieg die Natur mit einem Mal. Als gäbe es so eine Art Dirigenten über allem, der Zeichen gibt, die alle Lebewesen verstehen, Pflanzen & Tiere, bloß die Menschen eher weniger. Kein Rascheln, kein Zwitschern war mehr zu hören. Nur lähmende Stille. Dann eine blaugraue Wolkenbank aus Südwest, sehr tief hängend. Wie aus dem Nichts blitzte, donnerte & krachte es. Allerdings noch ein Stück entfernt. „Die Flut", rief Adrian vor Aufregung japsend, „Jetzt geht´s uns ans Geimpfte!". Er schnappte sich seine Traunviertler Maultrommel & rannte damit auf die Mole hinunter. Gleich drauf ging es tatsächlich los. Skipper war alarmiert. Mit dem ersten Donnern war er aus seinem Hitzestupor erwacht, galoppierte auf die Kombüsenterrasse hinaus, jaulte & kläffte dem Unwetter entgegen. Man sah in den untergehenden Sonnenstrahlen im Hintergrund kataraktartig Regen niedergehen. Das Zwielicht veränderte sich, die Wolken wurden immer dunkler, senkten sich auf Finstern herunter wie ein Topfdeckel & verfinsterten den Himmel vollends. Die nunmehr bleigraue Masse waberte, dehnte & öffnete sich. Man konnte sehen, wo die Blitze herkamen, die ringsum einschlugen. Klara rannte ins Seemannsheim hinauf, die Bullaugen schließen. Leo staunte fasziniert in den wild gewordenen Himmel empor & Adrian setzte unten zu einem befremdlichen Regentanz an, halb nackt, im Mund seine Mollner Maultrommel, unter der Achsel die vorletzte Flasche Haustrunk, in der Spielhand, zwischen Zeige- & Mittelfinger ein Virginier-Stummel. Die erste Bö fetzte übers Aachbrücker Hafengelände. Dann ging es von allen Seiten brutal los. Erste Tropfen fielen auf die Idylle. Dann Pause. Dann die nächsten. Sehr vereinzelt, aber fett. Dann der erste

Blitz. Er traf Trams, ganz weit drüben. Adrian freute sich diabolisch: „Es hat ins Jenseits eingeschlagen! Hollari Hollaro!". Der zweite landete eingangs des alten Hafenbeckens von Finstern. Irgendein Eisenteil hatte ihn wohl angezogen. Adrian hüpfte weiterhin draußen im Freien herum wie ein Faun, rauchte, soff & spielte monoton seine Maultrommel. Klara & Leo zogen sich lieber in die Kombüse zurück. Skipper schloss sich ihnen winselnd an. Die Blitzeinschläge kamen näher & näher. Die Lage wirkte bedenklich. Es donnerte wie Artillerie, die einen massiven Angriff der Bodentruppen vorbereitet. Klara fürchtete sich & suchte Schutz bei Leo, der sich ebenfalls fürchtete, aber sich davon ablenkte, indem er Skipper zu beruhigen versuchte. Die Kombüse erzitterte unter den Kanonenschlägen, wankte jedoch nicht. „Um Himmels Willen!", stieß Klara gepresst aus, während sie angstvoll aus einem der Bullaugen auf den ausflippenden Adrian & dessen *Fini* spähte. „Was ist, wenn der Blitz in *Finis* Mast einschlägt?!"

„Eher ins Seemannsheim. Das ist ja viel höher", beschwichtigte sie Leo, den tremolierenden Skipper streichelnd. *Logik kann manchmal enorm tröstlich sein.* In diesem Moment erhellte sich das Szenarium draußen derart gleißend, dass Klara kurzfristig geblendet war & „Leo! Leo!" schrie. Mitten hinein in einen Donnerschlag, der das Seemannsheim auf seinen dünnen Ziegelstelzen erbeben ließ wie ein Erdbeben. Flaschen fielen aus den Regalen der Kombüse, in der Kombüsenkombüse ging ein Tellerstapel zu Bruch, Bilder fielen von den Wänden, die Lampen tanzten wie verrückt. Das Gewitter machte Finstern seine Aufwartung. Leo ließ Skipper los, der sich sofort ins Eck unter der Stammtischsitzbank verzog, & kümmerte sich um Klara, die am Bullauge stand, im Gesicht kalkweiß war & gerade zur Salzsäule erstarrte. „Klärchen, was ist?!", fragte er in äußerster Sorge. Sie brachte keinen Ton heraus, sah nur paralysiert aus dem Bullauge nach draußen... Da unten lag Adrian unnatürlich verkrümmt auf der Mole & zuckte noch ein paar Mal kurz. Dann regte er sich nicht mehr... „Der Blitz...", stammelte Klara... Sie hatte mitansehen müssen, wie Adrian vom Blitz getroffen worden war. In diesem Moment setzte sturzflutartig & dicht wie ein Brokatvorhang der Regen ein. Man sah nichts mehr als diesen Katarakt.

„Wir müssen ihn bergen!", kreischte Klara. „Zuerst den Notarzt!", schrie Leo, während sie aus der Kombüse hinaus in das Gewitterinferno rannten. Klara betätigte den Notruf. Keine Verbindung. Dafür wurde ihr Handy nass & gab seinen Geist auf. Sie warf es weg. Leo rutschte auf der letzten Stufe der Seemannsheimtreppe aus & landete in einer knöcheltiefen Pfütze auf seinem angeschlagenen Kreuz. Das hatte jetzt mit Hexenschuss nichts mehr zu tun. Klara stolperte über Leo & prellte sich bei der harten Landung beide Handwurzeln. Sie rappelten sich mühsam wieder hoch & wankten, einander stützend, Adrian zu Hilfe, dem allerdings nicht mehr zu helfen war. Der Blitz hatte sich ausgerechnet Adrians Mollner Maultrommel als Entladepunkt ausgesucht, Adrians Atmung stillgelegt, ihn innerlich verbrannt & sein Herz dermaßen zum Flimmern gebracht, dass diesem gar nichts anderes übrig geblieben war, als zu schlagen aufzuhören. Das alles in Millisekundenschnelle. Leo & Klara bot sich ein erschütternder Anblick. Adrians Augen standen weit offen & quollen etwas aus der Öffnung, die

Lippen sahen aus wie beim Kochen zerplatzte Würstchen, die ursprünglich blanke Maultrommel, schwarz vor Russ, immer noch dazwischen, aus Adrians nackter linker Ferse qualmte es aus einem Loch, nicht größer als der Durchmesser einer Zigarette.

Klara & Leo standen nebeneinander über Adrians triefend nassem Körper gebeugt, jeder einen Arm um den andern gelegt & bis auf die Haut durchnässt. Beide zitterten. „Und Moses streckte seinen Stab aus gen Himmel & Jehova sandte Donner & Hagel, & Feuer fuhr zur Erde", sagte Leo mit vibrierender Stimme. Klara flüsterte mit Tränen in den Augen, die sich mit den Regenwasserrinnsalen, die ihr übers Gesicht liefen, vermischten: „Lebewesen sind Sterbewesen!"

Wie sie gerade dabei waren, den glitschig nassen Leichnam zu fassen zu kriegen, um ihn ins noch trockene offene Untergeschoß des Seemannsheims zu schaffen, kam Skipper dahergaloppiert & führte sich angesichts seines verblichenen Herrchens auf wie ein sizilianisches Klageweib. Was die Bergung erheblich erschwerte. Endlich im Trockenen angekommen, lief das Wasser bereits von ringsum auf den etwas tiefer liegenden Estrich. Leo & Klara setzten den schlaffen, gut 100 Kilo schweren Commodore-Körper mit letzter Kraft in den einstmals bordeauxrot bespannten alten Liegestuhl. „Was jetzt?", fragte Klara. „Das wollte ich auch gerade fragen", sagte Leo. Beide waren völlig entmutigt. Skipper hörte nicht auf, Adrian abzulecken. Klatschnass wankten Klara & Leo die Treppen zur Kombüse hinauf. Skipper ließen sie Abschied nehmen von seinem Herrchen.

In der Kombüse frottierten sie sich erstmal einigermaßen trocken, zündeten Kerzen an & erhoben die Schnapsgläser auf Adrian. „Freund Hein hat ihn zu einem wichtigen Meeting abgeholt", sagte Klara. „Gibt es eigentlich einen speziellen Himmel für Seelexn?", fragte Leo. Klara schüttelte heftig den Kopf, dass ihre feuchten Haare flogen. „Seelexn kommen prinzipiell alle in die Hölle", verkündete sie irgendwie stolz. Sie stießen an & tranken aus.

Polizei & Notarzt konnten nicht alarmiert werden, da Klaras Handy irgendwo vorm Pfahlbau in einer Schlammpfütze abgesoffen war. Über die schmale Treppe würden sie es nie & nimmer schaffen, die Leiche hoch zu schleppen, um sie zu reinigen, zu trocknen & pietätvoll aufzubahren. Weder Leo noch Klara hatten Erfahrung mit frisch Verstorbenen. Sie überlegten, was sie diesbezüglich jemals gehört, gelesen oder im Fernsehen oder im Kino gesehen hatten. Klaras Hauptsorge war, dass sich Adrians Schließmuskel lockern würden & Harn & Kot ihn noch zusätzlich verunreinigen könnten. Leo konnte das nicht ausschließen. Sie beschlossen halbherzig, ihn fürs Erste im Liegestuhl unten liegen zu lassen. „Aber man muss ihm die Lider über die Augäpfel ziehen & mit Münzen beschweren, dass die Augen auch zu bleiben", fiel Leo noch ein. Davon hatte Klara auch schon gehört. „Einem Toten ist es sicher egal, wenn er nass wird", meinte sie, „Oder hast du schon von einer Leiche gehört, die sich verkühlt hat?"

„Frohsinn im Herzen / die Sinne so leicht / nie wieder Schmerzen / das Ziel ist erreicht", zitierte Leo seinen Trauermarsch vom Tag seiner Ankunft in Finstern. „Kenn ich nicht. Ist das von dir?", fragte Klara. „Gefällt es dir?", wollte Leo sofort wissen.

„Ist wahrscheinlich wie *Daddeldu machen*", sinnierte Klara. „Was? Dichten oder tot sein?", fragte Leo, ein wenig gekränkt in seiner literarischen Eitelkeit. Klara ging darauf nicht ein. „Oder *Arschloch hoch Amerika*, & zwar in alle Ewigkeit", sagte sie.

„Trotzdem solltest du, wenn der Monsun ausdünnt, nach Mitteraach hinauf fahren & jemandem im Gemeindeamt sagen, was passiert ist", schlug Leo vor. „Ich gebe inzwischen auf Skipper Acht, damit er nichts Unbedachtes tut".

„Meinst du, er könnte Adrian anknabbern?", fragte Klara bange. Leo musste lachen.

„Eher davonlaufen & ebenfalls vom Blitz getroffen werden", sagte er.

„Und ausgerechnet *du* schaffst es, ihn davon abzuhalten!" Jetzt musste Klara lachen. „In Wirklichkeit kannst du eben einfach nicht Autofahren", sagte sie.

„Jetzt geht *das* wieder los…", darauf Leo zähneknirschend & die Augen verdrehend.

„Tranquilo, querido", tröstete ihn Klara, strich ihm übers nasse Haar & küsste ihn. Sie küssten sich, bis sie keine Luft mehr bekamen. Regenküsse schmecken einfach außergewöhnlich gut.

„Außerdem solltest du *Finis* Turbodiesel anwerfen. Das kann ich nämlich ebenso wenig wie Pickupfahren", stieß Leo atemlos aus. „Wir brauchen dringend ein paar Kilowatt!"

Erst das Gemeindeamt Mitteraach, einigten sie sich, „sobald >der Monsun ausdünnt<", spöttelte Klara. Er dünnte jedoch nicht aus, im Gegenteil, er legte zu. Zuckerwürfelgroße Hagelschlossen prasselten hernieder &

bildeten ansehnliche Eishaufen auf Kombüsenterrasse, Mole & auf *Finis* Deck. Wahrscheinlich dem lieben Verblichenen zu Ehren, der ja die ganze Zeit über von einem Unwetter biblischen Ausmaßes geredet, es geradezu herbeigeredet hatte. Klara brach trotzdem auf. Leo begleitete sie zum „arkplatz". Als Regenschutz hatten sie sich das alte Ölzeug von Adrian & dem alten Hütter übergezogen, Klara das vom Hütter, weil der schon länger tot war als Adrian. Irgendwie schien ihr vorm frischen Tod zu grausen. Die Hagelkörner trommelten ihnen auf die Kalotte, dass ihnen Hören & Sehen verging. Die untersten Treppenstufen standen bereits unter Wasser. Adrians Hinterteil im Liegestuhl war ebenfalls schon geflutet, auf Adrians Schoß der nasse Skipper, zur Rie-senschnecke zusammengerollt & zitternd wie Espenlaub. Leo bewunderte insgeheim die Robustheit dieses Gartenmöbels. Das Beiboot, das seit Leos Ankunft in Finstern neben dem Liegestuhl am Trockenen gelegen war, hatte Wasser unterm Kiel bekommen & tänzelte um jenen Pfahl, an den es angebunden war. Was für ein Szenario, begeisterte sich Leo. Zerberos auf dem Schoß des vom Blitz erschlagenen Charon! Wenn der Roman jemals verfilmt würde, wäre das hier das Schlussbild, über das der Nachspann läuft, malte er sich aus & bedauerte, keinen Fotoapparat dabei zu haben.

Der „arkplatz" war nicht weniger überschwemmt. Eigentlich logisch, dass der Pickup nicht ansprang. Dafür wenigstens die *Fini*, Punkt 2 der Prioritätenliste: Strom. Erstmals konnten sie Adrians Allerheiligstes ungehindert betreten. Der Alte hatte Leo geradenmal das Deck schrubben lassen & die Planken lackieren. Es war für beide ein seltsames Gefühl. Was hatte Adrian vor ihnen zu verbergen gehabt? Warum hatte er ihnen sein Refugium nie gezeigt? Erstmals durfte Klara den 220 PS-Cummins anwerfen. Er sprang beim ersten Mal an. Klara brachte ihn auf Touren & jauchzte dabei. Nach kurzer Zeit flammten drüben im Seemannsheim die Lichter auf, anfangs flackernd, dann gleichmäßig. Leo sah durchs Bullauge aus Adrians Kajüte, wie Skipper am Schoß den toten Adrians den Kopf hob & zu ihnen herüber schaute, sobald der Diesel zu tuckern angefangen hatte. Klara & Leo verspürten beide große Lust, Adrians Privatkram zu durchwühlen, konnten sich jedoch gerade noch am Riemen reißen, um sich weiterhin der Bewältigung des herrschenden Ausnahmezustands zu widmen. Ein Blitzopfer durfte einfach nicht zur Wasserleiche verkommen.

„Wir legen ihn ins Dingi!", hatte Klara die erleuchtende Idee.

Leo füllte den Kübel, den er üblicherweise zum Schrubben der *Fini*-Decks benützt hatte, bis zum Rand mit den Hagelwürfeln, trug ihn in die nunmehr heimelig beleuchtete Kombüse hinauf & zwängte 2 Bouteillen Veltliner zwischen die Eisbrocken. Klara organisierte stapelweise Frotteetücher aus dem 2. Stock. Sie legten einander wieder einmal so trocken wie möglich, wärmten sich innerlich mit Haustrunk, zogen sich nackt aus, weil sie ja nicht ununterbrochen die Wäsche wechseln wollten, wärmten sich also auch äußerlich aneinander & machten sich anschließend unter dem Seemannsheim an ihre pietätvolle Arbeit, Leo mit zwei 50 Centmünzen zwischen den Zähnen (wohin hätte er sie sonst stecken sollen), Klara mit einem Packen Wolldecken aus dem Massenquartier. Sie standen bis zur Hüfte in der Flut, während sie Adrians Leichnam, der im Wasser angenehm leicht war, aber außerhalb widerlich schwer, sozusagen umbetteten. Zuvor hatten sie aus dem Dingi das Sitzbrett entfernt & eine der kratzigen Decken hineingelegt. Gemeinsam hoben sie den massigen Corpus, der jetzt nicht nur glitschig war, sondern auch seltsam steif & sich obendrein eiskalt anfühlte, aus dem Liegestuhl & transferierten ihn auf „eins, zwei, drei" ins Beiboot, wo ihn Klara dann liebevoll bettete, wie man sagt, betten, mit Händefalten überm Bauch, Haarekämmen & Trockentupfen. Wegen der einsetzenden Leichenstarre kam dieses liebevolle Betten ohne Gewaltanwendung allerdings nicht ganz aus. Augenschließen ging nur mehr bei einem Auge, dessen Lid Leo sofort mit 50 Cent fixierte, das andere ließ sich schon nicht mehr bewegen, so sehr sich die beiden auch bemühten. Also schnappte sich Klara eins der vorüber schwimmenden Pappelblätter & legte es ihm liebevoll drüber. Leo hatte sich somit einen halben Euro erspart. „Glaubst du, dass er einen Priester braucht?", fragte Klara allen Ernstes. „Der kann jetzt nicht, weil er gerade in Prémontré beim Meditieren ist", sagte Leo undeutlich, weil von der Münze im Mund behindert. Nachdem Klara Adrian mit einer weiteren kratzigen Decke bis unter die Nase zugedeckt hatte, begaben sie sich vor Kälte scheppernd in die Kombüse, wo sie einander liebevoll die Geschlechtsteile abtrockneten, sich trockene Unterhosen anzogen, darüber Leggins bzw. warme Jogginghosen & Pullover, Leo im Kombüsenofen ein Feuerchen entfachte & Skipper winselnd wieder auftauchte, am ganzen Leib zitternd, vom Schicksal arg gebeutelt & extrem liebesbedürftig. Auch *sein* Geschlechtsteil wurde trocken gerubbelt. Leo goss ihm Premonstratenser Urbock in seine Wasserschüssel. Skipper schlabberte das Seidel mit gierigen Zungenschlägen in sich hinein & war im Handumdrehen eingeschlafen. Klara & Leo kauten lustlos am Serrano-Schinken. Fladenbrot & Rhabarbersorbet entfielen vollends. Kurz nach Mitternacht wagten sie sich, im Ölzeug der alten Fergen, auf die Kombüsenterrasse hinaus. Im Lichtkegel von Adrians Halogenstableuchte nahmen sie die Bescherung in Augenschein. Das Gewitter war zwar vorüber, es goss aber immer noch wie aus einer gigantischen Batterie unzähliger Hochdruckreiniger. Damit hatten sie wohl gerechnet. Aber nicht mit der Schnelligkeit des Wasseranstiegs. Innerhalb von knapp fünf Stunden war die Flut bis etwa einen Meter unter Terrassenniveau angestiegen. Nicht nur das Dingi mit Adrians Leiche, auch *Fini* hatte längst Wasser unterm Kiel. Nervös zappelte sie in Adrians Trockendockkorsett, das nicht mehr lange stabil bleiben würde. Man hörte *Finis* Taue & die Gummifender bis zur Kombüse hinauf knirschen, quietschen & ächzen. Klara & Leo waren entsetzt. Wie hätten sie auch wissen können, dass man in Oberaach aus Angst vor Überflutungen die alte Schleuse geöffnet hatte…

 Klara wäre jetzt gerne zur *Fini* hinüber gerudert. Aber das Dingi war ja besetzt. Leo wiederum wäre mit dem Dingi lieber nach Unteraach hinunter gerudert, um Hilfe zu organisieren. Es lag also auf der Hand, dass erst einmal Adrian aus dem Boot raus & hinauf musste ins Seemannsheim. Und das mit verrissenem Kreuz & zwei geprellten Handwurzeln. Bevor die beiden noch den Einsatz des Dingis ausdiskutierten, klärten sie wieder einmal die Prioritäten. Seemannsheim – nein danke. Alternative – Kombüsen-Speisekammer. Aber erst leer räumen. Wohin mit den zahllosen Leerflaschen? Sie warfen sie ins Hochwasser. Als sie damit fertig waren, war ihnen auch der Wasserstand entgegen gekommen. Er hatte jetzt beinahe die Terrasse erreicht. Unter Ächzen & Stöhnen zerrten sie den inzwischen völlig versteiften Adrian samt den schwammartig voll gesogenen Kratzdecken auf die Terrassenbohlen hinüber & schleiften ihn durch Kombüse & Kombüsenkombüse in die Speis. Sie mussten ihn diagonal legen & ein wenig biegen, damit die Tür wieder zuging. Danach: Ölzeug ausziehen, sich & einander am Ofen wärmen, Veltliner trinken & überlegen, wer wohin mit dem verdammten Dingi schippern sollte. Der Wein war schrecklich kalt & die Debatte beinhart. Klara beendete sie als Siegerin. Als sie darauf anstießen, wurden sie von einem lauten Knall, dem kurz darauf zwei weitere folgten, aus der Notfallidylle gerissen…

Fini hatte sich nicht nur aus ihrem Korsett, sondern auch aus ihrer Vertäuung befreit. Die drei Taue waren entzwei & *Fini* bewegte sich gerade im Sog der auferstandenen Aach in ballettesken Halbdrehungen der alten Aachbrücker Hafenausfahrt zu, unbemannt, immer noch tuckernd & Kilowatts produzierend. „Halt mich fest!", bat Klara Leo, der ihr gern den Gefallen tat. Dann riss das Kabel. Finsternis allüberall. Die Regenkaskaden prasselten, Klara schluchzte, *Fini* tuckerte, immer leiser werdend, davon & verschwand wie ein Geisterschiff in Nacht & Regen. In Leo stieg die Wut hoch. „Du Scheißuniversum!", brüllte er in den schwarzen Himmel hinauf. Das Dingi prallte in unregelmäßigem Rhythmus ans Geländer der Seemannsheimterrasse. Das Regenwasser darin wurde minütlich mehr…

Anderntags war aus dem Katastrophenregen ein ganz normaler, gleichmäßiger Landregen geworden. Das Hochwasser hatte etwa 2m80 erreicht & zu steigen aufgehört, die Seemannsheimterrasse somit vorübergehend in Sicherheit. Leo konnte sich mit dem Geräusch der unter den Holzbohlen gluckernden Wellen anfreunden. Das Dingi musste allerdings ausgeschöpft werden. Das war die Strafe für das *Scheißuniversum.* Leo schöpfte & entschuldigte sich höflich. Es sah alles in allem ziemlich gut aus für den Ausgang seines Textes.

Von *Fini* war weit & breit nichts zu sehen. Klara litt darunter. Auch Skipper war ganz aus dem Häuschen, wie man sagt, irritiert & ungewöhnlich in seinen Reaktionen. Er zippelte & zappelte & jaulte laut & ausdauernd, fastete rigoros, erstens, weil er wegen des Hochwassers nicht mehr jagen konnte, zweitens, weil ihm weder das eingedoste Kaninchen mit Leber, noch das Senioren-Schälchen mit zartem Kalbsfilet & Erbsen schmeckte, & drittens, weil er um Herrchen trauerte. „Der flippt ja total", kommentierte Klara seinen Zustand. „Die beiden waren schließlich jahrzehntelang Partner", meinte Leo, „In guten wie in schlechten Zeiten."

„Würdest du auch so flippen, wenn deine Marie das Zeitliche segnen würde?", fragte Klara ernsthaft. Leo nickte. „Obwohl… ich jaule saumäßig schlecht", sagte er.

Vorm Frühstück beheizte Leo wieder den Bullerjahn & machte sich an die Karlsbader Muck-Zubereitung, als draußen das Tuckern eines Außenborders den Geräuschvorhang aus Regen, Wassergluckern & prasselndem Überlauf aus der verstopften Dachrinne durchbrach. Es wurde langsam lauter. Skipper stürzte grässlich bellend an die Tür, öffnete sie mit seiner rechten Riesenpfote, war mit zwei gewaltigen Sätzen an der Terrassenreling, stellte seine Nackenhaare auf wie eine Kragenechse auf Freiersfüßen, knurrte orgelnd & kläffte zwischendurch, dass einem das Trommelfell vibrierte. Auf dem ehemals staubtrockenen Aacharm, der von Finstern auf den offenen Strom hinaus & letztendes nach Trams hinüber führte, näherte sich eine Motorzille mit fürzelndem Diesel dem Seemannsheim. Klara & Leo, beide mit einer Schnitte Zwieback, darauf fingerdick Quittenmarmelade, folgten Skipper an den zum Pier mutierten Treppenabsatz. Leo war überwältigt vom Szenarium. Ein zur Mangrove verkommener Auwald, reichlich Treibgut auf dem Lagunenwasser, Bruchholz, Styropor, Flaschen & Bestandteile von Wassersportgeräten, halbe Surf-Bretter, ein einzelner Wasserschi, Wasserbälle & eine rosarote Tupperware-Schachtel, möglicherweise Gurkensalat beinhaltend. Dazu dieses geradezu dramatische Auftauchen & Näherkommen der Zille, auf der man durch den Regenvorhang drei Personen verschwommen ausmachen konnte. Vorne am Bug Max Rodrix in knallgelbem Südwester & Vollgummimontur, halb aufrecht, in Bereitschaft, Leo das Tau zuzuwerfen, hinter ihm auf der Bank sitzend, Soleil, mit Regenschirm im Trachtendesign, Plastikregencape & Gummistiefeln mit Blümchenmuster, keine Kopfbedeckung. Am Außenbordmotor ein behelmter Feuerwehrmann in orange-silbrig gestreiftem Overall. Max winkte euphorisch, als er Klara & Leo auf der neuerdings zum Pier umfunktionierten Terrasse auftauchen sah. Der Marmeladezwieback in Klaras & Leos Hand wurde nass. Sie winkten zurück. Klara entfernte einen Zwiebackbrösel von Leos Mundwinkel. Dann legte die Zille an. Leo schob sich den Zwieback in den Mund, um die Hände frei zu haben, fing Maxens Tau auf & band es um das einer Reling nachempfundene Terrassengeländer. Klara war entsetzt, wie Leo das Tau knotete, drängte ihn zur Seite, öffnete seine infantile Schnürsenkelmasche & zeigte ihm, was ein *halve slag* ist. Es folgten improvisierte & von den Umständen beeinflusste Begrüßungsimprovisationen. Besucher & Besuchte suchten eiligst die gemütlich erwärmte & nach Karlsbader Kaffee duftende Kombüse auf, inklusive Skipper, der ein wohlwollendes Auge auf Soleil geworfen hatte, aber auch Interesse an Klaras angeknabbertem Marmeladenzwieback zeigte. Schwupps hatte er ihn ihr aus der Hand gestiebitzt.

„Wie geht es euch? Wir dachten, ihr seid schon abgesoffen! Die Idioten in Oberaach haben nämlich ihre beschissene alte Schleuse geöffnet, damit denen ihr verbrunztes Kinderfreibad keinen Schaden nimmt. Wir haben unterwegs eure Fähre gesehen…", schoss Max Rodrix, während er sich vom Ölzeug befreite, maschinengewehrartig seine Infos ab. „Wie geht´s *Fini?*", fragte Klara wie eine besorgte Mutter. Den Verlust des Zwiebacks hatte sie gar nicht mitgekriegt.

„Bedaure", antwortete Max keuchend, „Hat sich um einen Brückenpfeiler der Aachbrücke in Unteraach gewickelt. Havarie. Vielleicht kann man sie bergen, wenn das Sauwetter nachlässt. Aber auch nur, wenn die *Fini* solang durchhält. Die Strömung ist nämlich ziemlich garstig".

Der Feuerwehrmann erkundigte sich, ob sie soweit versorgt wären & was sie bräuchten. Darauf zeigte ihm Leo den in der Speisekammer zwischen Erdäpfelkisten & Delikatessgurkengläsern verspreizten Adrian. Das Pappelblatt klebte immer noch auf seinem Auge. Der Feuerwehrmann war entsetzt & informierte die Einsatzleitung per Funk über den Fall. Die Strompolizei würde mit einem Schnellboot so rasch als möglich vorbeischauen, ihnen ein Notstromaggregat, Trinkwasser, ein Notpaket mit Grundnahrungsmitteln & Medikamenten bringen & die Leiche mitnehmen, versicherte er ihnen, bestieg die Zille & legte ab. Der Außenborder klang wie ein auffrisiertes Moped, als der Feuerwehrmann Gas gab. Max & Soleil blieben im Seemannsheim & warteten gemeinsam mit Klara & Leo auf das Polizeiboot.

Bei Karlsbader Kaffee & Quittenzwieback machten sie es sich in der Kombüse gemütlich. Soleil graulte den nassen Skipper leicht pikiert hinter den Ohren. „Immer noch besser, als von ihm geküsst zu werden", beruhigte sie Leo. Dann zückte Max drei klein gefaltete Papierstücke, entfaltete feierlich jeden Zettel einzeln & strich ihn auf der Stammtischplatte glatt. Es waren Kopien von Kontoauszügen, aus denen hervorging, dass Max den Masseverwalter der verschuldeten Probstei weichgeklopft & ihm im Sinne der regionalen Literaturförderung & zwecks Einhaltung eines gültigen Rechtsvertrags zumindest die Diäten für 4 Monate herausgerissen hatte. Als Max dann dem Landeskulturamt, das ja von Haus aus nur hatten zahlen wollen, wenn „die Pfaffen vom Kulturreferat der Probstei Mitteraach" (Diktion Max Rodrix) auch garantiert mitzogen, mit den

Überweisungsbelegen vor der Nase herum gewedelt hatte, hatten die nicht anders können, als gute Miene zum bösen Spiel zu machen, & ihrerseits ihre Außenstände beglichen. Leo freute sich. Er hatte jetzt 2400 Euro auf seinem PSK-Konto & empfand so etwas wie irdisches „Glück", d.h. eher Erleichterung als Euphorie. So ungefähr stellte er sich „die Ernte des Früchte tragenden Saatguts" vor, wie er Marie geschrieben hatte. Er hoffte inständig, dass das Mitteraacher Postamt auch irgendwann einmal wieder geöffnet haben würde bzw. der Bankomat vom Hochwasser nicht beschädigt worden war.

Max fing an, Leo bezüglich des Buches Wünsche & Änderungsvorschläge zu unterbreiten. Leo war willig, weil er auf ehebaldigste Drucklegung hoffte. Termin könne er zum gegenwärtigen Zeitpunkt leider noch keinen festlegen, schottete sich Max ab. Der viel zu euphorische Leo war von Maxens Darstellungen, darunter auch die Idee, Leos „Solo für Orpheus" zusammen mit dem neuen Text quasi „geballt auf den Markt zu werfen", geradezu gerührt & malte sich bereits aus, wie sich sein Name in den sogenannten Top Ten der heimischen Bestseller im unteren Drittel ausmachen würde, da sagte Max: „Eine Marktanalyse muss natürlich noch eingeschoben werden". Leo begriff nicht so ganz, lächelte nur dümmlich & nickte. „Die braucht natürlich ihre Zeit", sagte Max. „Nicht zu vergessen Kalkulation & Rentabilitäts-Checkup".

Währenddessen hatte Soleil Klara zur Seite genommen, um sich über das Projekt rund um die ARGE B.R.A.F. zu informieren. Sie & Max würden so ein

Refugium schon seit Langem suchen, um „hier Kunst & Lebensfreude" entstehen zu lassen. Konzerte aller denkbaren Musikrichtungen könnten hier stattfinden, Theaterstücke aufgeführt werden, warum nicht auch Uraufführungen, Lesungen sollte es geben, Ausstellungen & Seminare. Ateliers & Werkstätten würden errichtet werden, dazu natürlich Gastronomie auf hohem Niveau, denn „auch Kochen, Essen & Trinken ist Kunst", wie Soleil anmerkte. In so ein *event-project*, das auch Trachten- & Schwulenhochzeiten mit einschließen könnte, würden die Rodrix´ gern großzügig investieren. Das sei ein Lebenstraum von ihnen beiden. Sie würden Klara aber „die Idee in keinster Weise klauen" wollen, sondern nur gerne „mitreisen", wie sie sagte. Man könnte eine *foundation* gründen, mit Klara als Generalmanagerin mit angemessener Entlohnung… All das möge sie sich „durch ihren hübschen Kopf gehen lassen", konnte Soleil gerade noch sagen, dann wurde sie von Skipper angesprungen, der ihr das ohnehin sehr dezente *make up* vom anmutigen Gesicht leckte. Sie erduldete den Abschminkprozess stoisch & ohne hysterisch zu werden.

Max unterbreitete Leo drei Einwände, die er „angedacht" hätte, ohne ihm jedoch als selbstgefälliger Literaturkritiker nahe treten zu wollen. Zum einen wünschte sich Soleil ein *happy end*. Leo möge bedenken, dass die Edition Rodrix hauptsächlich deshalb so hohe Auflagen unter die Leute bringe, weil die Basis ihrer Produkte immer ein positiver Grundgedanke gewesen sei…

„Ich weiß", unterbrach ihn Leo. „Positiv denken & das Leben bejahen."

„Und exakt dieses Motto hat uns schon als Sachbuchverlag bekannt gemacht", vollendete Max, nicht ohne Stolz. „Jetzt mal ganz abgesehen von den Publikationen der entsetzlichen Aachbrücker Marktschreier, die sie im Übrigen in unseren Bestandslisten gar nicht mehr finden werden".

„Waren das jetzt Sachbücher oder was?", fragte Leo irritiert.

„Ich bitte sie!", dröhnte Max, „Läppische Gefälligkeiten der Probstei gegenüber & den Kulturfuzzis der Landesregierung! Auflage 150 Sück! Davon je ein Drittel an die Autoren, quasi als Honorar, eins an die diversen Landesbibliotheken, eins für den Altpapiercontainer!" Er lachte leicht schmierig. Sein zweites Anliegen war das Weglassen jener Sätze, in denen „Stierkampf" vorkam. „Stierkampf ist Tierquälerei, also eher lebensverneinend, & hat mit positivem Denken nichts gemein", sagte er dezidiert.

Zu guter Letzt war er mit dem vorläufigen Arbeitstitel FINSTERN nicht besonders glücklich. „Wie wär´s mit AUSZEIT?", fragte er vorsichtig, „Und zwar zweizeilig geschrieben". Er zeichnete seine Idee auf eine Papierserviette. „Das bedeutet nicht nur Auszeit im Sinne von *time out*, wie etwa beim Basketball oder Eishockey gebräuchlich, sondern dass etwas *aus Zeit* besteht", begründete er seinen Vorschlag.

Leo überlegte. Er wollte sich in diesem Fall unter keinen Umständen über den Tisch ziehen lassen. Am besten, man schob ein Ritual ein. Der Leuthnersche Veltliner war immer noch kalt genug, um ihn illustren Gästen zu kredenzen. Leo kam sich dabei ziemlich gut vor. Auch wenn Soleil ihr zierliches Gesicht verzog, als sie „Veltliner" hörte. Trotzdem schlossen sich die Kleingruppen, inklusive Skipper, wieder zu einer Großgruppe zusammen. Klara bot Soleil Sherry an, womit sie den Nagel auf den Kopf getroffen hatte.

Sie stießen miteinander an & tranken, Skipper winselte. Also Urbock. Damit war Soleil auch diese Beeinträchtigung los.

Als erstes einigten sich Leo & Soleil auf das *happy end*. Schon von wegen *Lebensbejahung*. „Warum nicht?", fragte Leo rhetorisch, „Ist nicht jedes Ende von etwas zumin-dest eine Erleichterung?"

Sie analysierten das Sprichwort *Lieber ein Ende mit Schrecken als ein Schrecken ohne Ende* dahingehend, dass z.B. Wagners Oper „Meistersinger" grundsätzlich wegen ihrer Überlänge einfach unerträglich & ihr Ende, vom längst eingeschlafenen Publikum selten miterlebt, eine „wahre Erlösung" sei, wie Leo sagte, der in seiner Jugend den Stehplatzclaqueurs der Wiener Staatsoper angehört hatte, aber nur solang, bis er in den Genuss der „Meistersinger" gekommen war. Max Rodrix stimmte ihm zu.

„Wenn beispielsweise Haustiere unerträgliche Schmerzen leiden, kriegen sie die Todesspritze", argumentierte Leo. „Damit sie nicht unnötig leiden müssen. Auch das sozusagen eine Erlösung".

„Womit wir beim nächsten Punkt angekommen wären", meldete sich Max zu Wort, „beim Stierkampf, den sie in ihrem zugegebenermaßen sehr lesenswerten Text mehrmals beiläufig erwähnen, ohne aber näher auf ihn einzugehen bzw. ihre grundsätzliche Position dazu darzulegen."

„Genau!", mischte sich Soleil ein. „Stierkampf ist reine Schinderei & hat nichts gemein mit Lebensbejahung!", fügte sie etwas forsch hinzu.

„Ich hätte gern, dass sie diese Sätze aus dem Roman eliminieren", legte Max nach.

„Ich möchte jetzt nicht die gängigen Gegenargumente ins Spiel bringen", stellte sich Leo der leidigen Diskussion, erwartend, verbal eine übergezogen zu kriegen. Etwa, wenn er argumentierte, dass Mastvieh industriell geschlachtet & verarbeitet würde & sein Lebtag kein bisschen artgerecht gehalten worden ist. Oder dass der Stierkampf etwas Spirituelles ist. Oder dass der Stier keine Überlebenschance hat & der Matador daher ein fieser Opportunist & ein blutrünstiger Schlächter ist & die *aficionados* allesamt die allerfiesesten Opportunisten sind. „Der Stier ist von Natur aus kräftiger als der Mensch & stärker, aber eben *nur* ein Tier. Und ein Tier *muss* vom Menschen besiegt werden, denken die *aficionados*", sagte Leo, „Die klassische Kompensation eines untherapierten Komplexes. Will darüber aber gar nicht diskutieren. Möchte nur Kurt Tucholsky ins Spiel bringen, Kritiker des Spießertums, des Nationalismus & des Militarismus, einen, dem man am wenigsten zumuten würde, dass er *aficionado* war…"

„Lächerlich!", warf Soleil ein. Max schwieg weise. Wahrscheinlich, um ihn, Leo, hinterher moralisch aufs Schwerste zurechtzuweisen.

„Tucholsky war der Meinung, dass Stierkampf etwas absolut Abscheuliches sei", fuhr Leo fort. „Beim nächsten Mal sei er freilich wieder dabei, soll er gesagt haben."

„Tucholsky?", Max wollte es nicht glauben. „Meinetwegen Hemingway, Mailer, Steinbeck, Michener oder D.H.Lawrence. Aber sicher nicht Tucholsky!", ereiferte er sich.

„Er hat sogar ein Gedicht über den Stierkampf geschrieben", gewann Leo Oberwasser. „Ich habe das natürlich recherchiert, hatte allerdings nicht die Absicht, es in den Text einfließen zu lassen. Das Gedicht geht so…", sagte er, dachte kurz nach & rezitierte dann aus dem Gedächtnis:

„In Spanien gründeten sie einmal einen Tierschutzverein,
der brauchte nötig Geld.
Da veranstaltete er für seine Kassen
einen großen Stierkampf."

Alle drei schwiegen staunend. „Beschissenes Versmaß, zugegeben", meinte Leo, während Skipper im Schlaf furzte, „trotzdem Tucholsky", sagte er.

„Auch Federico Garcia Lorca hat Stierkampfgedichte geschrieben", fuhr Leo fort. „Weniger bekannt & natürlich minderer in der Qualität sind die Texte eines gewissen Sanchez Drago, eines immer noch lebenden Zeitgenossen, der vom Stierkampf als Ekstase spricht & angeblich berauschende Gefühle & höchste Glückseligkeit erlebt, wenn er einer Corrida beiwohnt. Drago schreibt über >göttliche Trunkenheit< & bezeichnet den Stierkampf als >heiliges Sakrament<, findet die Stierhörner phallisch, vergleicht den Degen des Toreros mit einem erigierten Penis, nennt die Nackenwölbung des Stieres, in welche der finale Todesstoß erfolgen soll, >Schambein< & den Tod des Stieres >Orgasmus<."

„Und was gefällt *ihnen* an dieser barbarischen Blutrünstigkeit?!", fragte Soleil aufgebracht.

„Ich war verblüfft & fasziniert wie Tucholsky, dass so ein Ritual im 20. Jahrhundert überhaupt noch stattfinden konnte. Es hat mich schockiert & fasziniert zugleich. Wahrscheinlich eine Art Fetischismus. Einerseits litt ich mit dem Stier & erfreute mich andererseits an den graziösen *pases* der Matadores."

„Naja", wendete Max ein. „Damals waren sie grade mal 24. Wie stehen sie heute dazu?"

„Dem letzten Stierkampf meines Lebens wohnte ich am 1. Mai 1974 in Sta. Cruz de Tenerife bei. Da war ich noch völlig überwältigt von diesem kanarischen Subtropenflair. Man musste sich entscheiden, wo man hingehörte, zu den Touristen, die überwiegend vergnügungssüchtig, arrogant, oberflächlich & unangepasst gewesen waren, oder zu den Einheimischen bzw. zu den integrationsfreudigen Wahleinheimischen, die allesamt entweder vom Tourismus gelebt hatten, der damals schon auf Teneriffa eine wahre Plage gewesen war, oder ihn einfach stoisch toleriert hatten. Die feiertägliche Corrida war so eine Art *Checkpoint Charly* zwischen diesen beiden Gesellschaftsschichten gewesen. An den Drehkreuzen der Plaza de Toros trennte sich sozusagen die Spreu vom Weizen. Nur Canarios & Wahleinheimische erhielten Einlass. Auch mich hatten sie anstandslos durchgelassen. Ich habe es als Ehre empfunden." Leo war 37 Jahre danach immer noch stolz auf sich. „Besonders haben mich natürlich die Kostüme beeindruckt, die *Banda de Musica* mit ihren *pasadobles* & dieser unnachahmliche Manegengeruch. Es ist damals alles glatt gegangen. Die Matadores waren die besten der damaligen Zeit gewesen, Antonio Jose Galan, Francisco Rivera Pérez, genannt Paquirri, & Jose Mari Manzanares. Die Stiere stammten aus der andalusischen Ganaderia Guardiola & starben alle sechs am ersten Degenstich. Man verließ, gewissermaßen befriedigt, die Arena, begab sich durch den botanischen Garten, neben dem sich übrigens jenes Spital befindet, in dem du zur Welt gekommen bist, Klärchen, hinunter an den Hafenkai & mischte sich unters Touristenvolk. Nachher hatte ich nie mehr das Bedürfnis, einem Stierkampf beizuwohnen & lehne ihn heutzutage sogar kategorisch ab, weil ich Rindviecher einfach gerne habe, lieber sogar als Hunde…", sagte er & trank seinen Veltliner aus, der mittlerweile fast schon Raumtemperatur erreicht hatte. Klara & Max zankten sich beinahe darum, wer ihm nachschenken durfte. Klara obsiegte. „Vielleicht sollten wir die Stierkampfsequenzen doch drin lassen", sondierte Soleil vorsichtig. „Mal sehen", knauerte Max.

„Zwei Tage später ging die *fiesta de las cruzes* los", ließ sich Leo nun nicht mehr einbremsen. „An allen möglichen & unmöglichen Stellen der Stadt waren Blumenkreuze aufgestellt worden. Es gab auch eine ansehnliche Prozession, einerseits mit diesen Blumenkreuzen aus allen erdenklichen Blüten, duftend & leuchtend, dass einem Herz, Nase & Augen übergingen, andererseits mit einem tischgroßen Tablett, das von mehreren jungen Canarios getragen wurde, darauf Blütenarrangements &, darin gebettet, etwas sehr Kurioses… Ich hoffe, ich langweile euch nicht, aber es geht einfach mit mir durch", entschuldigte sich Leo bei seinem Auditorium. „Jetzt sag schon, was war da drauf auf dem Tablett?!", drängte Klara, echt entflammt & neugierig wie ein Terrier.

„Der rechte Unterarm Lord Nelsons, den er nach seinem erfolglosen Versuch, Teneriffa zu erobern, vor Sta. Cruz eingebüßt hatte. Natürlich nur eine Nachbildung, möglichst naturgetreu, aber sehr beeindruckend", beschloss Leo seinen sentimentalen Rückblick. Von weitem röhrte das Signalhorn der Strompolizei. Alle sprangen auf, als Erster Skipper, als Letzter Leo, der noch gerne weiter erzählt hätte.

Das Polizeiboot war eine schicke Yacht & legte schwungvoll an der Seemannsheimterrasse an. Ein *Moses* in Watstiefeln, deren Schäfte ihm bis zur Hüfte reichten, der Schritt war ausgespart, sprang hurtig vom Boot aufs Trockene, das eigentlich überhaupt nicht trocken war, sondern nass & glitschig, sodass der Arme ausglitt & auf den nassen Bohlen schlimm stürzte. Leo nahm ihm das Tauende ab, schlang es ums Terrassengeländer & fixierte es mit einem *halve slag*. Klara war sehr stolz auf ihn. Dann verließen Sanitäter & Notarzt das Boot. Der Notarzt verabreichte dem verunfallten *Moses* eine Schmerz stillende Spritze. Klara führte sie danach in die Speisekammer, wo Adrians Tod amtlich festgestellt wurde. Skipper warf sich dazwischen & biss den Sanitäter, der daraufhin vom Notarzt eine Tetanusspritze verpasst kriegte. Auf einer Bahre, gehüllt in ein Ganzkörperkondom aus Plastik, das mit Zipp verschlossen wurde, brachte man Adrian an Bord. Skipper wollte unbedingt mit. Aber der Notarzt ließ ihn nicht. Skipper biss ihm deshalb in den Unterarm, woraufhin sich der Mann ebenfalls eine Ladung Tetanus spritzte. Leo & Klara erhielten ein kleines Notstromaggregat samt Treibstoff, einen Karton Überlebensmittel, zwei Gallonen Trinkwasser & ein Leih-Handy der Freiwilligen Feuerwehr Unteraach. Soleil & Max verabschiedeten sich von Klara & Leo mit Handschlag & Küsschen & begaben sich ebenfalls aufs Strompolizeiboot. Dann wurde abgelegt. Winken vom Boot aus & von der Terrasse, kleiner werdende Winkende & leiser werdendes Motorengeräusch, das viel exklusiver klang als *Finis Cummins*, fast schon wie das Rolls Royce-Gurgeln der venezianischen Motoscafi, danach nur mehr von Regenplätschern & Wellengluckern unterlegte Stille. Leo & Klara backten schweigend ab & begaben sich völlig erschöpft ins Schreibstudio, wo sie sich zu dritt ins Stipendiatenbett legten & alle drei von einer zur anderen Minute in Tiefschlaf fielen, Skipper quer über Klara & Leo liegend & ihnen Brustkorb bzw. Bauch schmerzhaft eindrückend. Albträume waren die Folge & abwechselndes Munterwerden, das nur mittels Geschlechtsverkehrs hätte geregelt werden können. Skipper wusste dies jedoch zu verhindern.

Die nächsten Wochen über verzehrten sie die Grundnahrungsmittel aus dem Notpaket, also Pumpernickel, Dauerwurst, Trockenei, Milchpulver, Löskaffee, Multivitamintee in Beuteln, Mannerschnitten & Traubenzucker & fühlten sich dabei ein bisschen wie Katastrophenopfer. Klara beanstandete, dass keine Kondome dabei waren. Die waren das Einzige, das ihnen im

Seemannsheim ausgegangen war. Sowie artgerechte Hundenahrung. Aber das ließ sich improvisieren. Skipper hatte großen Gefallen an Leos Trockenei-Experimenten. Vor allem dessen Dauerwurst-Tortillas hatten es ihm angetan.

Es hatte bis auf knapp 10° abgekühlt, der Wasserstand hatte sich eingepegelt & der Regen nachgelassen an Intensität, nicht aber an Gleichmäßigkeit. Skipper hatte seine liebe Not mit der großen Notdurft. Also unternahm Klara mit ihm kleine Törns im Dingi, um irgendwo ans Festland zu gelangen, das sich als eher schlammig weich als fest darbot. Wenn die beiden danach zu Leo zurückkehrten, gab es immer Lagebesprechungen. „Die Aach ist bumstivoll & als wir übern >arkplatz< gepaddelt sind, war Adrians Pickup immer noch gut zweieinhalb Meter unter unserm Kiel." Klara war fasziniert von diesen Törns. Sie sah Rehe & Hasen durch Hochwasserlagunen schwimmen, Wildenten von Laubbäumen äsen & Ringelnattern sich in ihren Bugwellen schlängeln. An Alois Hütters Ölzeug war sie inzwischen einigermaßen gewöhnt.

Es war Ende September & Leo bog mit seinem Roman bereits in die Zielgerade ein. Es ging jetzt darum, hinter Adrians Geheimnis zu kommen, das sich an Bord der havarierten *Fini* in einem Spind versteckte & wahrscheinlich nie gelüftet werden konnte.

Dichtung oder Wahrheit, Wirklichkeit oder Fiktion. Leo gehorchte einfach seinem Bauchgefühl & entschloss sich zur künstlerisch freien Gestaltung *(womit er der Wirklichkeit ziemlich nahe kam)*…

„*Schon als Knabe verbrachte Adrian seine Freizeit gerne an der Seite seines Vaters, der Kriegsinvalide gewesen war & eine Donaukanalfähre betrieben hatte, die zwischen Erdberg & Prater verkehrte. Die Überfuhr hatte etwa fünf Minuten gedauert & nicht ganz einen Schilling gekostet. Die Fähre war für fünf Personen zugelassen gewesen & hatte Elvira geheißen, wie Adrians Mutter, die 1946 von den russischen Besatzern vergewaltigt & hinterher erschossen worden war, & hatte über keinerlei motorischen Antrieb verfügt. Sie war eine klassische Rollfähre gewesen, die mit einem Stahlseil, an dessen Ende Rollen angebracht waren, über eine Stahltrosse, die über den Donaukanal gespannt war, ans andere Ufer sozusagen* gerollt war, je nachdem wie Adrians Vater den Bug in die Strömung gestellt hatte. Die Überfuhr war lautlos gewesen. *Während er auf Kundschaft gewartet hatte, hatte er allerdings gerne Ziehharmonika gespielt. Sei es, um Kundschaft anzulocken, sei es, um sich & seinem Sohn die Wartezeit zu vertreiben. Dazu hatte der alte Schall gern an einer Weinflasche genuckelt & unzählige filterlosen Zigaretten geraucht. Als Adrian 14 geworden war, war sein Vater an einem sogenannten* Spontan-Pneu, *einer akuten Lungenerkrankung, verstorben & hatte seinen Sohn unversorgt zurück gelassen. Adrian, der von seinem Alten nicht nur das Steuern der kleinen Rollfähre gelernt hatte, sondern auch das Ziehharmonikaspielen & ein paar Seemannslieder aus Nord-deutschland, beschloss, nach Hamburg *zu ziehen, um dort auf einem Überseedampfer anzuheuern, dabei die Welt zu sehen, wie man sagt, & irgendwo* Land zu gewinnen. *Es war ein sinnloses Unterfangen gewesen. Kein Reeder, kein Kapitän hatte Interesse bekundet, einen Süßwassermatrosen, der keinerlei Präferenzen aufweisen hatte können, an Bord zu nehmen. Überall war er abgeblitzt. Nur für die musikalische Begleitung auf Hafenrundfahrtsbooten hatte es gereicht. Natürlich hatte ihn Hamburg fasziniert. Aber Seemannslieder auf dem Quetschbüdel spielen,* La Paloma, Lili Marlen, Junge komm bald wieder *& dergleichen war ihm letztlich zu wenig. Wenn schon nicht die Hohe See, dann wenigstens musikalisches Entertainment auf höherem Niveau. Also hatte er angefangen, Elvis Presley-Hits zu spielen, nicht mehr auf den Touristenbarkassen, sondern in Hafenkneipen. Der Erfolg hatte ihn mutig gemacht. Als Elvis-Imitator hatte er dann so richtig reüssiert. Aber immer war er so was wie ein exotischer Jahrmarktsclown geblieben. Ein Wiener aus Erdberg, der an der Alster die abendländische Seefahrt besang & am Kiez auf Rock´n Roll machte. Ein illuminierter Gast, der sich auf der Reeperbahn sehr amüsiert hatte über Adrians Auftritt, ein Reedereiangestellter in gehobener Position, ein Manager möglicherweise oder gar einer aus dem Aufsichtsrat, hatte ihm schließlich nach ein paar Stunden mit extra honorierten Darbietungen in einem Separee & flaschenweise Korn nahe gelegt, seinen Wirkungsbereich doch in die Heimat, nach Österreich zu* *verlegen, wo seine Reederei einen im Augenblick stark florierenden Fährbetrieb im Alpenvorland unterhielte. Dort stünde ein Personalwechsel an. Adrian könnte sich dort einschulen lassen & dann den Job übernehmen. Klar, dass der in nüchternem Zustand nicht besonders zufrieden gewesene Adrian in eine gewisse alkoholbedingte Euphorie verfallen war & sofort zugestimmt hatte & vier Tage später, ausgestattet mit Arbeitsvertrag & Bevollmächtigung, in Aachbrück aufgetaucht war, sich dem alten Alois Hütter als potentieller Nachfolger vorgestellt hatte, ihm bei den Überfahrten wertvolle Dwiddl-Dienste geleistet & musikalisch für Auflockerung gesorgt hatte. Als dann Hütter mit seiner* Fini I *während eines der typischen Aachbrücker Katastrophenwetter Schiffbruch erlitten hatte & tödlich verunglückt war, hatte Adrian von seinem Hamburger Reeder ein neues Schiff bekommen & fortan den Fährbetrieb nicht nur aufrecht erhalten, sondern sogar zur Hochkonjunktur gebracht. Dass er keinerlei Befähigungsnachweis vorzuweisen gehabt hatte, war eigentlich völlig irrelevant gewesen. Niemand fragt seinen Kapitän, ob er kann, was er darstellt & tut. Hauptsache er beherrscht die Seemannssprache..."*

Anfang November war Leos Roman, bis auf den Schlusssatz, vollendet. Fast den gesamten Oktober lang hatte sich Klara um die Bergung der *Fini* bemüht. Vergeblich. Es wäre zu gefährlich gewesen. Die Strompolizei hatte ihr auch offiziell verboten, an Bord zu gehen.

Das Schiff könne jeden Moment auseinander brechen. Was vergangene Woche dann auch tatsächlich geschehen war. *Finis* Bestandteile trieben in die Donau ab, blieben wahrscheinlich im Persenbeuger Wehr hängen oder strandeten, wenn sie die Schleuse dennoch passiert hatten, möglicherweise an den Prallhängen der Wachau. Es ist nicht auszuschließen, dass verschiedenes Kleinzeug es bis ins Schwarze Meer geschafft haben könnte. Etwa Adrians Zigarrenkiste, in der er seine Elvis-Sonnenbrille & Erinnerungsfotos aufbewahrt hatte, u.a. das mit ihm als Knaben am Ponton der Donaukanalfähre am Schoß seines Vaters sitzend oder das mit der japanischen Touristin an Bord des Hamburger Rundfahrtsbootes, die Ichige geheißen, ihm 10 Dollar Trinkgeld zugesteckt & ihn auf die Wange geküsst hatte.

Von Max wusste Leo, dass es weder von Land noch seitens der Probstei weitere Zahlungen geben würde. Also ging er daran, seine Zelte in Aachbrück abzubrechen. Ein ziemlich melancholischer Abschnitt seiner Marktschreierzeit. Was würde aus Klara werden? Was aus Skipper? Wie würde Marie auf seine vorverlegte Heimkehr reagieren?

Soleil & Max waren mit einem Sportboot mehrmals im Seemannsheim zu Gast gewesen. Das Projekt *B.R.A.F.* machte Fortschritte & nahm Gestalt an. Klara würde in jedem Fall versorgt sein. Für Leos Text wäre man gerade auf der Suche nach einer kompetenten Lektorin, beteuerte Soliel. Wenn dann die Marktanalyse abgeschlossen, der Text lektoriert, die Kalkulation im Trockenen & Leo der Schlusssatz eingefallen sei, stünde einer Veröffentlichung eigentlich nichts mehr im Wege.

Aber bis dahin könne man noch keine Zusage machen. Amikal vereinbart wurde auch eine aufwendig promotete Buchpräsentation im Seemannsheim. Vorausgesetzt die Sintflut würde sich endlich wieder zurückziehen, die Behebung der Hochwasserschäden abgeschlossen & die Rentabilität gesichert sein. Man würde sich also nur vorübergehend voneinander trennen.

Als Leo sich am 5. Dezember von Klara verabschiedete, sozusagen am Krampustag, hielten sie einander minutenlang ganz fest umarmt & Klara flüsterte ihm ins Ohr: „In meiner kleinen Herzkammer stehen zwölf Stockbetten, Querido. Das neben dem Bullauge wird immer für dich reserviert sein."

Leo war gerührt. Auch weil er damit seinen Schlusssatz gefunden hatte.

❋

NACHWORT

Auf dem Heimweg vom Bahnhof Wien-Hütteldorf, wo Leo vor fast einem halben Jahr mit dem Seesack der Compañia Trasmediterranea von der S 45 in die Westbahn umgestiegen war, ging ihm so manches durch den Kopf. Wie überrascht würde Marie sein? Was würde sich alles verändert haben? Waren die Kinder gesund? Hatte der Sohn endlich den Führerschein geschafft oder waren die väterlichen Gene doch zu dominant für sowas? Vertrug er sich noch mit seiner Gefährtin? Las er immer noch Paul Auster? Kickte er noch im Defensivbereich des FC Elite 05 oder war er zum AC Bierstub´n gewechselt? Rieb sich Leos Dochtertje auf, indem sie gleichzeitig Kunstgeschichte, Fotografie, Niederländisch & Psychoanalyse studierte bzw. zugleich als Journalistin & Oberaufseherin der Wiener Albertina tätig war?

Es war herbstlich kalt, windig & regnerisch. Die S-Bahnstation war unverändert. Hier hatte es offensichtlich kein Hochwasser gegeben. Im Waggon gab nach wie vor Chris Lohner den Ton an. Leo kam die Heimkehr einerseits vor wie gestern, andererseits wie der Eintritt in ein anderes Leben. War er derselbe Leo wie Ende Juni? Würde sich Marie wohl verändert haben? Hatte sie zugenommen oder abgenommen? Immerhin hatte sie sich monatelang selbst ernähren müssen. Wahrscheinlich unentwegt Sushi, Maki, Tempura & Müsli. Zwischendurch eventuell griechischen Salat, Shrimpscocktails & Avocados. Also eher Diät. Das würde sich jetzt wieder einrenken. Leos Speiseplan für die nächsten zwei Tage beinhaltete Dukatenschnitzel mit Mayonaisesalat & Schwammerlsauce mit Serviettenknödel. „Nächster Halt, next Stop, Wien Krottenbachstraße", säuselte Chris Lohner. „Herr Kmetko, bitte jetzt aussteigen!", ließ Leo sie insgeheim etwas persönlicher werden. Also schulterte er im letzten Tunnel unterm Türkenschanzpark seinen Seesack, natürlich mit der weichen Seite unten, stieg aus, erklomm den Stiegenaufgang sportlich, indem er immer eine Stufe ausließ, passierte den Kebab-Kiosk, wo es wie immer nach Zigarettenrauch, Bierdunst, Zwiebeln & verkokelter Pute roch, überquerte, von feuchten Novemberböen erfrischt, die Fußgängerbrücke über die S-Bahn-Geleise, stieg hinab in die Niederungen der Krottenbachstraße, drückte auf den Knopf der Fußgängerampel & wartete, bis es grün wurde. Geradezu andächtig passierte er das Haus Obkirchergasse 1, wo Thomas Bernhard, den man im limburgischen Heerlen nicht so sehr goutiert hatte, gewohnt hatte, bei einer reizenden älteren Dame gewohnt hatte, die ihm wohl etwas bedeutet haben dürfte, so wie er sie in der Konditorei Gilan Ecke Arbesbachgasse immer gemaßregelt hatte, wenn sie sich gleichsam vergraben hatte in Cremeschnitten, die wahrscheinlich nicht mehr ganz frisch gewesen waren. Ein ziemlich häßliches Haus übrigens, an dem eine Gedenktafel angebracht war, nicht, weil Thomas Bernhard hier eine gewisse Zeit seines Lebens verbracht hatte, sondern darüber informierend, nach wem die Obkirchergasse benannt worden & wer dieser Obkircher eigentlich gewesen war [44*].

[44*] *Peter Obkircher*, Ende 19. Jahrhundert Pfarrer in Döbling, Wohltäter & Freund der Armen.

Leo überquerte den Sonnbergmarkt. Die Marktstandler grüßten ihn. Sein Herz schlug schneller. Dann das Haustor. Wie immer war er zu faul, nach dem Schlüssel zu kramen & drückte deshalb die Klingeltaste des Masseurs Reltrüg, womit sich das Tor mit einem dezenten Summton automatisch öffnete. In der Einfahrt schon fühlte sich Leo geschützt vor den Wetterunbillen & vorm Straßenverkehr. Im Sommer war´s hier immer angenehm kühl, in Herbst & Winter eben windgeschützt. Man war hier zu Hause. Noch zwei Stockwerke hinauf, dann die Tür zum Allerheiligsten. Wie immer unversperrt. Leo trat leise ein, stieg aus seinem Schuhwerk & stellte den Seesack ab. Erst jetzt sein signifikanter Jodler, den er stets getrillert hatte, wenn er wusste, dass jemand daheim war, Marie oder die Kinder oder alle drei zusammen.

„Gut, dass du da bist", vernahm er Marie aus der Wohnküche gleich ums Eck. „Ich brauch dich nämlich", rief sie, als wäre er gerade mal ein Wochenende weg gewesen. „Prosecco oder Pinot Grigio?"

Sie kam ihm entgegen. Schlanker als im Juni. Sie umarmten sich, Bussi Bussi. Kurzes Festhalten & einander in die Augen blicken. Wieder Umarmung, fester als zuvor. Danach ein bodenständiger Kuss. „Ich freu mich", stieß Leo aus. „Pinot Grigio wär mir recht!"

Der Küchentisch war vollgerammelt mit Laptop, Skripten, Sachbüchern, Info- & Notizblättern. Marie schenkte sich Prosecco & Leo Weißwein ein. Sie prosteten einander zu & tranken. „Mir steht die Volksschule bis oben hin", stellte Marie sachlich fest. „Ich will mit was Neuem beginnen", sagte sie. „Warum nicht mit der Sozialakademie?"

Leo, der ihr gerne erzählt hätte, wie die Heimfahrt gewesen war, das verbissene Verhalten des Buschauffeurs von Mitteraach bis St. Valentin, der ihn nicht gegrüßt hatte; wie er mit dem Hochwasser zu Rande gekommen war; dass er einen Roman geschrieben hatte, der jetzt bzw. irgendwann einmal auch noch verlegt werden würde; wie es dort in diesem Finstern eben so zugegangen wäre, das würde er Marie wohl erst um fünf vor Viertelneun erzählen können, bevor das Hauptabendprogramm im Fernsehen losgehen würde. Dachte er jedenfalls. „Weißt du was?!", überraschte ihn Marie diesbezüglich. „Ich sehe seit Juni eigentlich nicht mehr fern."

Leo bedauerte das, weil ihn Fernsehen so wunderbar zu entspannen vermochte, Herrn Sloterdijk gar nicht so unähnlich. Gekocht wurde an diesem Abend nicht. Sie gingen zum Chinesen ums Eck, im Übrigen eine Filiale des Landstraßer Chi, dessen Serviertochter Leo vor rund 40 Jahren Deutschunterricht erteilt hatte. Marie unterbreitete ihm durchaus überzeugend, warum sie die Volksschule satt hatte & einen neuen Weg einschlagen wollte…

Sie hatte in ihrem pädagogischen Leben nunmehr fünf Mal eine erste Klasse übernommen, die Kinder fünf Mal vier Jahre lang bis zur Hauptschul- oder Gymnasialreife unterrichtet, sie betreut, es mit deren Eltern aushalten müssen, drei Schulumbauten, vier InspektorInnen, Stadtschulräte & UnterrichtsministerInnen überlebt, grob zusammengerechnet etwa 150 kleine orientierungslose Menschen einen Teil ihres Lebens begleitet, war dabei älter geworden, hatte an Enthusiasmus & Begeisterung nachgelassen, war ungerecht &

gleichgültig geworden, hatte unter ihrer Nachlässigkeit gelitten, sich zusammengerissen & war danach umso fairer, empathischer & toleranter geworden. Vor allem die Zuwandererkinder hatten es ihr angetan. Aber nach vier Jahren, wenn sie mit ihnen schon so vertraut gewesen war, dass sie sie inoffiziell quasi schon adoptiert hatte, da waren die schnuckeligen Sargnägel dann immer gleich auf & davon gewesen. Wenn sich Marie gefragt hatte, was aus ihnen geworden war, war nichts übrig geblieben als Mutmaßungen, Hoffnungen, Besorgnisse & Zeitungsmeldungen im Lokalteil, in denen über kriminell gewordene Halbwüchsige berichtet wurde…

„Wenn ich jetzt Jugendfürsorgerin werde, Sozialhelferin oder gar Bewährungshelferin, natürlich mit Diplom, dann treffe ich die vielleicht alle wieder & kann ihnen helfen, weil ich sie kenne wie meine Westentasche", sagte Marie & nippte am Pflaumenwein.

„Mach nur, Schatz. Es wird dich erfüllen", gestand ihr Leo zu. „Den Kilimanscharo können wir später immer noch besuchen. Ob jetzt mehr oder weniger oder gar kein Schnee mehr auf ihm liegt, kann uns eigentlich egal sein."

„Ich benötige allerdings die ganze Ausbildung über deine Hilfe, Schnarchnase", gurrte Marie & schmiegte sich an ihn. „Was immer in meiner Macht steht", antwortete Leo geschmeichelt & ärgerte sich im selben Moment über diese Platidüde.

„Ich brauche dabei nämlich sowas wie einen sehr sehr lieben, sehr sehr klugen & sehr sehr verläßlichen Sekretär", schnurrte Marie aufs Raffinierteste. „Ein sogenanntes Mädchen für alles. Also auch Tröster,

Motivator & natürlich nebenbei Caterer", sagte sie.
„Lass mich dein Mädchen sein, dich trösten, motivieren & bekochen", säuselte ihr Leo ins Ohr & leckte an ihrem Ohrläppchen. Das hatte Marie noch nie besonders leiden können.

„Ich nehme mir kommendes Jahr Bildungskarrenz. Dazu kommen noch zwei Jahre, in denen ich nichts verdienen werde, du, wie ich annehme, ebensowenig. Wir werden uns budgetär also etwas bescheiden müssen", sagte sie. „Außer es kommt zufällig auch mal was von dir".

Leo erzählte ihr stolz von der Edition Rodrix, wo sein Werk veröffentlicht werden würde & bezahlte die Zeche geradezu weltmännisch cool von seinen Aachbrücker Diäten. Kim Li Chi, die Tochter der Serviertochter Hen Li Chi, der er dereinst Nachhilfe gegeben hatte, erhielt ein großzügiges Trinkgeld.

Ein halbes Jahr verging, ohne dass Max oder Soleil sich gemeldet hatten. Immerhin schrieb ihm Klara, bat ihn um verschiedene Kochrezepte, die sie bräuchte, um aus den zahllosen, ebenso volkstümlichen wie feucht-fröhlichen Aachbrücker Events auch kulinarisch anspruchsvolle zu machen. Leo tat ihr gerne den Gefallen & erkundigte sich nebenbei um den Fortgang von Marktforschung, Rentabilitätsprüfung & Kalkulation seitens der Edition Rodrix. In Wirklichkeit hatte er längst angefangen, sich mit seiner Überflüssigkeit in der Literaturszene, mit seiner Überflüssigkeit in dieser Welt abzufinden. Alles war, wie es immer gewesen war. Auch das Budget. Maries Karrenzgeld war ausgereizt. Dabei stand noch ein Jahr Studium bevor. Sie lebten von einer

Lebensversicherung, auf die sie sich vor einem Vierteljahrhundert eingelassen hatten & die gerade ausgelaufen war. Ursprünglich hätte sie ihnen beiden zur Finanzierung der Reise zum Kilimandscharo dienen sollen. Marie praktizierte bereits ehrenamtlich als Streetworkerin & half in Obdachlosenasylen aus. Leo tippte sich die Finger nicht nur an der Reinschrift ihrer Diplomarbeit wund, sondern schrieb auch, in eigener Sache, seitenweise Exposes & Lebensläufe für in Frage kommende Klein- & Mittelverlage, um einen Stall für seinen Aachbrücker Marktschreierroman zu finden, fütterte sozusagen die Kielschweine. Mit der Edition Rodrix rechnete er eigentlich schön längst nicht mehr. Kein Verlag biß an. Ein paar antworteten ihm distanziert höflich. Sein Text würde nicht ins Verlagskonzept passen, hieß es einigermaßen einheitlich. Manche antworteten überhaupt nicht. Es sah mies aus mit Leos „Ernte". Da erinnerte er sich an seine literarischen Anfänge & *googelte* die „Welterbse". Otto Scher, avantgardistischer Mitstreiter Anfang der 70er in Wien, hatte aus der „Welterbse", damals noch ein periodisches, über Matritzen vervielfältigtes Druckwerk, einen sogenannten Autorenverlag gemacht, dessen Impetus eher Daseinskritik anstelle von bejahung war. Leo rief ihn an. „Frage mich schon seit Jahren, wann du dich endlich bei mir meldest", sagte Scher mit rauchigem Bass. „Aber mach dir keine falschen Hoffnungen, Compadre. Auflage 200 & Null Vermarktung, weil Vermarktung ist Schiet."

Leo, der wusste, was „Schiet" ist, mailte Scher seinen Text & war´s zufrieden. Sein Werk erschien als adrettes Taschenbuch unter dem Titel: "Auszeit"

Präsentation gab es keine. Honorar oder sonstige Entlohnung ebensowenig. Nur eine Kiste mit 100 Büchern. Als Spesenersatz. Und um das Verlagsbüro räumlich zu entlasten, hieß es. Leo wurde bloß der halbe Buchpreis verrechnet. Er durfte bzw. musste allerdings jedes Buch um den Vollpreis verscherbeln. Oder verschenken. Leos Versuche, „Auszeit" seinen Lieblingsbuchhandlungen unterzujubeln, scheiterten, indem Buchhändler zwar mit Verlagen & Auslieferern etwas anfangen können, aber nicht mit leibhaftigen Autoren. Naja, dachte sich Leo, wahrscheinlich das Facit ihrer Marktanalysen. Nachdem er es beim Rundfunk probiert hatte, wo man ihn als postexpressionistischen Störenfried abwimmelte, setzte er sich mit dem jungen Leuthner in Verbindung & kündigte eine Veltlinerverkostung in einem Döblinger Heurigen an, in deren Rahmen er das Buch vorstellen würde. Es kamen tatsächlich knapp 50 Personen ins sogenannte „Haus Wagner", die seiner Lesung durchaus wohlwollend applaudierten & auch die Hälfte der ihm von der „Welterbse" zur Verfügung gestellten Bücher käuflich erwarben, natürlich handsigniert, vor allem aber erfreuten sie sich an Leuthners, diesmal sogar artgerecht gekühltem, Grünem Veltliner, der kistenweise angeliefert worden war & Leo letztlich genauso viel gekostet hatte, wie er vom Buchverkauf eingenommen hatte. Marie & die Kinder, sogar der Heurigenwirt samt Gemahlin, waren stolz auf ihn, & er fühlte sich eine kurze Weile auch wirklich wohl als druckfrischer Grätzeldichter. Es war ja auch wirklich ein gelungener Abend gewesen, der den Alltag ein wenig aufgelockert hatte. Otto Scher, immerhin der „Verleger", war nicht erschienen. „Private Termine", hatte er sich entschuldigt.

Maries Diplom befand sich seit Tagen auf dem Tisch der Prüfungskommission, die Nervenanspannung war extrem, da erhielt Leo eine schriftliche Einladung der ARGE B.R.A.F. zur Teilnahme an einem sogenannten special event in der Klause Aachbrück. Man hätte dort von seiner Buchveröffentlichung gehört & lüde ihn in diesem Zusammenhang gerne zur Präsentation seines Werkes ein. Das Rahmenprogramm würde das Orchestre Symphonique Kimbanquiste bestreiten, das sich als Kinshasa Symphony Orchestra bei einem sinfonischen Projekt im Kongo bereits einen Namen gemacht hätte. Als Dirigent & Solist würde Armand Diangienda fungieren. Im beiliegenden Programm stand, man hält es nicht für möglich, George Gershwin´s Rhapsody in Blue, im Übrigen der Orchestrierung der Uraufführung 1926 in der Aeolian Hall entsprechend. Marie schaffte ihr Diplom & kam mit.

Das Hochwasser hatte sich zurückgezogen, jedoch Skipper & dem Aachland-Kammmolch ein paar kühle Tümpel übrig gelassen. Das Fährmuseum erstrahlte in nie geahntem Glanz. In der Kombüse wurden Tapas, Cocktails, iberische Spitzenweine & Leuthners Kreszenzen angeboten. Finis Trockendock blieb allerdings verwaist. Grillen zirpten, Frösche quakten & die Gelsen sangen. Stimmen murmelten, Gläser klirrten zart, es wurde gelacht. Der junge Leuthner beriet die Gäste oinologisch. Sein Schaumwein vom Vorjahr konnte verkostet werden & wurde kistenweise bestellt. Den „arkplatz" gab es nicht mehr. An seiner Stelle befand sich eine kleine

Arena[45*], von romantisch flackernden Fackeln erhellt. Max Rodrix dürfte die Oldtimer-Wracks allesamt gewinnbringend verscherbelt haben, pauschal & nicht zitzerlweise wie Adrian Schall. Um die „arkplatz"-Arena herum stieg das Publikumsoval in einem Halbkreis wie im klassischen griechischen Theater sanft an. Auf den Sitzen lagen rote & blaue Kissen. Über Manege & Auditorium waren Lichterketten mit bunten Lämpchen gespannt. Auch innerhalb der Manege standen halbkreisförmig Stühle. Vor jedem Stuhl ein Notenständer. Am Halbkreismittelpunkt ein Konzertflügel, dazwischen ein hölzernes Podest.

Die luftig-schick adjustierten Gäste flanierten übern Aachbrücker Pier, hielten sich kurz auf der Seemannsheimterrasse auf oder darunter, wo dereinst das Dingi angebunden gewesen & der alte Liegestuhl gestanden war, beide nunmehr im „Fähr-Museum" zu besichtigen. Unter der illustren Gemeinde die Musiker in weißen Smokings. Von den Ehrengästen leicht zu unterscheiden aufgrund ihrer Hautfarbe.

Auch Leo & Marie verkosteten Leuthners Alpenvorlandchampagner. Leo hatte Klara Marie vorgestellt. Die beiden verstanden sich prächtig. Vor allem Maries Idee, die auf die schiefe Bahn geratenen Volksschulabsolventen sozial zu betreuen, imponierte Klara, während Marie Klaras Leistung zum Zustandekommen dieses Festivals lobte. Max Rodrix entschuldigte sich bei Leo

---

[45*] ähnlich den dörflichen Stierkampfplätzen in der spanischen Provinz, in denen sogenannte *Becerradas* abgehalten werden, eine Art unblutiges Kräftemessen der männlichen Dorfjugend mit meist sehr ungestümen Stierkälbern, aber auch Kalbinnen

über die letztlich negativ ausgegangene Marktanalyse, ohne dabei rot zu werden, klopfte ringsum Schultern & betatschte Hüften. Soleil durchschwirrte das Areal elfengleich & erinnerte Publikum als auch Künstler an den anstehenden Beginn der Performance.

Die Gäste nahmen Platz auf ihren Pölsterchen, die Musiker erschienen mit ihren Instrumenten, plauderten miteinander in einem guturalen kongolesischen Dialekt, setzten sich & schoben ihre Notenblätter unter die Klemme des Notenständers. Als soweit alles versammelt war, was von Leuthner & Klara so halbwegs abgefüllt war, regelte Max am Mischpult das Licht. Die bunten Lämpchen erloschen, Spots erstahlten grell, aus dem allgemeinen Murmeln wurde vereinzeltes Hüsteln & Räuspern, Verschlüsse von Handtäschchen wurden auf- & zugeschnippt. Man schneuzte sich auf hörbar dezente Art, Soleil trat vors Publikum & wollte sagen, dass es gleich losgehen würde. Da erschienen aber schon Max Rodrix, Monsieur Armand Diangienda untergehakt, & Skipper, lautstark hechelnd & schwanzwedelnd zwischen den beiden Pappeln, durch die der Pfad vom Seemannsheim zum „arkplatz" führte. Applaus fing zu plätschern an, wurde stärker & stärker & Soleil schrie den dreien begeistert entgegen: „We proudly present..." Was sie sonst noch sagte, ging im allgemeinen Trubel völlig unter, zumal Skipper ein paarmal richtiggehend staatstragend kläffte.

Irgendwie schaffte es Max, die Scheinwerfer so zu dimmen, dass es erschreckend finster wurde. Nur zwei Spots waren am Scheinen. Einer auf den Klarinettisten in der dritten Reihe, einer auf Monsieur Armand, der gerade seinen Dirigentenstab mit einem weißen

Taschentuch abwischte. Als er ihn sauber genug hatte, schloss er seine Augen, schniefte hörbar zweimal, hob den Stick, die Augen immer noch geschlossen, das Publikum hielt den Atem an, sogar Skipper, nur die Gelsen sangen, & aus weiter Ferne konnte man den Buzzer-Brummton aus Oberaach hören, als die fünf Gokart-Runden, die im Sonderangebot waren, abgeschlossen waren. Monsieur Armand hob seinen Kopf, öffnete die Augen & schoss einen aggressiven Blick Richtung Klarinette ab, die daraufhin ein Schüttelfrost erzeugendes Glissando von sich gab, dass selbst die Gelsen schwiegen. Dann drosch Adrian by himself in die Tastatur des vom Linzer Stifterhaus geleasten Bösendorfers. Max drehte das Licht auf, das Auditorium raunte, die Rhapsodie begann sich zu entfalten. 32 Musiker, die Originalbesetzung der Uraufführung, Instrumente, die Leo völlig unbekannt waren, das Heckelphon etwa, das Euphonium & die Celesta, legten gewaltig los & verdickten den schwülen Nachthimmel mit Gershwin. 32 ebenholzschwarze Amateurmusiker aus Kinshasa, die in weißen Smokings steckten, strichen, bliesen, zupften & trommelten sich das Herz aus dem Leib. Armand hämmerte in die Tasten, fuchtelte mit dem Stab & swingte mit den Hüften, schwitzte wie weiland Adrian & lächelte dabei in einem fort. Begeisterung & Applaus waren am Ende anhaltend, während Max einen Barhocker & ein Mikrophon aufs Dirigentenpult applizierte. Leo war dran. Er las 30 Minuten lang ausgewählte Stellen aus seinem neuen Roman. Applaus auch für ihn. Er verneigte sich & küsste beim Abgang Monsieur Armand, der zum Finale Grande noch ein bisschen Tschaikowsky zu dirigieren hatte, euphorisch auf beide schweißüberströmte Backen.

Klara bekam ein paar signierte Bücher & küsste Leo links rechts. „Wie geht´s dir so?", fragte Leo hölzern, zumal im Beisein Maries. „Ich kriege ein neues Schiff!", jubilierte Klara temperiert.

„Wenn´s soweit ist, werde ich gern deine Dienste in Anspruch nehmen", erwiderte Leo. Sie verabschiedeten sich voneinander mit Handschlag. Ihre Blicken sagten allerdings mehr. Es war irgendwie klar, dass man sich wiedersehen würde. Insbesondere wenn unter dem Kiel von Klaras neuer Fähre wieder einmal Wasser blubbern würde.

Auf der Heimfahrt im nunmehr antiquarisch gewordenen Suzuki, der bergab immer noch 140 kmh hergab, summte Marie Gershwins rhapsodisches Glissando munter vor sich hin. *Besonders musikalisch war sie noch nie gewesen. Im Schulorchester hatte man ihr letztlich nur die Triangel zugetraut. Wobei gerade hier die Verantwortung enorm groß gewesen war. Man durfte seinen Einsatz unter keinen Umständen verpassen…*

„Hast du mit Klara eigentlich ein Verhältnis gehabt?", fragte sie Leo beiläufig.

„Naja", erwiderte er, vom er- bzw. überlebten Großereignis noch etwas dusselig.

„Mehr *ja* oder mehr *na*?", hakte Marie nach.

„Na hör mal", warf Leo ein. „Aber bitte, wenn du es genau wissen willst: *mehr ja.*"

„Wenn *na,* hätte ich es ziemlich dumm von dir gefunden", schnurrte Marie, während sie auf der Autobahn auf Höhe Melk zu einem gewagten Überholmanöver ansetzte.

„Altersmäßig hätte sie aber deine Tochter sein

können", sagte sie kühl & wechselte auf die erste Spur.

„Ich bitte dich, Marie!", erregte sich Leo. „Ich war bei Klaras Mutter bestenfalls drittgereiht! Aber du? Wie hast *du* unsere Auszeit genutzt?", wehrte er sich halbherzig.

„Mehr *na* als *ja*", sagte Marie. „Ich hatte es mir leichter vorgestellt."

„Versteh ich nicht", sagte Leo.

„Es hat sich herausgestellt, dass keiner an dich herangekommen ist."

„Unglaublich!", entfuhr es Leo, „Geradezu lächerlich!"

„Du sagst es."

„Was ist das eigentlich für ein verwahrlostes Milieu, in dem wir zu leben gezwungen sind?! Was für ein desaströses Niveau, aus welchem wir unsere womit auch immer kontaminierten Körner picken müssen?!", philosofierte Leo vor sich hin.

„Im Grunde genommen bin ich ein armes, einsames, verheiratetes & unbefriedigtes Schwein", schnurrte Marie & gab extra Gas, um die anstehende Hügelkuppe mit den wenigen Suzuki-PS wenigstens mit 100 zu erreichen.

„Marie, ich schwöre dir beim heiligen Hades, dass du auf der Sozialakademie die Beste warst!", flüsterte ihr Leo ins Ohr, ganz nah, so wie sie es normalerweise gar nicht leiden konnte. Aber diesmal, bei rund 140 Stundenkilometern von der Hügelkuppe bergab, dazu noch etliche Leuthner-Sekte in Birne & Blut, wandte Marie ihren Kopf nicht ab, sondern schmiegte sich an Leos Lippen.

„Ich weiß nicht warum, aber ich liebe dich", sagte sie. Und gleich drauf: „Im Handschuhfach sind Hustenzuckerl".
„Verstehe", murmelte Leo & öffnete das Fach.
„Wenn wir kontrolliert werden, bin ich nämlich meinen Schein los", erwähnte Marie so am Rande.
„Geht das schon wieder los", räsonierte Leo schuldbewusst & schob ihr einen ziemlich scharfen *fishermen´s friend* in den erwartungsvoll geöffneten Kussmund.

E n d e

Wien, im November 2011